Tief unter der Erde hält der junge Mann aufgeregt und fiebrig ein warmes Stück Kohle in der Hand. Zum ersten Mal. Hier im Streb, wo Generationen von Bergleuten malocht haben. Bald endet die Kohleförderung in Deutschland. Und damit das Leben unter Tage. Dann ist im Ruhrpott Schicht im Schacht. Und es bleiben nur noch Erinnerungen: an den wortkargen Vater und die Abende mit Bier, Schnaps und Marschmusik aus dem Küchenradio. An ein Milieu, das für immer verschwinden wird. »Marschmusik« ist eine Geschichte vom Erwachsenwerden, ein Buch über die magische Welt des Kohlebergbaus und über die verführerische Kraft der Finsternis unter Tage – allem Verschwinden zum Trotz immer wieder erzählt mit Leichtigkeit und Witz.

M ARTIN B ECKER, 1982 geboren. Macht Radio. Schreibt Bücher. Mag Hunde. Er ist in der sauerländischen Kleinstadt Plettenberg aufgewachsen, freier Autor für den öffentlich-rechtlichen Rundfunk, Literaturkritiker beim Deutschlandfunk und bei Deutschlandradio Kultur und berichtet in Features und Reportagen unter anderem aus Tschechien, Frankreich, Kanada und Brasilien. 2007 erschien sein mehrfach ausgezeichneter Erzählband »Ein schönes Leben«, 2014 sein Roman »Der Rest der Nacht«, 2017 sein Roman »Marschmusik«. 2019 legt er mit »Warten auf Kafka« eine literarische Seelenkunde Tschechiens vor. Martin Becker lebt in Köln.

MARTIN BECKER

Marschmusik

Roman

btb

Sollte diese Publikation Links auf Webseiten Dritter enthalten,
so übernehmen wir für deren Inhalte keine Haftung,
da wir uns diese nicht zu eigen machen, sondern lediglich auf
deren Stand zum Zeitpunkt der Erstveröffentlichung verweisen.

Verlagsgruppe Random House FSC® N001967

1. Auflage
Genehmigte Taschenbuchausgabe Februar 2019
btb Verlag in der Verlagsgruppe Random House GmbH,
Neumarkter Straße 28, 81673 München
© 2017 Luchterhand Literaturverlag in der
Verlagsgruppe Random House GmbH
Covergestaltung: sempersmile nach einem Entwurf von buxdesign
Covermotiv: © Maremagnum/Getty Images
Druck und Einband: GGP Media GmbH, Pößneck
SK · Herstellung: sc
Printed in Germany
ISBN 978-3-442-71755-2

www.btb-verlag.de
www.facebook.com/btbverlag

Für meinen Bruder Christian

alter hase passé alles träumen
gezwungen seinen bau zu räumen
hatte die hatz satt mit absicht
löschte er die lichter nicht

Samuel Beckett, »Trötentöne«

I

UNTER TAGE

Jetzt sind es noch wenige Meter zu Fuß. Ich könnte trödeln, aber es hilft ja nichts. Diesmal wird es nicht so schlimm, sage ich mir, während ich aus dem Linienbus steige. Ist ja nicht für lange. Unzählige Töchter und Söhne besuchen gerade ihre Familien. Oder das, was noch davon übrig ist. An Orten, die sie Heimat nennen. Die gehen ja auch nicht gleich ein. Vor der Abfahrt bin ich noch guter Dinge: Du wirst Spaziergänge durch die Wälder machen, in denen du als Kind gewesen bist, du wirst mindestens einen alten Schulfreund auf der Straße treffen und ein Bier mit ihm trinken gehen. Jetzt passiert der Zug die Mittelgebirgslandschaft. Erst das Kohlekraftwerk, die Weiden, die Felder, die vielen Tunnel, dann der Bahnhof, an dem ich aussteige. Mündendorf. Umsteigemöglichkeit zum Bus. Soll die Panik doch bleiben, wo der Pfeffer wächst.

Mein Mantra: Diesmal wird es nicht so schlimm. Diesmal nicht. Jahrelang war jede Rückkehr eine Qual, jahrelang habe ich in den Nächten vor der Reise schlecht geschlafen, jahrelang wollte ich in letzter Sekunde alles abblasen. Diesmal werde ich mich nicht fürchten, wenn die Reihenhäuser in Sichtweite kommen. Da ist doch nichts dabei, Kopf hoch und Brust raus. Was macht dir denn so eine Angst?

Du hast die Welt gesehen. Du bist betrunken durch

Brooklyn getorkelt und warst verliebt in Paris, in Rio de Janeiro hat man dich mit einem Messer überfallen. Wer das durchsteht, wird auch Mündendorf überleben.

Der Vorgarten verwildert, die Fassade grünspanig und rissig, der gepflasterte Parkplatz lange nicht mehr genutzt. In der Ecke des Flachdachs brüten öfters Vögel, nisten manchmal Wespen. Ein schmuckloses Gebäude von der Stange, in die Jahre gekommen. Ein bescheidenes Häuschen mit wenigen Zimmern. Trotzdem stelle ich mir manchmal vor, wie es wäre, es zu übernehmen, Wände einzureißen und Zimmer zu vergrößern, Parkett auszuwählen und alles von Grund auf umzugestalten. Das ist eben unser Haus.

Es gehört, das riecht man schon im Flur, ganz dem Nikotin. Meine Eltern haben in diesem noch immer nicht abbezahlten Reihenhaus etwa eine halbe Million Zigaretten geraucht, habe ich ausgerechnet. Als Kind schlief ich abends auf dem Sofa im Wohnzimmer, während meine Eltern vor dem Fernseher saßen. Ich wollte nie allein sein. Es wurde gequalmt und gequalmt und gequalmt. Nikotin hat meine Träume vernebelt, noch bevor ich denken konnte.

Eine halbe Million Zigaretten, das sind mindestens ebenso viele Erinnerungen. Mein Vater, der am Bahnhof steht, um mich abzuholen, meine Mutter, die vor dem Kindergarten auf mich wartet, mein Vater, der schon gezeichnet ist am Ende seines Lebens und immer noch eine Zigarette in der Hand hat, meine Mutter, die sich auf dem Beifahrersitz eine ansteckt, während wir unterwegs an die Nordsee sind. In den Hotels mancher Länder ist das Rauchen noch erlaubt, man betritt die Lobby oder das Zimmer und kann ihn riechen, den Qualm, der sich über Generationen hinweg in den Polstermöbeln hält. Es genügt manchmal, dass jemand auf der Straße den Qualm seiner Zigarette nach hinten pustet und mir versehentlich ins Gesicht, und schon wird der fremde Mann vor mir zu meinem Vater, für den Bruchteil einer Sekunde.

Eine halbe Million Zigaretten haben sich in den Schränken und Teppichen und Tapeten verewigt, nähme man alle Bilderrahmen in unserem Haus von der Wand, dann würde eine seltsame Ausstellung entstehen, abstrakte Scherenschnitte, Licht und Schatten. Eine kurze Geschichte der proletarischen Reihenhausfamilie des späten 20. Jahrhunderts kurz vor ihrem Untergang, erzählt vom Nikotin höchstpersönlich.

Eine halbe Million Zigaretten, das wäre, gehen wir von einer durchschnittlichen Rauchdauer von fünf Minuten aus, eine ununterbrochene Beschäftigung von erstaunlichem Ausmaß. Vier ganze Jahre und noch dazu einen weiteren Frühling, Sommer und Herbst haben meine Eltern verraucht. Und als jener letzte Herbst vorbei war, ist mein Vater gestorben.

Ihn hat die Qualmerei mit achtundsechzig Jahren umgebracht. Meine Mutter handelte sich vorher schon einen schweren Hirnschlag ein, und trotzdem steckte sie sich nach Wochen im Koma und noch viel längerer Genesungszeit wieder eine an.

Über die grünen Fliesen in Richtung Wohnzimmer gehen. Die Schuhe mutwillig anbehalten. Sachen machen, die früher undenkbar waren: Besteck schmutzig auf Tischen liegen lassen, den sichtbar staubigen Teppich nicht absaugen, Tassen und Teller falsch einsortieren, Dinge in Unordnung bringen und sich nicht darum scheren. Niemand bestraft mich mehr dafür. Die schlimmen Launen meines Vaters sind mit ihm verschwunden.

Meine Mutter sitzt in ihrem Sessel vor dem Fernseher, sie hat eine Zigarette in der Hand und trinkt Cola. Ihre in Falten gelegte Stirn. Ihre praktische Frisur. Ihre großen und mit ihrem rasanten Altern so freundlich gewordenen Augen. Es rührt mich, sie so zu sehen. Mit ihrem ständigen Staunen, mit ihrem kindlichen Gemüt, das sie seit ihrer Krankheit wieder besitzt. Sie hat nicht gehört, wie ich die Haustür aufgeschlossen habe. Hätte sie mich bemerkt, dann wäre sie längst aufgesprungen.

Da ist ja mein Junge, hätte sie gerufen, da ist ja mein Junge. Sie hätte mich lang und fest umarmt, fester, als man es von ihren dünnen Armen erwarten würde. Und dann wäre sie in die Küche gehumpelt und hätte den Ofen angestellt oder zumindest die belegten Brote aus dem Kühlschrank genommen. Ihr Gedächtnis ist unzuverlässig, der Alltag allein nicht mehr zu bewältigen. Aber wenn ich ihr meinen Besuch ankündige, dann funktionieren die mütterlichen Reflexe noch. Immer macht sie harmlose Witze über mich, immer dichtet sie mir eine neue Freundin an, immer schimpft sie über meine unmögliche Frisur und meine komischen Klamotten, immer stört sie sich daran, dass ich so unrasiert bin.

Meine Mutter ist mager und klein geworden und hat viele Zähne verloren. Nur ihr Haar wird nicht weniger. Sie sieht jetzt aus wie eine ganz alte Frau, wesentlich älter, als sie in Wahrheit ist. Das kommt nicht nur von den Zigaretten, sondern vor allem von der Krankheit. Sie schaut einen Film. Seit sie ihr Hörgerät verloren hat, und das ist sicher schon ein Jahrzehnt her, stellt sie den Fernseher auf höchste Lautstärke. Man muss schreien, um mit ihr zu sprechen.

Sie hat eine ausgesprochene Vorliebe für Actionfilme. Bruce Willis, Jean-Claude Van Damme und Sylvester Stallone sind ihre Helden. Oft tobt der Kampf des Guten gegen das Böse, peitschen Maschinengewehrsalven in ohrenbetäubender Lautstärke durch den Raum. Manchmal lacht sie laut, wenn im Film ein Witz erzählt wird. Und wartet der Bösewicht mit geladener Waffe im Hinterhalt, dann versucht sie, den Helden zu warnen. Ich will nicht, dass sie mich schon bemerkt. Ich will ihr beim Fernsehen zuschauen.

Schläfst du denn diesmal hier, wird sie mich später fragen, und wieder werde ich sie enttäuschen. Schon vor dem Tod meines Vaters konnte ich kaum noch in diesem Haus schlafen, irgendwann ist dieses rätselhafte Unbehagen so mächtig geworden, dass ich lieber eine kalte Ferienwohnung miete wie ein Handwerker auf Montage oder im Haus meines Bruders auf dem aufblasbaren Gästebett im Zimmer meiner Neffen übernachte, obwohl hier ein viel bequemerer Schlafplatz wäre. Schläfst du denn diesmal hier, wird meine Mutter fragen, und ich werde verneinen wie üblich, und dann wird sie enttäuscht sein, es aber schnell wieder vergessen haben. Das Glück ihrer Krankheit: dass selbst große Traurigkeit nie von langer Dauer ist. Sie wird mir erzählen, was ich schon aus unseren sich ständig wiederholenden Telefonaten weiß. Dass ihr Bein kaputt ist, dass es doch schöner wäre, wenn wir uns öfters sehen würden, dass sie sich danach sehnt, mit mir in den Urlaub zu fahren oder mich in der Großstadt zu besuchen, dass sie endlich mal wieder auf den Friedhof will und dass sie die Telefonnummer von Bechen verloren hat und ich sie ihr gefälligst beschaffen soll.

Sie hat mich noch nicht bemerkt. Sie sitzt im Wohnzimmer unseres Reihenhauses, wie jeden Abend, sie wird ihre Tabletten unter der Aufsicht des extra dafür ins Haus kommenden Pflegepersonals einnehmen, wie jeden Abend. Dann wird sie ins Bett gehen. Obwohl es noch früh ist und die Sonne gerade erst hinter dem Mittelgebirgspanorama verschwunden. Wenn ich mir manchmal aus der Ferne vorstelle, wie meine Mutter einsam auf die Nacht wartet, dann trifft es mich. Dann bin ich manchmal auch mutterseelenallein und so unglaublich traurig, dass mir die Spucke wegbleibt, dass ich mich mit einem Freund verabrede und trinke, sehr viel trinke. In manchen Momenten macht es mir nicht so viel aus, dann denke ich: Sie hat ihr Leben gelebt, vier Kinder großgezogen, und keins davon ist obdachlos oder verrückt oder jemals im Gefängnis gewesen, und jetzt sitzt sie eben Abend für Abend in ihrem Sessel mit den Brandlöchern und raucht und trinkt Cola, und an manchen Tagen bringt mein Bruder ihr Ente mit Reis vom Kleinstadtasiaten vorbei, und sie ist glücklich. Das ist eben der Rest vom Leben, der noch bleibt.

Das Bett meiner Mutter steht neuerdings nur wenige Meter entfernt, mein Bruder hat es so eingerichtet, seit sie nicht mehr gut laufen kann und ihren Rollator braucht. Es steht jetzt dort, wo früher die Essecke war.

Man braucht keine Essecke mehr in diesem Haus. Die Familie, die hier mal lebte, hat sich tatsächlich auserzählt, denke ich manchmal. Wie eine Fernsehserie auserzählt sein kann – es kommen nur noch Wiederholungen, bis sie irgendwann ganz verschwindet. Meine Mutter, noch keine siebzig Jahre alt, hält hier die Stellung. Sie weiß manchmal nicht, welcher Wochentag gerade ist, wohl aber, wann ich versprochen habe, mit ihr ein Eis essen zu gehen. Sie ist zäh, mehr als das.

Ich lehne im hölzernen Rahmen der Wohnzimmertür. Da ist noch die Schrankwand aus Furnierholz mit den Fotoalben und abgehefteten Versandhausrechnungen, Lottoscheinen und Schulzeugnissen. Da sind noch die Bilderrahmen an der Wand. Da ist noch meine zähe Mutter, die in ihrem Sessel sitzt und Actionkracher schaut. Ich stehe schon zehn, zwanzig Minuten in der Tür. Jetzt kommt Werbung, jetzt rufe ich sie. Ihre graublauen Augen leuchten, als sie mich sieht, und gleich steht sie auf und ruft meinen Namen, immer und immer wieder ruft sie meinen Namen, sie humpelt auf mich zu. Gleich fällt sie mir weinend um den Hals. Schnitzel und Bratkartoffeln hat sie für mich gemacht, von denen sie selbst nichts gegessen hat.

Die Stille vor dem ersten Ton. Eine Schützenhalle. Das große Konzert des Musikzugs. Mehrere hundert Leute sitzen auf ihren Stühlen, schauen mich an. Solo für Posaune und Blasorchester. Volkstümliche Fantasie über ein Motiv von Wolfgang Amadeus Mozart. Die Luft ist trocken. Im Publikum hustet jemand. Ich schwitze. Der erste Ton ist alles. Auf ihn kommt es an. Der Dirigent hebt den Stock. Das Orchester setzt ein. Ich konzentriere mich. Es ist mein erstes Solo. Es bleibt mein einziges Solo. Noch zehn Takte. Locker bleiben. Die Spannung halten. In den Bauch atmen. Meine Eltern tragen ihre feinsten Sachen, das tun sie sonst nur an Weihnachten. Sie haben ihre beste Zeit vor sich, mein Vater ist kurz vor der Rente, meine Mutter macht gerade ihren Führerschein. Stolz hören sie mir dort irgendwo im Dunkeln zu, während ich hier oben auf der Bühne stehe, schwitzend, aufgeregt, voller Adrenalin. Noch sechs Takte. Ich muss kaum noch auf die Noten schauen, ich kenne meinen Part auswendig. Auf den ersten Ton achten, der ist mir so oft missglückt, aber in der Generalprobe ging alles gut. Toi, toi, toi, hat mein junger Lehrer gesagt, der noch kein Solo gespielt hat, er ist so stolz auf mich, ich will niemanden enttäuschen, am wenigsten mich selbst. Noch fünf Takte. Es ist mein letzter Auftritt mit dem Musikzug. Ich weiß es schon, aber hier weiß es noch niemand. Ich will keine Marschmusik mehr spielen, werde ich ihnen sagen, das versaut mir den Ansatz. Ich will richtiger Musiker werden, beruflich, und das kann ich hier leider nicht, werde ich ihnen sagen. Nicht dran denken, nicht jetzt. Noch drei Takte. Der Dirigent wirft einen Blick in meine Richtung. Zieht die Augenbrauen hoch. Lächelt. Jemand im Publikum niest. Das Orchester verstummt. Alles hört auf mich. Mein Solo. Der erste Ton ist schwierig. Meine Lippen zittern. Ich treffe den Ton nicht. Es klingt seltsam. Aber niemandem fällt es auf. Nach einigen Takten setzt das Orchester mit mir ein. Ab jetzt geht alles gut. Hinterher werde ich mich verbeugen, wieder und wieder. Und der Applaus wird stürmisch sein.

Das Stück Kohle in meiner Hand ist noch warm. Wenige Augenblicke vorher hat die Maschine es mit lautem Getöse aus dem Berg herausgebrochen. Ich stehe ungläubig und aufgeregt da, wäre ich nicht schon mit Fieber angefahren, dann hätte ich es spätestens jetzt: schwarzes Gold. Ich hatte nie verstanden, was damit gemeint ist. Ich musste erst mehr als einen Kilometer tief in den Berg fahren, über eine halbe

Stunde weiter mit dem Zug und nochmals eine Viertelstunde zu Fuß, um das zu verstehen. Ich stehe da mit meinem Helm, meiner Schutzbrille, meiner Grubenleuchte, meinem Selbstretter, meinen Schienbeinschonern, meinen klobigen Stiefeln, meiner Hose, meinem Hemd, meiner Jacke, meiner Unterhose, meinen Socken, alles gestellt von der Zeche. Mein Gesicht wird hinterher nicht richtig schwarz sein, nur aus der Nase werden auch am Abend noch Kohlenpartikel kommen, die mich daran erinnern, wo ich war. Das Stück Kohle kühlt ab. Musst du abbürsten, sagt der Steiger, einmal, zweimal, und dann Klarlack drauf, dann hast du lange was davon. Was ist das für ein Glück in seinem Blick bei allem, was er mir erklärt. Eine Zufriedenheit. Ja, seine Augen glänzen wie das Stück Kohle, was der Berg für mich hergegeben hat. Ich kenne diesen Glanz sehr gut. So sah mein Vater aus, wenn er samstags seinen Schnaps trank und vom Pütt erzählte. So lebte er also. So war er gewesen. Und jetzt sehe ich in meinem Fieber plötzlich alles. Und jetzt, erst jetzt kann ich wirklich davon erzählen, denke ich. Und ich denke an die Sauhunde dieser Welt. Und stecke mir mein Stück Kohle in die Jackentasche.

Hartmann trat an einem kalten und ungemütlichen Abend in mein Leben. Das stimmt natürlich so nicht ganz, denn es hatte Hans Hartmann immer gegeben. Hartmann war der beste Freund meines Vaters gewesen, sie hatten zusammen auf der Zeche malocht, schöne Jahre, sagte mein Vater immer. Sie hatten zusammen gesoffen und Blödsinn gemacht, und nach all den Geschichten, die ich von meinem Vater kenne, kann ich wohl mit Fug und Recht behaupten, dass dieser Hartmann der einzige wirklich enge Freund war, den mein Vater jemals hatte. Später gab es Bekannte und Arbeitskollegen und vor allem seine Familie, aber keinen Hartmann mehr.

Mein Vater war ein stoischer und schüchterner Eigenbrötler, der schon in jungen Jahren seine Ruhe haben wollte, das steigerte sich bis zum Ende, so sehr, dass er sich irgendwann am Rand der absoluten sozialen Stille befand. Nicht, dass ihn das unglücklich machte, aber doch hatte er einen seltenen Glanz in den Augen, wenn er von Hartmann sprach. Als wäre seine Jugend erst einige Tage her gewesen.

Ich selbst war Hartmann nie begegnet. Als ich auf die Welt kam, hatten mein Vater und er schon lange keinen Kontakt mehr. Aus allem, was ich heute weiß, kann ich die Angelegenheit ganz gut rekapitulieren: Hartmann war irgendwann unglücklich verliebt, angeblich hatte er sogar ein uneheliches Kind, jedenfalls übertrieb er es mit der Sauferei, beschränkte die Schnäpse nicht mehr aufs Wochenende und kam einmal zu oft blau oder gar nicht auf den Pütt, was dazu führte, dass sie ihn hochkant rauswarfen. Danach ging es abwärts: Er knackte eine Handvoll Automaten und wurde erwischt, er knackte noch andere Dinge und wurde wieder erwischt, was ihm dann, wie mir mein Vater erzählte, mehrmals Gratisurlaube bei voller Verpflegung einbrachte.

Nachdem Hartmann öfter besoffen und jämmerlich bei ihnen aufgetaucht war und Obdach suchte, hatte meine Mutter genug. Sie hatte Angst vor ihm, und mein Vater wiederum hatte Angst vor der Angst meiner Mutter, also verlor er Hans Hartmann aus den Augen. Hartmann hat die Kurve noch gekriegt, wie ich heute weiß, aber da war es zu

spät für meine Mutter: Die Geschichten vom Automaten-
knacker und Kleinkriminellen hat sie mir erzählt, als ich ein
Kleinkind war. Nicht selten kontrollierte sie, wenn mein
Vater Nachtschicht hatte, abends die Terrassentür zweimal
oder dreimal und sagte mehr zu sich als zu mir: Sicher ist sicher, bevor so einer wie der Hartmann kommt. Erzähl ihm
nicht so einen Blödsinn, hatte mein Vater manchmal fast
resigniert gesagt, aber gegen den Einfluss meiner nervösen
Mutter hatte er keine Chance. So wurde der ehemals beste Freund meines Vaters zur Projektionsfläche für meine
kindlichen Neurosen. Die guten Geschichten verblassten
mehr und mehr zugunsten des Bilds eines rücksichtslosen
Mannes, der im Wald über unserem Reihenhaus auf Hoch-
sitzen campiert und die Nachbarschaft mit dem Fernglas
auf fette Beute absucht, bevor er sich mit Sturmhaube und
Brecheisen holt, was ihm nicht gehört.

Vielleicht war meine Sorge ja letztlich sogar berechtigt,
wenn man so will, denn dieser Prototyp eines Kleinkriminellen brach nun wirklich ein, wortwörtlich, in meine Exis-
tenz nämlich. Als würde ein Dieb sich Zugang zum Haus
verschaffen, einzig und allein mit dem Ziel, abgegriffene
Fotoalben aufzuschlagen und geschickt in den Wohnräu-
men zu verteilen, längst vergessene Dokumente auszubrei-
ten, die Schublade mit den Erinnerungen zu durchwühlen
und besondere Exponate auf dem Kopfkissen des Bewoh-
ners zu drapieren. Hartmann war plötzlich da. Und mit
ihm die alten Zeiten, vor denen ich mich doch versteckte,
so gut es ging.

Wenn ich die Augen zumache, kann ich mich erinnern, sagt Berta.

Da war das Haus, wo wir lebten. Über uns wohnte eine alte Frau. Die hat immer versucht, mir was Gutes zu tun. Als kleines Kind. Die hat mir allen Ernstes rohe Eier mit Rotwein eingeflößt. Neben uns, ein kleines Stück entfernt, da fingen die Obstbäume an. Und hinter der Mauer war der Bauernhof. Ich weiß noch, da war ich so drei oder vier, da sind wir über die Mauer. Deine Mutter und ich. Wie wir das geschafft haben, das weiß ich nicht mehr. Jedenfalls sind wir zum Kükenstall gegangen. So ein großer Drahtkorb, weißt du, wie das aussieht? Und deine Mutter, so garstig, wie sie war, hat mich einfach da eingesperrt. Und ist abgehauen. Und dann kam der Bauer, und dann war die Hölle los. Das vergesse ich nie. Heute kann ich darüber lachen.

Das alles begann vor etwa einem Jahr, als an einem Dienstag im November mein Telefon klingelte. Ich war an diesem Abend ohnehin nervös, eine Reise stand mir bevor: Ich fuhr zu meiner Mutter, und das war schlimmer als jeder Langstreckenflug inmitten von Gewitterzellen.

Ich weiß noch genau, wie ich mich fühlte, als das Telefon in mein Unbehagen hineinklingelte, denn das Datum ist wie eingemeißelt in alle Kalender, die ich je besessen habe und je besitzen werde. Ich kann mich noch so sehr darum bemühen, dieser eine verdammte Tag im Jahr lässt sich nicht tilgen und lässt sich nicht streichen und lässt sich nicht negieren. Ich habe es mit Reisen versucht, einmal war ich in den USA und döste im Tompkins Park im East Village, verspäteter Indian Summer, einmal hatte ich ein Flugzeug nach

La Palma genommen und vertrieb den ewigen Herbst m. ewigem Frühling, einmal schloss ich mich einfach mit einer Flasche Wodka in meiner Wohnung ein und spielte Winter im Herzen, bis es zu Turbulenzen kam, zu regelrechten Hagelstürmen, die jeden Flug durch die innertropische Konvergenzzone mit Leichtigkeit in den Schatten stellten. Dieser verdammte Tag im November, es bräuchte noch viel kräftigere Kraftausdrücke, um ihm wirklich gerecht zu werden, war der Todestag meines Vaters.

Bleiben wir doch einen Augenblick bei meinem Zustand an jenem Abend, den ich diesmal nicht im Ausland oder in vorsätzlichem Alkoholrausch verbrachte: Ich saß auf meinem Sofa und hörte Musik. Ich war zufrieden mit meinem Leben. Ich bin im Sternzeichen Skorpion geboren an einem diesigen Nachmittag in einem Kleinstadtkrankenhaus. Skorpione haben oft Brüder, mit denen sie nicht mehr reden. Skorpione neigen zur Hypochondrie und besitzen in ebenso messbarer Häufigkeit ein dünnes Nervenkostüm in emotionalen Ausnahmesituationen. Skorpione sind allerdings auch sehr stressresistent, wenn es darauf ankommt. Ich glaube nicht an Astrologie.

Was gab es da auch zu verdrängen? War es wirklich der Rede wert? Eltern leben, Eltern sind Eltern, Eltern sterben, idealerweise, vor ihren Kindern, alles andere wäre doch lachhaft. Auch war mein Vater nicht plötzlich und unerwartet aus dem Leben gerissen worden – er hatte sich monatelang nicht wohlgefühlt und die Diagnose vier Wochen vor seinem Tod bekommen, mit achtundsechzig Jahren, genau so hatte er es jahrelang vorhergesagt, genau so prognostizierten es, fand ich später heraus, auch interne Dokumente diverser Versicherungen: Mit dem Eintritt in

undsechzigstes Lebensjahr hatte mein Vater die
e mittlere Lebenserwartung eines (stark rauchen-
...es seiner Generation aus der Arbeiterschicht er-
reicht. Was mir das Leben aber so schwer machte, seit er
nicht mehr da war: dass mit seinem Verschwinden auch diese Familie verschwand, die einzige, die ich besaß. Und mit
ihr auch die Dinge, an die ich glaubte: zum Beispiel daran,
dass man nicht viel Geld braucht, um ein gutes Leben zu
haben. Zum Beispiel daran, dass man nicht hochnäsig sein
soll und arrogant. Zum Beispiel daran, dass ein richtiger
Witz zur richtigen Zeit auch die schwersten Dinge ein bisschen leichter machen kann. Ich lebte so, wie ich es von meinen Eltern gelernt hatte. Auch wenn sich das Leben, das ich
führte, fundamental von ihrem Leben unterschied.

Meine Mutter war schon viele Jahre krank, mit meinem
älteren Bruder sprach ich nicht mehr, und der andere Bruder und ich kämpften manchmal wie Schiffbrüchige darum,
uns an diese letzte Planke zu klammern, die uns zumindest
noch verband und vor dem Absaufen rettete.

Damit wir uns nicht falsch verstehen: Es ging mir blen-
dend. Ich nutzte die zivilisatorischen Errungenschaften
am Beginn des 21. Jahrhunderts nach Kräften, ich zer-
streute mich, ich war zuverlässig und flexibel, ich war jederzeit in der Lage, mein Leben umzukrempeln, wie wäre
es mit einer neuen Kampfsportart, Judo hatte ich doch als
Kind schon gemocht, ich war jederzeit bereit, den Koffer
zu packen und auf Reisen zu gehen, ich fühlte mich nicht
schlecht, ich redete selten über meine Familie und noch seltener darüber, was es mit dem Schweben auf sich hatte, nur
um das klipp und klar zu sagen, ich war nicht einsam, ich
war nicht orientierungslos, ich stand, wie sagt man, mit-

ten im Leben, ich wusste, was im Feuilleton zu lesen war, ich wusste, worüber man zu reden hatte in den Kreisen der sogenannten Intellektuellen, zu denen ich nie ganz gehörte, ich lebte das Bilderbuchleben eines Kleinstadtjungen in der mittleren Großstadt, der es zu etwas Schönem gebracht hatte, mir fehlte nichts Wesentliches, es gab keinen Mangel, im Großen und Ganzen, zum Jammern kein Anlass, zum Klagen keine Not, aber, damit wir uns nicht falsch verstehen, ich schwebte eben auch, ob ich wollte oder nicht, und das ist das, was man eben nur schwer erklären kann, das ist vielleicht das Alleinstellungsmerkmal einer solchen Familie, in der die Onkel und Tanten rar gesät und weit weg sind und die Großelterngeneration eine Unbekannte geblieben ist, weil sie schlicht und ergreifend nicht mehr vorhanden war, als ich auf die Welt kam, ich schwebte permanent, weil ich keine Wahl hatte, weil der Boden unter den Füßen fehlte.

Vor gut einem Jahr saß ich am Todestag meines Vaters in meiner Wohnung, und all diese Dinge gingen mir durch den Kopf, aber ich hielt sie aus. Ich haute nicht ab diesmal, sondern nahm die Traurigkeit in Kauf, ich hatte mir gerade einen heißen Tee gemacht und hätte gern einen Schuss Rum in den Tee gegeben, aber ich hatte keinen im Haus. Ich dachte an die Flasche Korn, die mein Vater einige Wochen vor seinem Tod auf den Balkon gestellt hatte, den trank er immer samstags, wenn er allein in der Küche saß. Diese Flasche Korn jedenfalls hatte er nicht mehr angerührt, und mein Bruder und ich hatten uns am Tag der Beerdigung überlegt, dass wir uns den Schnaps teilen würden an einem Abend, aber dazu war es nicht gekommen, wir entsorgten die Flasche irgendwann. Jetzt hatte ich doch einen Kloß im

Hals und bereute es, dieses Jahr nicht die Stadt und nicht das Land verlassen zu haben.

Doch dann klingelte das Telefon.

Zuerst hörte ich das markante Pfeifen, der Anrufer war kurzatmig, und immer, wenn er Luft ausstieß, gab es dieses Geräusch. Noch bevor ein Wort gewechselt wurde, fiel mir die leise Musik am anderen Ende der Leitung auf: Blaskapelle, Märsche. Die Marschmusik sollte alle unsere zukünftigen Gespräche begleiten.

Geht ja doch mal jemand an den Apparat, sagte der alte Mann mit heiserer Stimme.

Wer ist denn da, fragte ich. Der alte Mann hustete und schwieg. Alt, Ruhrpottdialekt, Militärmusik – war sicher einer, der sich verwählt hatte. Sind Sie noch dran, fragte ich. Du erkennst mich nicht, sagte der Mann in einem Tonfall, der die Situation umkehrte: argwöhnisch und wortkarg, als hätte ich ihn ungebeten angerufen und nicht er mich. Ich habe keine Ahnung, wer Sie sind, sagte ich. Du bist der Kurze vom Jupp, sagte er. Wir haben uns ein Mal gesehen, sagte er, vor zehn Jahren, bei der Beerdigung von deinem Alten. Haben wir uns unterhalten, fragte ich. War mir zu viel, hab dir 'nen Zwanziger in die Hand gedrückt und bin weg. Ich hatte kein Gesicht vor Augen. Hat dein Vater dir mal vom Hartmann erzählt? Das kann man wohl sagen, sagte ich. Bestimmt nur Scheiße, sagte er und lachte heiser. Dann wieder Schweigen. Und wieder Lungenpfeifen. Und ein neuer Marsch mit Pauken und Trompeten. Vielleicht ist er durcheinander, dachte ich, vielleicht braucht er Hilfe, vielleicht weiß er nicht, was er tut.

Bist du der Hartmann, fragte ich. Ich erzähl dir mal was,

Junge, sagte der alte Mann. Vor ein paar Wochen hab ich dich nachts im Radio gehört. Diese Geschichte mit den Eskimos. Ich war erstaunt. Tatsächlich hatte ich in den Monaten davor Zeit mit einigen Inuit auf Grönland verbracht – was Hartmann gehört hatte, war eine Reportage über die Melancholie ihrer Sprache gewesen, dem Inuktitut. Hartmann erzählte weiter. Davon, dass er auch meinen Bericht über die Favelas verfolgt und meine auf einer Polarexpedition aufgenommenen Buckelwalgesänge gehört habe. Davon, dass er zu lange gezögert habe, davon, dass er sich mit meinem Vater noch einige Briefe geschrieben habe, was mich vom Hocker haute, denn mein Vater hatte meines Wissens nie in seinem Leben einen Brief geschrieben, davon, dass er mich anrufen müsse, so lange es noch ging, seine Lunge würde nicht mehr lange mitmachen, und wo keine Luft mehr, da keine Worte. Ich fahre morgen zu meiner Mutter, sagte ich, ich muss noch packen und so weiter. Du hast viel zu tun, sagte Hartmann, du hast viel zu tun. Das stimmt, sagte ich. Wenn du willst, sagte er, kannst du mich ja mal besuchen. Ich überlege es mir, sagte ich. Du fährst um die Welt und weißt Bescheid, sagte Hartmann, schade nur, dass du nicht weißt, wie man die eigene Haustür aufschließt. Jetzt wurde es mir zu bunt. Ich wollte widersprechen und zetern, alter Mann hin oder her, was bildete sich Hartmann ein, aber er kam mir zuvor und sagte: Glück auf, Junge, und dann lachte er, und ehe ich nachdenken konnte, hatte ich ihm aus Reflex geantwortet: Glück auf, Hartmann, und mir sollte erst viel später klar werden, dass er damit den ersten Punkt gemacht hatte, dass ich aus diesem Spiel so schnell nicht mehr rauskommen würde.

Ich räume die abgelaufenen Lebensmittel aus dem Kühlschrank. Meine Mutter soll davon nichts mitbekommen. Ich entsorge Plundergebäck, Sahneteilchen, Toastbroat und Wurst, ich schmeiße das ranzige Salatdressing weg und ein hart gewordenes Stück Käse. Dann trage ich den Beutel nach draußen und werfe ihn in die Mülltonne. Es ist doch rasch dunkel geworden. Die Spitzen der Tannen im Mondlicht. Das Schwanken der Straßenlaterne. Es ist oft windig hier. Die Lampen in den Küchen des Hauses gegenüber sind ausgeschaltet. Niemand da. Ich kenne die Menschen, die dort leben. Wie geht es Harald, der bei der Stadtreinigung gearbeitet hat, bis die Knie nicht mehr mitmachten? Was tut wohl Franz, dessen grüner Kleinwagen an einem Morgen nicht mehr vor der Tür stand und der kurze Zeit später als Fluchtauto für eine Reihe von Banküberfällen diente? Lebt wohl Gerda noch, ist der Josef noch da, und was ist aus dem schaurigen Herrn Blumenberg geworden, der in seinem Keller Kanarienvögel züchtete und angeblich in manchen Nächten selbst in der großen Voliere schlief? Wo sind sie alle hin?

Im Briefkasten finde ich eine Ausgabe des Wachtturm, daraufgeklebt ein handgeschriebener gelber Zettel. Anrede an meine Mutter: Haben Sie sich schon mal gefragt, wie selten oder wie oft wir dankbar sind? Die Artikel in dieser Ausgabe geben Anhaltspunkte für die vielen Facetten von Demut und Dankbarkeit. Mit herzlichen Grüßen. Dass sie es nach all den Jahren immer noch nicht aufgegeben haben, obwohl meine Mutter ihnen in einem Zornesanfall mal die Tür vor die Stirn schlug. Ich werfe Heft und Zettel in die Abfalltonne. Ich sehe dem gleichmäßigen Blinken der Signalleuchten auf den Windkraftanlagen in der Ferne zu.

Die Windräder drehen sich in der Finsternis. Man sieht nur noch ihre Lichter, in deren Rhythmus ich zur Ruhe komme. Einatmen. Ausatmen. Tür zu. Jalousien zu. Zigarette anzünden. Einatmen. Ausatmen.

Denk doch an die schönen Dinge. An die kühle Luft im Wald, wenn du eine kleine Runde drehst. Vielleicht siehst du einen Hasen. Vielleicht siehst du sogar ein Reh. Denk an das Morgenlicht über den Bergen. An die Neffen, die sich schon so lange vorher freuen, dich zu sehen, mit dir Blödsinn zu machen. Daran, dass es schon nicht so schlimm wird. Zwei Wochen vor meiner Abfahrt muss ich mich beruhigen, zirkulieren immer wieder dieselben Gedanken in meinem Kopf, und dann wird es schlimmer und schlimmer. Am Tag vor meiner Fahrt, und dagegen ist immer noch kein Kraut gewachsen, kann ich mir nicht vorstellen, wie es sein wird, wenn ich wieder da bin von der Reise. Existiert die Idee schlichtweg nicht in mir, dass ich zurückkehren kann, dass ich zurückkommen werde in mein altes, in mein selbstverständliches Leben. Angesichts der Reise in die Kindheit, und wenn sie auch nur einige Tage lang ist, entzieht sich die Zukunft meiner Vorstellungskraft.

An meinem ersten Abend mache ich immer einen Rundgang durch unser Haus. Gehe die knackenden Treppen mit dem gusseisernen Geländer nach oben und nach unten, schaue aus den Fenstern ins Tal, sehe mich in den Räumen um. Meist hat sich nichts verändert. Die Zimmer haben schon vor längerer Zeit ihren Zweck verloren. Aber ist das nicht folgerichtig, ist das nicht besser, als wenn sie noch ganz und gar intakt wären? Wenn Kinderzimmer, Jugendzimmer, Elternschlafzimmer auf die Rückkehr der alten Zeiten vorbereitet wären? Nur darauf warteten, wieder so bespielt und belebt zu werden wie früher? Die Zimmer dienen nur noch der pragmatischen Logik eines Hauses, in dem eine greise, eigentlich gar nicht so alte Frau wohnt, deren Lebensradius sich nach und nach auf zwei Räume reduziert hat: Wohnzimmer und Küche.

Meine Mutter schaut fern, ich setze mich neben sie und versuche, unauffällig den Ton des Fernsehers leiser zu stellen. Diesmal habe ich Glück, und sie bemerkt es nicht, weil sie ganz vertieft ist in ihr Malbuch und nur ab und zu auf den Fernseher blickt. Seit zwei, drei Jahren malt meine Mutter diese Bücher aus. Irgendwer hat damit angefangen, ihr welche mitzubringen, das Pflegepersonal, mein Bruder, vielleicht auch sie selbst, weil sie die Ausmalhefte am Kiosk gesehen hat. Seitdem ist das ihr Zeitvertreib. Kommt mein Bruder vorbei, der die Lebensmittel für die Woche einkauft, dann interessieren sie vor allem zwei Dinge: Hast du mir Zigaretten mitgebracht? Hast du ein neues Malbuch dabei? Meine Mutter verfügt mittlerweile über ein großes Repertoire an Filzmalern und Buntstiften. Sie ist gewissenhaft und akribisch im Ausmalen der Bilder vor sich.

Und wie lang bleibst du denn, fragt sie, während sie damit beschäftigt ist, eine humorvolle Restaurantszene mit Comictieren farblich zu gestalten. Einige Tage, wie immer, sage ich. Eine Straußenfamilie sitzt am Tisch. Elefanten sind die Kellner. Der zahnlose Löwe ein vor sich hin träumender Koch. Du kommst ja immer nur so kurz, sagt sie. Den vorwurfsvollen Ton hat sie nicht verlernt. Er trifft mich noch immer. Du bleibst ja nie länger, aber ist ja auch nicht so wichtig, ist doch auch alles egal, schiebt sie nach, als ich nicht reagiere. Sollen wir morgen in die Stadt gehen, frage ich sie. Ich weiß, wie ich sie kriege. In die Stadt? Hab ich denn Geld? Aber sicher, sage ich, und wenn du keins hast, dann hab ich welches. Und was kaufen wir da? Gemüse und Obst vielleicht. Und Fisch. Und einen Pullover für dich. Ehrlich, fragt sie. Ist das denn wahr? Ehrlich, sage ich. Das machen wir, sagt sie. Ich war ja so lange nicht mehr in der Stadt. Warst du nicht letzte Woche in deiner Gruppe? Nein. Wirklich nicht? Ich dachte, du hättest mir das erzählt. Kann sein, aber das ist ja was ganz anderes. Und dann jammert sie über die vielen alten Leute bei ihren wöchentlichen Treffen, und wie allein sie sind, und dass sie ihnen ja gern helfen würde, es aber nicht kann. Und dann erzählt sie mir Geschichten, die ich schon vom Telefon kenne: Wer gestorben ist und wer weggezogen, wie es ihren Enkelkindern geht, und was in der Soap passiert ist, die sie jeden Tag anschaut. Ich gehe mal in die Küche, sage ich und stehe auf. Machst du uns überhaupt noch was zum Abendbrot, fragt sie. Aber wir hatten doch schon Abendbrot, sage ich, du hast mir Schnitzel gemacht und Bratkartoffeln und wolltest selbst nichts. Jetzt habe ich aber doch Hunger, sagt sie, machst du uns Fritten? Ich nicke und schüttele den Kopf und lächele, und auch sie lächelt mich an und vertieft sich wieder in ihr Buch. So eine Scheiße, höre ich sie später rufen, während ich die Pommes aus dem Eisfach nehme und in den Ofen schiebe, hab ich doch den Koch vergessen, den alten Blödmann. Muss ich auch noch ausmalen, den Koch. Mensch, Mensch, Mensch.

Im Garten stehen und rauchen, egal ob die Nachbarn es sehen. Über grüne Fliesen gehen und sich nicht um den Staub scheren. Das Radio einschalten und irgendeinen Sender einstellen, so laut es geht. Einfach irgendwo sitzen und nichts tun und die Wand anstarren. Die Spülmaschine nicht einräumen. Die Spülmaschine nicht ausräumen. Die alten Tageszeitungen auf dem Tisch lassen. Nicht mehr zusammenzucken bei jedem Geräusch. Es kann nicht der Vater sein.

Im Keller lagerten früher, akkurat sortiert, die Bierkisten, Weinflaschen und Vorräte. Als mein Vater starb, fanden wir einige Konservendosen, deren Mindesthaltbarkeitsdatum schon zwanzig Jahre zurücklag. Die Werkbank war ordentlich eingerichtet, Zangen und Hämmer, Schraubenschlüssel und Schraubenzieher, Dübel und Nägel, Leim und Kleister, Sägen und Taschenlampen, Tapetenreste von der letzten und für die nächste Renovierung, einige Bretter, übrig geblieben vom Bau der Gartenhütte. Nun stapelt sich dort alles, was woanders nur im Weg herumstünde. Und damit auch ein Stück der verschwindenden Geschichte der Menschen, die in diesem Haus lebten. Wie Sedimente von Gestein. Archäologische Fundgrube. Falls jemand in einigen Jahrtausenden nachschauen möchte, wie es sich hier gelebt hat. Ein unnütz gewordener Grill, ein umgeknickter Sonnenschirm, eine Mikrowelle, ein Brotbackautomat, ein in sich zusammengefallener Fußball, eine nicht mehr zu gebrauchende Kaffeemaschine, ein noch eingeschweißter Blumenkübelhalter, ein ebenfalls noch eingepackter Scheibenwischer, dem das passende Auto mittlerweile fehlt, ein vergilbter Lampenschirm, zwei Angelruten. Und Tüten und Kisten und Kartons. Und der Bräter, in dem der Sauerbraten mariniert wurde. Und einige Silvesterraketen. Und eine Bowleschüssel. Und einige verstaubte Partyhüte. Ja, Partyhüte. Relikte und Reste und Überbleibsel, an die sich keiner so richtig herantraut. Die Räume des Hauses haben nicht nur ihre Funktion verloren, die Seele ist aus ihnen gewichen.

32

Jetzt sitze ich wieder in der Küche und bekämpfe Qualm mit Qualm. Ich rauche, während ich auf die Pommes warte. Das Gröbste hast du ja schon hinter dir. Ich könnte nicht mal sagen, was so schlimm daran ist, in das verrauchte Haus zurückzukommen und mich von meiner alt gewordenen Mutter umarmen zu lassen. Aber es ist schlimm. Manchmal erwische ich mich noch dabei, wie ich die Tage in Stunden seziere und die Stunden in Minuten. Wie ich routiniert ausrechne, wann ich mein persönliches Bergfest feiern kann. Wie ich runterzähle. Drei Nächte, zwei Nächte, eine Nacht. Noch ein Morgen, noch ein Nachmittag, noch ein Abend. Ich bleibe nie länger als drei Tage. Das ist doch wirklich nichts. Also wirst du auch nicht so erschöpft sein wie üblich und krank werden. Alle Ermutigungen helfen nichts. Komme ich zurück, dann bin ich so kaputt, als hätte ich die drei Nächte am Stück nicht geschlafen, dann erkälte ich mich, dann bin ich mindestens ebenso lang außer Gefecht, wie die Reise an sich gedauert hat.

Bücher aus dem Regal nehmen, in ihnen blättern und sie einfach auf den Boden legen. Die Jalousie bis ganz nach oben ziehen, auch wenn sie sich dann nur mit viel Kraft wieder schließen lässt. Das Licht überall einschalten. Die Türen überall öffnen. In alten Fotos stöbern und sich nicht darum scheren, in welcher Reihenfolge sie in den Umschlag gehören. Die hässlichen Scherenschnitte endlich von der Wand nehmen, die mir schon von Kindheit an Angst machen. Sie in einer Schublade verstecken. Das Fenster aufreißen, obwohl Winter ist.

Neben dem Keller und der Waschküche habe ich zuletzt gewohnt. Und vor mir meine beiden Brüder. Der Blick aus dem Zimmerfenster geht auf die Terrasse und auf den Ap-

felbaum im Garten. Nur abends schafft es das Sonnenlicht
ins Zimmer. Für jeden von uns war es die letzte Station vor
dem Auszug. Jeder von uns hat das Zimmer unterschiedlich
tapeziert und mit eigenen Postern, Lampen und Regalen
versehen. Ich mochte das Zimmer am Anfang nicht. Weder die dunkelbraune Sperrholztür noch das lichtlose kleine Bad daneben, in dem sich oft Spinnen einnisteten. Der
größte Vorzug des Zimmers war ja gerade, dass es so weit
weg lag vom Rest, dass man sein eigenes Kellerreich pfle-
gen konnte – genau das wusste ich aber nicht zu schätzen.
Um mich zu beruhigen, kaufte mein Vater im Baumarkt
zwei Klemmen, mit denen wir die Jalousie der Terrassentür
abends von innen sicherten. Niemand hätte sie ohne großen
Krach hochschieben können. Nichts fürchtete ich mehr als
Einbrecher. Nichts machte mir mehr Bange als nächtliche
Geräusche von der Straße, die sich vom Kellerschacht im
Flur bis zu meinem Zimmer hin potenzierten. Wirklich ge-
schützt war der Raum nicht, mein Vater kam rein, ohne an-
zuklopfen – und fragte nicht selten, warum denn die Tür
überhaupt geschlossen sei. Ich muss dieses Zimmer immer
wieder sehen an meinem ersten Abend in unserem Haus.
Auf meinem ehemaligen Schlafsofa lagern nun die Ak-
ten des Pflegedienstes und Dokumente aus dem Rest des
Hauses. In der Mitte steht das Bügelbrett, auf dem die Wäsche gebügelt wird, die noch anfällt, es ist nicht mehr viel.
Das Zimmer ist ausgekühlt, warum sollte jemand den alten
Heizkörper noch andrehen.

Die Pflegerin hat einen eigenen Schlüssel und steht plötzlich in der Wohnzimmertür, als meine Mutter und ich uns
die Pommes teilen. Da ist ja mein Herzchen, sagt meine
Mutter, das ist mein Sohn, kennst du den schon? Die Pfle-

gerin gibt mir die Hand, Ihre Mutter erzählt ja so viel von Ihnen. Sie reicht meiner Mutter ihre Medikamente und ein Glas Wasser und wartet, bis die drei Tabletten verschwunden sind. Dann ist auch sie schon wieder verschwunden. Ach, sagt meine Mutter, schon schön, wie die sich alle um mich kümmern. Und dann erzählt sie von unseren gemeinsamen Reisen, ich habe sie mit ins Ruhrgebiet genommen und ins Theater, und sie schlief eine Nacht in meiner kleinen Wohnung. Sie hat mich später in Berlin besucht, und wir waren zusammen im Zoo und am Flughafen, und weißt du noch, fragt sie, als wir auf der Rückfahrt kein Geld mehr hatten? Und weißt du noch, fragt sie, als du deine Jacke im Zug vergessen hattest? Das war doch wohl ein starkes Stück. Kannst du die nicht zurückholen? Die werden doch bestimmt irgendwo verwahrt. Das ist jetzt über zehn Jahre her, sage ich, dafür ist es ein bisschen spät. Das glaube ich nicht, sagt sie, das ist doch so ärgerlich, du bist aber auch manchmal dämlich.

In der Brieftasche des Vaters wühlen, die immer noch im Küchenschrank liegt. Kontoauszüge anschauen aus seinen letzten Wochen. Lastschrift: Lebensversicherung. Vielen Dank für Ihren Einkauf. Mit uns tanken Sie richtig. Gutschrift: Rente, Überweisung: Krankenhausaufenthalt, Eigenanteil. Eine letzte und eine allerletzte Bargeldabhebung. Seinen alten grauen Führerschein zwischen den Fingern drehen. Seine letzte Lottoquittung anschauen. 9, 14, 22, 23, 38, 44, Zusatzzahl 29. Seine Zahlen, die Zahlen des Großvaters. Alles wieder akkurat einsortieren und zurück in den Küchenschrank legen. Die Ordnung halten.

Die endgültig letzte Renovierung des ewigen Jugendzimmers im Keller liegt noch gar nicht so lange zurück: Mein

Vater war tot, und ich mochte das Zimmer nicht mehr, in dem er seit meinem Auszug abends mit dem Hund gesessen und ferngesehen hatte, ich konnte den Sessel nicht mehr sehen, in dem er saß und sich Käse und Obst und Schokolade mit dem Hund teilte, ich ertrug den Gestank der Zigarillos nicht, die er hier geraucht hatte, und der sich in den Wänden hielt wie ein letzter, dauerhafter Gruß. Am Tag nach dem Tod meines Vaters fuhr ich mit seinem Auto zum Baumarkt und kaufte Laminat, Fußleisten, Wandfarbe, Pinsel. Ich besorgte mir das notwendige Werkzeug und legte los. Wann immer es keine Formalitäten meinen Vater betreffend zu erledigen gab, wann immer ich Zeit hatte, arbeitete ich wie ein Besessener und machte viele Fehler. Kein handwerkliches Geschick, keine Übung, und so weiter. Am Ende blieben Spalten zwischen den Laminatbrettern, deckte die Farbe nicht richtig, schloss die Tür kaum noch, aber ich hatte dem Zimmer noch eine letzte neue Bedeutung abgepresst. Ich beklebte die Wände mit Wolkenkratzern aus Manhattan und hängte eine billig gemalte Toskana-Landschaft an die Wand.

Die folgenden Weihnachtsfeiertage waren die letzten Tage, die ich überhaupt in unserem Haus schlief. Mein Vater war gerade einen Monat unter der Erde. Wir spielten Weihnachten, meiner Mutter zuliebe. Ich konnte nur wenige Stunden schlafen, der Geruch nach frischer Farbe und frischem Boden wurde vom Geruch der Zigarillos verdrängt. Ich las an diesem Weihnachtsfest in wenigen Tagen eine große Samuel-Beckett-Biographie. Da gibt es diese Zeile aus *Warten auf Godot*, die ich seither verinnerlicht habe, diesen zeitlosen Zweifel, als Estragon Wladimir fragt: Und wenn wir ihn fallen ließen?

Erst Jahre später wurde mir klar, dass ich den Raum tatsächlich nur für diese wenigen Tage renoviert hatte, dass es ein letzter Aufschub war für das ewige Jugendzimmer, bevor es für immer fallen gelassen wurde.

Am Ende des Abends sitzen wir immer noch vor dem Fernseher, meine Mutter in ihrem Sessel mit den Brandlöchern, ich auf dem Sofa zwischen Stapeln von Malbüchern und Illustrierten. Wir essen ein Eis. Meine Mutter ist so dünn geworden, die Adern ihrer Arme schimmern bläulich, und ihre spindeldürren Finger zittern, während sie ihre Zigaretten raucht. Aber wenn ich da bin, als gäbe es ein geheimes Kraftreservoir, als würde sie sich all das aufheben für die wenigen Tage, die sie mit mir hat, da erblüht sie, da wird sie unternehmungslustig und hat einen Hunger wie schon lange nicht mehr. Ich dagegen spüre die lange Fahrt, spüre die Müdigkeit, spüre die unüberwindbare Nervosität, die nur in noch größere Müdigkeit mündet.

Gibst du mir noch eine Zigarette, frage ich meine Mutter, nachdem wir unser Eis aufgegessen haben. Und wenn ich dann keine mehr hab, sagt sie und schüttelt den Kopf. Hast du denn selbst gar nichts mehr zu rauchen? Aber dann, das gehört dazu, hält sie mir natürlich doch die Schachtel großzügig hin, und es wäre unhöflich, jetzt abzulehnen. Nimm jetzt, sagt sie, ich rauch auch noch eine, und dann geh ich ins Bett. Schläfst du denn auch hier? Oder gehst du wieder weg?

Ich kenne die Mutter in diesem Zustand jetzt länger als die Mutter vor der Krankheit. Aus der alten Zeit geblieben sind Fotos und einige herrische Charakterzüge, die sich manchmal noch Bahn brechen. Und ihre Erinnerungen an die Zeit, als ich noch ganz klein war. Sie weiß mit dem Wochentag oder dem Jahr nicht viel anzufangen, dafür haben sich präzise Kleinigkeiten in ihrem Kopf festgesetzt, gesprochene Sätze, erlebte Szenen. Oft ist es leicht, mit ihr umzugehen. Wir können Witze machen und traurig sein, wir können uns unterhalten und zusammensitzen, als wäre sie noch die alte. Und doch ist alles anders mit der neuen Mutter. Ich habe mich daran gewöhnt, dass Rollen wechseln, ja, regelrecht kippen können. Dass ich manchmal väterlich und streng sein muss und sie das Kind ist, und dass sich die Regeln des Spiels von einer Sekunde auf die andere wieder ändern. Dass sie mich anschnauzt, wie redest du eigentlich mit mir, du bist immer noch mein Sohn, und ich bin immer noch deine Mutter, dass sie mich anschreit voller aufrichtiger Entrüstung, weil ich ihr nicht mal mehr zutraue, den Herd richtig zu bedienen oder die Zwiebeln vernünftig zu schneiden. Sie gähnt, die Tabletten zeigen ihre Wirkung, ihre Sprache wird etwas verwaschener, und ich will langsam los. Bis morgen dann, sage ich. Ja, bis morgen dann, sagt sie und ist ganz milde, hat sich damit abgefunden, dass ich nicht bleibe. Aber du kommst morgen wieder? Ja. Bringst du uns Frühstück mit? Ja. Und du kommst ganz bestimmt? Ja, wir gehen doch in die Stadt. Und dann kaufen wir mir einen Pullover? Das machen wir. Hab ich denn überhaupt genug Geld? Hast du, und wenn nicht, dann hab ich welches. Pass schön auf dich auf, sagt meine Mutter, und schließ die Tür ab, ja!?

Ich stehe schon im Flur, ich stehe schon an der Haustür, ich habe schon den Schlüssel in der Hand, da packt es mich plötzlich, und ich gehe hoch in den ersten Stock. Ich hole den Koffer vom alten Kleiderschrank, wische den Staub weg und öffne ihn. Mein Instrument liegt noch genau so dort, wie ich es vor vielen Jahren zurückgelassen habe. Das Messing ist an vielen Stellen angelaufen. Der Zug der Posaune ist zwar noch beweglich, aber sie bräuchte eine Generalüberholung. Ich nehme sie trotzdem in die Hand und lege sie mir auf die Schulter, ich stecke das Mundstück an und versuche, einige Töne zu spielen. Es geht noch. Zittrige, dünne, fadenscheinige Töne, aber immerhin. Da sind auch noch einige Noten im Koffer, der *Stern von Bethlehem* von Josef Gabriel Rheinberger, Weihnachtsmusik im späten Winter, aber was soll's. Alles klingt schief und ungelenk. Dann tun mir die Lippen weh, dann merke ich die Verspannung im Nacken und in der Schulter, dann schraube ich den Zug von der Posaune und lege das Instrument mit dem Mundstück und den Noten wieder in den Koffer und wuchte ihn zurück auf den Kleiderschrank.

Als ich gehe, liegt meine Mutter schon im Bett und schläft. Sie atmet gleichmäßig und bekommt nicht mit, dass ich vor ihr stehe. Mein flaues Gefühl im Magen. Es ist schwer, hier zu sein. Es ist schwer wegzugehen. Ich schaue in der Küche nach, ob alle Herdplatten ausgestellt sind und der Wasserkocher aus der Steckdose, ich kontrolliere, ob in den Aschenbechern noch irgendwo Restglut glimmt, dann ziehe ich die Haustür so leise wie möglich zu und schließe zweimal ab. Der Abend ist vorüber. Noch drei Nächte, dann noch zwei, dann noch eine.

Das Mundstück in meiner Hand ist noch kalt. Mein zukünftiger Lehrer ist geduldig und freundlich, ich werde sein erster Schüler überhaupt sein. Noch haben wir unsere Probestunde, ich wusste vorher nicht einmal, welches Instrument ich spielen werde. Es gefällt mir, schon jetzt, da ich das glänzende Messing sehe, da ich es das erste Mal berühre, vorsichtig wie etwas Heiliges. Der Lehrer ist selbst noch jung, um die dreißig vielleicht, er spielt seit seiner Kindheit im Mündendorfer Musikzug und will jetzt zurückgeben, was er dort gelernt hat. Er hat Freude an Marschmusik, mehr als das, wie ich später noch erfahre, er sammelt CDs und Aufnahmen und wird dafür sorgen, dass auch ich Feuer und Flamme sein werde. Wir stehen im Klassenzimmer einer Hauptschule, Informationsabend für Interessierte, meine Eltern sitzen auf Stühlen am Rand und sehen zu, wie ich zum ersten Mal den Zug an die Posaune schraube. Damit du es von Anfang an lernst, sagt der Lehrer. Zuerst zeigt er mir, wie ich das Instrument richtig halte. Mach nichts mit dem Zug, halt ihn ganz locker mit Daumen und Zeigefinger fest, so, genau, der Rest kommt dann später. Unbeholfen presse ich meine Lippen an das metallene Mundstück. Nicht verkrampfen, die Schultern ganz locker lassen. Schön entspannt. Gut so. Und nicht so fest drücken mit dem Mund, die Spannung muss im Bauch sein. Keine Sorge, das kommt mit der Zeit alles von selbst. Jetzt probier es mal. Nicht mit zu viel Druck. Ich fühle das kalte Metall an meinen Lippen, puste Luft in das Mundstück. Nichts. Keine Panik, lass dir Zeit. Ich probiere es erneut. Und ja, jetzt passiert etwas, meine Lippen vibrieren, aus dem Trichter der Posaune dringt ein Ton, kein gerader Ton, aber immerhin, ich bin es, der das macht. Ich fühle mich, als hätte ich ein Wunder vollbracht. Toll, sagt der Lehrer, versuch es weiter, schön in den Bauch atmen. Diesmal klappt es gleich. Diesmal flattert und vibriert der Ton nicht mehr. Diesmal entfaltet der Klang seine Wirkung, sucht seinen Weg durch den Raum. Hast du schon mal ein Instrument gespielt, fragt mein Lehrer, das klingt richtig gut. Nein, sage ich und merke, wie stolz ich werde, wie euphorisch, so fühlt sich also Glück an. Darf ich es weiter probieren, sage ich. Na klar, sagt der Lehrer, du kannst es probieren, sooft du willst. Mit der Posaune auf der Schulter mache ich einige Schritte. Meine Lippen kribbeln. Das ist normal, sagt der Lehrer. Nachdem ich noch einige Töne gespielt und das Instrument wieder auseinandergebaut habe, fragt mich mein Lehrer: Und, ist das was für dich? Ich sehe meine Eltern an. Ich sehe ihn an. Ja, sage ich. Dachte ich mir, sagt er. Und er lächelt. Und meine Eltern lächeln.

Als ich am Abend nach Hause komme, fühlen sich meine Lippen taub an, die Muskulatur ist die Anstrengung noch nicht gewohnt, aber es ist ein gutes Gefühl, auch später. Zu spüren, was ich getan, ja, was ich mir abverlangt habe. Das Instrument, eine ältere Posaune aus den Beständen des Musikzugs, konnte ich gleich mitnehmen, es ist zu spät, um jetzt noch zu spielen, das kriegen die Nachbarn schon noch früh genug mit, hat mein Vater zu mir gesagt und gelacht, also nehme ich das Instrument nur wieder und wieder aus der Tasche, atme den eigenartigen Geruch ein, ein wenig muffig, ein wenig metallisch, öle den Zug so, wie mein neuer Lehrer es mir gezeigt hat, mache Übungen mit dem Mundstück, das ist leise genug. Ich baue das Instrument auseinander und wieder zusammen und auseinander und wieder zusammen. Ich laufe von einer Seite meines Zimmers zur anderen, die Posaune auf der Schulter, den Zug in der Hand, ich tue so, als spielte ich, ich tue so, als liefe ich, ich tue so, als wäre ich schon ein Musiker, und mit einem Gefühl von Glück, wie ich es bis dahin kaum kannte, gehe ich ins Bett und schlafe lange Zeit nicht ein, die Tasche mit meinem Instrument in Sichtweite, es ist eine mondhelle Nacht, und immer wenn ich aufwache, schaue ich mir die Tasche mit der Posaune darin an, wieder und wieder.

Ein Bergmann mit gewelltem Haar in der Waschkaue, schwarzes Gesicht, schwarzer Körper, müder Blick. Ein Blumenverkäufer auf dem Markt, der Pause macht und seine Suppe aus einem verbeulten Blechbecher löffelt. Ein Großelternpaar auf einer Bank in Sonntagskleidung, hinter ihnen Sträucher und Laubbäume, dahinter wiederum gewaltige Schornsteine, Halden, Industrie. Ein alter Herr in seinem Schrebergarten, Taubenschläge, ein makellos weißes Tier auf der Schulter.

Im allerersten Moment klingt der Sauhund nach einem Menschen, mit dem nicht zu spaßen ist, den man sich vom Leib halten sollte, wenn man es kann. Doch war es mit den Sauhunden so eine Sache, zumindest wenn mein Vater von ihnen sprach. Ich erinnere mich nicht, dass er jemals eine Person oder ein Tier nur und ausschließlich negativ einen Sauhund nannte. Ein Hund taugte mitunter ebenso zum Sauhund wie ein taktisch geschickter Fußballspieler, ein an sich argloses Kind mit einer gewissen Verschmitzheit konnte ein Sauhund sein, allerdings auch ein ehemaliger Staatsmann, der sich durch besonderes Verhandlungsgeschick auszeichnete. Du Sauhund, sagte mein Vater oft zu mir und lachte, wenn es mir mal wieder gelungen war, ihn offensichtlich übers Ohr zu hauen, einen Witz auf seine Kosten zu machen oder mich vor dem Unkrautjäten im Garten zu

drücken. Hans Hartmann war auch ein Sauhund. Das weiß
ich noch genau, denn er nannte ihn so oft Sauhund, dass ich
sogar noch Tonfall und Rhythmus meines Vaters im Ohr
habe, wenn er sagte: Der Hartmann war wirklich ein Sauhund.

Eine Fußgängerzone, im Hintergrund ein Bekleidungs-
geschäft. Eine Menschentraube rund um einen klapprigen
Tisch, dahinter ein feister Mann mit kariertem Jackett, der
seine Hände in die Höhe schwingt und für seine Waren
wirbt, vor sich lauter Polituren und Tinkturen und sauberes und schmutziges Besteck, staunende Blicke von älteren Herren mit Hut und dicken Brillen, das ganze Szenario
skeptisch beäugt von einer Dame mit Dauerwelle, die dennoch gerade ihr Portemonnaie gezückt hat, um dem flie-
genden Händler ein Wundermittel abzukaufen.

Im Nachhinein konnte ich meinem Vater nur zustimmen: Hartmann war in der Tat ein Sauhund. Natürlich
hatte ich seinen Anruf nicht vergessen, im Gegenteil: Ich
hatte angefangen, mich mit den, wie sagt man, alten Zeiten zu beschäftigen. Sie nahmen mich in Beschlag, zeitwei-
se zumindest. Aber je länger Hartmanns Anruf zurücklag,
desto mehr neigte ich dazu, mir selbst unnötige Sentimen-
talität zu unterstellen, desto mehr sagte ich mir, das ist so
eine Phase, lass dich davon nicht so berühren, das darf dich
nicht so mitnehmen, deine Familie ist deine Familie, deine Mutter ist deine Mutter, dein Vater war dein Vater, vergiss seine Kurzatmigkeit, vergiss die Marschmusik, vergiss
die Zechentürme, die plötzlich durch deine Träume geis-
tern, vergiss deine Rolle in diesem ganzen Theater, du hast
es schön, du musst dich nicht einholen lassen von der, wie
sagt man, eigenen Vergangenheit. Als ich tatsächlich nicht

mehr so oft an Hartmann dachte und daran, wie sehr mich dieser dumme Anruf auf seltsame Art und Weise getroffen, nein, gerührt hatte, als ich genug Leuten vom Anruf des Kleinkriminellen, der mal der beste Freund meines Vaters war, erzählt hatte, als erst recht der Gedanke in weite Ferne gerückt war, dem, vergessen wir das nicht, Schreckgespenst meiner Kindheit einen persönlichen Besuch abzustatten, da fand ich einen dicken Umschlag in meinem Briefkasten. Post von Hartmann.

Die Kirmes, ein Preisboxer und ein Freiwilliger, die Kämpfer ineinander verkeilt, eine überlebensgroße Puppe in weißem Hochzeitskleid, von Kindern bestaunt, ein altmodisches Fahrgeschäft, bemalte Teetassen, die sich um sich selbst drehen, ein gelangweilter Schausteller mit mächtigem Hau-den-Lukas-Hammer, eine Bierbude, ein Schießstand.

Die ungelenke und etwas kritzelige Handschrift eines Mannes, der im Leben nicht viel hatte schreiben müssen. Ein bisschen wie der erste Brief eines Kindes. Manchmal hatte mein Vater mir Geld geschickt, ein kariertes Blatt aus einer Kladde herausgerissen und zwei, drei Zeilen für mich notiert, daran erinnerte mich der Brief von Hartmann auch. Beim Ausmisten, so behauptete er, sei er zufällig auf diesen Packen Fotos gestoßen, und bevor bald alles wegkommt, vielleicht würden mich die Bilder ja interessieren.

Eine Tanzveranstaltung, gut frisierte Paare im Hintergrund, Herren in Anzügen, Damen in langen Kleidern, ein Tisch mit leeren Bierkrügen und Flaschen, ein junger Typ, dessen Kopf auf der Tischplatte ruht, das Haar ungekämmt, tief und fest schlafend.

Und wieder seine Aufforderung, ihn zu besuchen. Nach

dem Tod seiner Lebensgefährtin sei er ins Betreute Wohnen gezogen, ein wirklich schöner Ort mit ebenso schönem Garten, dort könnten wir sitzen und rauchen.

Eine Runde junger Männer, allesamt in Anzügen und weißen Hemden, allesamt mit Krawatte, allesamt um eine alte Obstkiste sitzend, allesamt mit Karten in der Hand, Kleingeldhaufen vor sich, Zigaretten im Mundwinkel, konzentriert spielend.

Als ich die Fotos vor mir ausbreitete, die Hartmann mir geschickt hatte, kamen die Samstage zurück: Unter der Woche hatte es kaum Gelegenheiten gegeben, mich mit meinem Vater zu unterhalten. Zumindest nicht über die alten Zeiten. An den Samstagen aber, wenn er das Essen für den Sonntag vorbereitete und einige Schnäpse intus hatte, wurde er redselig. Blühte er auf. Auf den Fotos fand ich wieder, wovon er erzählt hatte: die Quacksalber, die ihren nutzlosen Kram auf einem wackeligen Tisch ausbreiteten und verkauften, mitten in der Fußgängerzone. Die mittelalten Männer mit ihren uralten Gesichtern, denen der Krieg sichtbar in den Knochen saß. Diese ganze Welt der Maloche, in der keine Zeit zum Jammern war. Von Schnaps zu Schnaps hatte mein Vater mir mehr erzählt, mit den Jahren nach meinem Auszug gerieten viele der Geschichten in Vergessenheit, und irgendwann saß mein Vater nicht mehr samstags in der Küche.

Ein Mann mit kurzen Haaren, gestreiftem Hemd, Cordhose und Hosenträgern, Pantoffeln tragend, in einem Garten stehend, die Hände in die Hüften gestemmt, vor sich zwei, drei weiße Gänse, ein kleiner Zaun mit Stacheldraht und eine Wiese mit Baracken, dahinter der Förderturm und die Kokerei, dicke Qualmwolken aus den Schornsteinen, dazwischen Ansätze eines makellos blauen Himmels, vermutlich Frühling oder Spätsommer.

Das letzte Foto in Hartmanns Umschlag sollte auffallen. Es war laminiert. Er hatte es, so stellte ich mir vor, in einen Fotoladen gebracht, kurzatmig, wie er war. Sie hatten es digital nachbearbeitet und ihm einen Titel verpasst, der in schnörkeliger und etwas zu großer Computerschrift über den beiden dargestellten Personen ragte.

Das Foto zeigt zwei junge Männer. Beide nahezu kahlköpfig, aber nicht ganz. Als hätte der Friseur seine Arbeit kurz vor Vollendung eingestellt und wäre nach Hause gegangen. Beide Männer sehen so aus, als hätten sie eine lange Nacht hinter sich, sie haben einander den Arm über die Schulter gelegt und lächeln schief in die Kamera. Hans und Jupp, steht über den fast kahlen Jungs, Geburtstag 1962.

Jupp schläft.

Es ist vier Uhr früh. Jupp schnarcht laut und wälzt sich hin und her, in einer Stunde muss er aufstehen, er wird sich mit der Hand über den Schädel fahren, er wird sich zuallererst im Hof übergeben, sonst hat das alles gar keinen Sinn, er wird den Abend davor ebenso verfluchen, wie er den verfluchten Hans verfluchen wird.

Eine Spätsommernacht. Eine Wohnung mit zwei Zimmern, Küche, kein Bad. Bald wird es hell. Mittlerweile hat Jupps Familie mehr Platz als noch vor einigen Jahren. Ihr Haus war eins der wenigen in der Straße, das nicht weggebombt wurde. Ein Zimmer mussten sie nach dem Krieg an eine alte Dame abgeben. Wohnraum war knapp. Die Dame lebte im Wohnzimmer und sprach fast nie ein Wort.

Was der Familie blieb, waren die Küche und das zweite Zimmer. Dort schliefen sie alle. Die Eltern im Bett, Jupps kleinste Schwester zwischen ihnen in der Mitte, die größere Schwester auf einem schmalen Sofa davor. Und Jupp, da malochte er natürlich schon, hatte ein Schrankbett. Das wurde abends ausgeklappt und tagsüber hochgeklappt. Mit Gardine davor. Seit die alte Dame ausgezogen ist, schläft Jupp im Wohnzimmer. Allein. Besser so, gerade bei der Schnarcherei. Die hat er aber nur, wenn er besoffen ist. Richtig besoffen.

Die Toilette ist auf dem Flur. Gebadet wird einmal in der Woche, und zwar draußen in der Waschküche. Noch ein bisschen früher, aber diese Zeiten sind zum Glück vorbei, da mussten die Bergleute ihr Kohlenzeugs zu Hause waschen. Was für ein Zirkus. Erst badete die ganze Familie, dann wurden die von Kohlenstaub und Dreck kaum noch also solche zu erkennenden Kleidungsstücke eingeweicht und gewaschen und getrocknet.

Jupp schläft. Er wälzt sich hin und her. In einer Dreiviertelstunde muss er aufstehen.

Sein älterer Bruder hatte ihn gewarnt. Halbherzig und mehr schlecht als recht, aber immerhin. Er hatte es zumindest versucht, indem er erzählte, wie es da unten läuft. Im Abbau hast du dreißig Grad, hatte er gesagt, manchmal mehr, musst du aushalten. Gewöhnst du dich zwar dran, aber musst du aushalten. Und manchmal, je nach Wetterzug, ist es arschkalt. Stell dir vor, du kommst aus der prallen Sonne und am Schacht schlottern dir die Knie vor Kälte. Eine Luft wie im Schwarzwald. Musst du deine Jacke anziehen. Erkältest dich schneller als in Sibirien. Und dann wieder Hitze und Dreck und Staub. Überleg dir das gut,

47

hatte er gesagt. Und der Krach, so ein Scheißkrach. Der Hobel geht auf, der Hobel geht ab, die Kohle knallt in den Panzer, hinten kommt der Bruch runter, das aufgelockerte Gebirge verschließt wieder den entstandenen Hohlraum, es bricht nach. Anständig schlafen, hatte er gesagt, das kannst du vergessen. Die Wechselschicht macht dich kaputt. Was willst du denn unbedingt da unten, hatte Jupps Bruder dann gefragt. Woanders ist auch schön. Ich will Geld verdienen, hatte Jupp geantwortet. Ich will heiraten. Ich will ein Haus bauen. Und es war klar, dass es irgendwann so kommen würde. Jupp war stur. Das lag in der Familie. Später kam Jupp mal einer dumm, so ein Kerl aus dem Nachbarhaus, der in den Stahlwerken am Stadtrand arbeitete. Warum machst du die Scheiße denn mit, komm zu uns, da hast du wenigstens Licht. Jupp musste nicht lange über eine Antwort nachdenken: Ich brauch kein Licht, sagte er. Und bevor du mit Malochen anfängst, bin ich schon das erste Mal müde.

Jupp wollte nie was anderes. Alle Männer bei ihnen waren doch Bergleute geworden. Und seinem Vater, das wird Jupp niemals vergessen, das wird er noch seinen Kindern erzählen, die er irgendwann haben wird, seinem Vater hat die Schufterei unter Tage das Leben gerettet. Der war so ein verkappter Kommunist, der mit dem Hitler nichts anfangen konnte und nichts anfangen wollte, aber was brachte das, in den letzten Kriegsjahren zogen sie ihn ein, Jupps Vater kam an die Ostfront, Jupps Vater wurde verwundet, Granatsplitter im Gesicht, einige Tage lang war er fast blind, kam aber mit dem Leben davon. Und als er im Lazarett lag und das Schlimmste zumindest fürs Erste überstanden hatte, kam so ein Kerl da durch und fragte, wer

Bergmann sei. Jupps Vater meldete sich, und das rettete ihm das zweite Mal das Leben: sofort ab nach Hause. Die Rüstungsindustrie produzierte auf Hochtouren, also brauchten sie die Bergleute, um die Kohlen aus der Erde zu holen. Man brauchte Koks. Man brauchte Stahl. Man brauchte Waffen. Als sein Vater nach Hause zurückkam, war Jupp natürlich klein, aber er weiß noch, wie er in das alte, erleichterte Gesicht des Vaters sah. Wie froh der war. Wie er später erzählte, dass er alle, die keine Bergleute waren, nie wieder gesehen hat.

Jupps älterer Bruder war auch Kohlenhauer gewesen, der kannte sich aus, der war aber schon raus, als Jupp anfing. Das Hangende war runtergekommen, und Jupps älterer Bruder lag stundenlang eingeklemmt da, mit gebrochenen Knochen, der dachte sich, das war's, der dachte sich, die Sonne sieht er nie wieder, der fragte sich, ob das die Maloche wert war. Aber sie holten ihn raus, und sie flickten ihn zusammen, nur anfahren wollte er seitdem nicht mehr, sie fanden was für ihn in der Kokerei, und nach einem Jahr hatte er nur noch ein taubes Gefühl im Bein und ein Bangegefühl im Kopf, das ihm schlechte Träume und Schweißausbrüche bescherte, nicht jede Nacht, aber oft genug.

Jupp schläft. Zwischendurch wacht er kurz auf, rollt sich auf die andere Seite, schmatzt, fühlt das Pochen in seinem Schädel und ist gleich wieder weg. In einer halben Stunde muss er aufstehen.

Jupps Vater ist ein lieber Mensch. An und für sich. Aber er kann auch jähzornig werden und cholerisch, wenn es nicht nach seinem Willen geht. Ein Dickkopf, der gern Späße macht, der gern Witze erzählt, der aber oft missmutig und deprimiert ist, seit er für den Hitler losgeschickt wurde. Und seit einer seiner Jungs gestorben ist, kurz nach dem Ende des Elends hat er Wasser getrunken beim Spielen, aus einem Bombenkrater, und es ging ihm bald schlecht, und sie haben ihm in ihrer Not Milch zu trinken gegeben, bevor sie ihn ins Krankenhaus brachten, aber keiner konnte ihm mehr helfen. Bleivergiftung. Schlimme Geschichte, als wären die Jahre nicht eh schon voll gewesen von schlimmen Geschichten. Über den Rest immerhin, darüber, was jetzt ist, kann er sich nicht beklagen. Seine beiden anderen Söhne machen ihren Weg. Die Kleinste geht noch zur Schule, aber die ältere Tochter ist schon in Stellung gegangen, Haushaltshilfe in einer Gärtnerei in der Nähe, da wohnt sie jetzt auch. Seit Kriegsende arbeitet Jupps Vater am Koksofen. Als Jupp noch kleiner war, da ist er mit der Schwester oft auf eine Halde geklettert, gegenüber von der Kokerei. Und manchmal haben sie den Vater gesehen und gewinkt. Und der hat zurückgewinkt. Jupp weiß auch noch, wie er das Geld abholen musste. An der kleinen Markenkontrolle warten, wenn der Vater Mittagsschicht hatte. Das Geld der Mutter bringen, damit die gleich einkaufen gehen konnte. Sie haben es wirklich nicht schlecht. Es gibt die Deputatkohlen, viele Tonnen pro Jahr, im Winter haben sie es immer warm, während andere Familien sich die Wärme teuer kaufen müssen, obwohl sie alle ja auf Kohlen wohnen. Manche haben einen kleinen Reibach gemacht und immer was von ihren Deputatkohlen verscheuert, das durfte nur nie rauskommen.

Jupps Vater ist ein lieber Mensch, an sich. Wegen ihm hat Jupp auch auf dem Pütt angefangen. War er gut gelaunt, dann hat sein Vater ihm manchmal Geschichten erzählt von früher. Wie sie die Kohlen vor gar nicht langer Zeit noch mit dem Abbauhammer gelöst haben, der erste Hobel kam ja erst in den Vierzigern unter Tage. Wie sein Alter, Jupps Opa, sogar noch mit Eisenstange und Schlägel hantieren musste, die ganz alte Schule. Wie sauschwer die Akku-leuchten früher waren, fünf Kilo nur für ein bisschen Licht, das muss man sich mal vorstellen. Wie sie noch Lederhel-me trugen, wie es damals von der Zeche nur den Helm, die Arbeitsschuhe und das Arschleder gab, den Rest brachte jeder selber mit, und gewaschen wurden die Brocken eben zu Hause. Ohne Arschleder war nichts zu machen, da wäre deine Buchse nach spätestens zwei Tagen durch gewesen, wenn nicht sogar früher. Besonders von den Pferden er-zählte Jupps Vater gern: Die hatten die Wagen unter Tage gezogen. Die hatten oft nichts anderes mehr gekannt, wa-ren sie erst unten, war es für immer vorbei mit dem Tages-licht. Aber auch Pferde hatten Vorschriften. Wie lange sie arbeiten, wie schwer sie schleppen, wie viele Wagen sie zie-hen durften. Manche Pferde, darauf bestand Jupps Vater, konnten sogar zählen. Jupps Vater bestand nicht auf vielen Dingen, wohl aber darauf, worüber er reden wollte und worüber nicht. Über den Bergbau schon. Über den Krieg nicht. Fragte man ihn danach, wurde er manchmal wü-tend. Stattdessen erzählte er Jupp immer von einem Dorf im Krieg, in dem es lauter sprechende Hunde gegeben habe anstatt der Menschen, aber mehr dürfe er nicht sagen, das habe er den Hunden damals versprechen müssen. So ein Kerl ist Jupps Vater. Und Jupp ist ihm ähnlich, ob er will oder nicht.

Jupp schläft noch immer. In einer Viertelstunde muss er aufstehen.

Gestern hat er Geburtstag gehabt. Und er hat nie allein

Geburtstag. Sucht man sich nicht aus. Seit er Hans kennt, feiern sie zusammen. Sie sind nicht nur genau am selben Tag geboren, sie haben auch zur gleichen Zeit auf dem Pütt angefangen. Sie haben zusammen ihren Knappenbrief bekommen und waren erst Schlepper, dann Gedingeschlepper, dann Lehrhauer, schließlich: Kohlenhauer. Jupp hat eine Handvoll Bekannter, aber bei denen kriegt er die Zähne kaum auseinander, im Grunde gibt es also nur Hans. Mit ihm trinkt er Bier und manchmal Schnaps. Mit ihm hat er Blödsinn gemacht, wo es nur ging. Aber Hans ist viel schlimmer als er. Ein Quatschkopf. Einer, der Probleme macht, wenn man sie gerade nicht gebrauchen kann. Ein komischer Vogel. Sein bester Freund. Hans fackelt nicht lang. Der schlägt zu, wenn ihm einer blöd kommt. Das versucht Jupp zu vermeiden, auch wenn er sich manchmal ebenso wenig im Griff hat. Dann merkt er, wie es ihm vom Hals in den Kopf steigt. Dann beißt er sich auf die Zunge. Aber er schlägt nicht zu, er schubst zuerst und hat selbst noch nie eins auf die Fresse bekommen. Hans hingegen, den Blödmann, haben seine Kloppereien schon zwei Zähne gekostet. Einmal, da wollte Jupp nichts mehr mit ihm zu tun haben. Auf der Kirmes hat Hans eine große Schnauze gehabt und getönt, sie würden es mit dem Boxer aufnehmen, und dann hat er Jupp nach vorn geschoben, guckt ihn euch an, der macht alle fertig, euer Heini da sieht schneller Sterne, als er bis drei zählen kann. Jupp wusste sofort, dass es Schläge geben würde, aber das war nicht das Schlimmste, sondern eher, dass er es hasste, wenn Leute ihn anschauten, dass er schon rot wurde, wenn ihn jemand ansprach, dass er nicht im Mittelpunkt stehen wollte und erst recht nicht im Boxring auf der Kirmes, dass es schon seinen Grund hatte, warum er da unten arbeitete und nicht irgendwo im Licht, dass er seine Ruhe haben und nicht in irgendeinen Scheißdreck reingezogen werden wollte, der ihn nichts anging. Er ist dann verschwunden, wie immer. Und Hans hat eine Show abgezogen, haben ihm die Leute erzählt. Gewonnen hat er natürlich nicht.

Andererseits, und auch das ist wahr, können sie sich aufeinander verlassen. Unter Tage, aber sogar auch hier oben. Wenn Hans gerade nicht seine bekloppten fünf Minuten hat, dann ist er immer da. Er selbst spricht nie über seine Familie, nicht mal Jupp gegenüber, er wohnte lange im Lehrlingsheim, und er hängt an Jupps Eltern und auch an seinen Geschwistern, bei denen er seine große Klappe vergisst, zu denen er höflich, fast liebenswürdig sein kann. Manchmal, sonntags, nimmt Jupp einige Stullen mit Margarine und Zucker bestreut und überrascht seine kleine Schwester: Heute gehen wir mit dem Hans spazieren. Und die kleine Schwester mag den Hans, genauso wie sie ihren großen Bruder mag.

Der Rest ist eben, wie er ist: Sie spielen oft Karten, sie reden nicht viel, sie trinken zwei, drei Biere und gucken sich manchmal in die Augen, wie nur beste Freunde es tun können. Wenn Hans es wieder übertreibt, dann geht Jupp nach Hause. Einfach so. Wie gestern, an ihrem Geburtstag. Er weiß ja, wofür er das alles macht. Er will heiraten, er will ein Haus bauen.

Gestern also hatten sie zusammen Geburtstag. Kamen beide von der Frühschicht und haben ein Bier getrunken und dann noch eins. Am Abend haben sie sich wieder getroffen und mit einigen Kollegen Skat gespielt, und dann kam eins zum anderen: Irgendwer brachte Schnaps. Irgendwer brachte Bier und noch mehr Bier. Und irgendwann waren Hans und er besoffen. Jemand hat zwei Mark darauf gewettet, und zwar pro Kopf, dass sie sich nicht trauen, sich an ihrem zweiundzwanzigsten Geburtstag gegenseitig die Haare abzuschneiden. Es wurde gejohlt und gefeixt, und während Jupp noch sagen wollte, lass doch den Blödsinn, weil er fürchtete, wieder mal im Mittelpunkt zu stehen, und es hasste wie die Pest, da hatte irgendwer schon Schere und Rasierer angeschleppt, und Jupp hatte sich in sein Schicksal gefügt, na ja, seien wir ehrlich, großartig verteidigt hat er sich auch nicht mehr, dazu hatten beide einfach schon zu viel intus. Am Ende des Abends schleppte Hans von irgendwoher noch ein Luftgewehr an, da konnte er schon nicht mehr gerade laufen und kaum noch stehen, aber die Scheibe vom Schuppen des alten Tönnies, die hat er trotzdem kaputt geschossen, da hatte Jupp die Schnauze voll, egal, ob Tönnies es verdient hatte oder nicht. Er wankte nach Hause, ahnte schon, was ihm blühen würde, aber Hans wollte nichts davon hören, dass sie in einigen Stunden schon wieder auf dem Pütt sein mussten, der hat einfach weitergesoffen, als Jupp schon im Bett war und sich ihm alles drehte.

Jupp schläft. Und gleich wacht er auf. Dazu braucht er eigentlich nicht mal einen Wecker. Das ist drin, und das bleibt drin. Er ist gestern zweiundzwanzig Jahre alt geworden. Seit acht Jahren arbeitet er unter Tage. Er hat seine Lehre mit vierzehn angefangen, drei Jahre später hatte er das Abschlusszeugnis der Bergberufsschule in der Tasche. Betragen: gut, Fleiß: befriedigend, Ordnung: gut, Fachkunde: befriedigend, Fachrechnen: ausreichend, Fachzeichnen: befriedigend, Bürgerkunde: befriedigend, Schulbesuch im letzten Schuljahr mit null entschuldigten und null unentschuldigten Fehlstunden, außerdem ist er nullmal zu spät gekommen. Jupp trinkt und raucht nicht wenig, die Arbeit ist hart, die Wechselschicht anstrengend. Er ist muskulös, nach der Arbeit geht er manchmal in den Boxverein, was er vor Hans geheim hält. Er ist schweigsam und schüchtern und hat bisher noch keine Freundin gehabt.

Jupp wacht auf. Verdammte Scheiße, sagt er leise zu sich selbst. Kann es nicht dunkel bleiben. Dunkel wie da unten. Alles hämmert in seinem Schädel. Alles dreht sich, als er so langsam wie möglich aufsteht. Er fährt sich mit der Hand über seinen Kopf, und wieder: Verdammte Scheiße. Wo sind denn meine Haare hin? Kann es nicht einfach dunkel bleiben?

Ich wache auf und bin froh, das Tageslicht zu sehen. Die Nacht ist vorbei. Ich bin noch da. Das größte Problem ist der Schlaf. Ich weiß nicht genau, wann das angefangen hat, aber es hat sich eingespielt mit den Jahren. Zuerst kann ich nicht einschlafen, dann schrecke ich andauernd hoch, und schließlich mache ich mir Sorgen, dass ich am nächsten Morgen gerädert sein werde, dann kann ich vor lauter Sorgen noch schlechter einschlafen und bin froh, wenn ich manchmal die letzten zwei, drei Stunden der Nacht erwische, in denen ich weg bin, in denen ich nicht mehr vorhanden bin, an die ich mich nicht erinnern kann.

Da war der ehemalige Staatsanwalt, der hatte zwei alte Windhunde und führte sie in majestätischer Langsamkeit auf dem Radweg am Bach spazieren. Traf man ihn, dann sprach er gern über die antiken Philosophen und ihre Ideen von Recht und Unrecht. Er trug einen tadellosen Anzug, wenn es draußen kühler war, und wenn es regnete, dann einen ebenso tadellosen Mantel dazu. Der ehemalige Staatsanwalt lebte allein mit seinen beiden Windhunden in einer kleinen Wohnung. Denn er hatte, da war er noch Staatsanwalt, sein Haus verspielt und sein Auto verspielt und alles verloren. Und das ganze Leben neu aufgebaut und ein neues Haus besessen und ein neues Auto. Und wieder alles verspielt. Für mich spaziert er immer noch Tag für Tag mit seinen Windhunden am Fluss, obwohl es ihn und die Hunde längst nicht mehr gibt.

Mündendorf hat 30000 Einwohner. Tendenz sinkend. Mündendorf hat eine Fußgängerzone mit Einzelhändlern, Läden, die seit langer Zeit im Familienbesitz sind, nun aber nach und nach schließen. Es gibt noch einen Fahrradladen, es gibt noch einen Juwelier, es gibt noch zwei Eisdielen, von denen eine auch im Winter geöffnet hat. Es gibt noch einen Herrenausstatter und ein Geschäft für Damenmode. Es gibt noch den Lederwarenhändler und die Zoohandlung. Mündendorf hat mehrere Schützenvereine, die im Sommer Schützenfeste feiern. Zu den Schützenfesten gehört ein Musikzug, der während des Vogelschießens Märsche und an den Tanzabenden Unterhaltungsmusik spielt. Mündendorf hat einen Weihnachtschor, der an Heiligabend durch die Stadt zieht, außerdem sind die Osterfeuer von großer Bedeutung, die meist von Sportvereinen oder Nachbarschaftsinitiativen organisiert werden. Vor allem alte Tannenbäume, in den ersten Januartagen eingesammelt, werden dort verbrannt. Mehrere Meter hoch werden sie mit anderem Holz und Reisig gestapelt, oben hängt eine Puppe, die für das Ende der kalten Zeit steht. Mündendorf verfügt über eine Kantorei und einen Verein, der klassische Konzerte veranstaltet. Mündendorf wird öfter von Tourneetheatern besucht, als Veranstaltungsort dient dann die Aula des Gymnasiums. Auch Kabarettisten und Krimiautoren gastieren dort, wird weniger Publikum erwartet, dann wird der Saal im Rathaus hergerichtet, wo sonst der Stadtrat tagt. In Mündendorf gibt es niedergelassene Ärzte noch in ausreichender Zahl, mitunter werden Praxen von den Töchtern oder Söhnen übernommen. Mündendorf hat ein Krankenhaus, das vor einigen Jahren von den Bürgerinnen und Bürgern der Stadt vor dem Verschwinden gerettet wurde. Lediglich die Kapazitäten der psychologischen Betreuung scheinen erschöpft zu sein. Mündendorf hat in seiner Geschichte einen schlimmen Stadtbrand erlebt. In Mündendorf gibt es, besonders in den kleinen und zur Stadt gehörenden Ortschaften am Rand, noch Bauernhöfe, ebenso Wiesen und Weiden. Früher waren es mehr, und die abschüssigen Wiesen wurden oft Kuhwiesen genannt, auf ihnen konnte man als Kind Schlitten fahren, bis aus Schnee Eis geworden war. Mittlerweile sind einige Kuhwiesen planiert und bebaut worden, anstelle der grünen Wiese findet man dort nun Mehrfamilienhäuser oder Industriehallen.

Gestern also bin ich angekommen. Noch zwei Tage und Nächte, länger halte ich es nicht aus, länger plane ich es nie, länger wäre zu viel, ich weiß jetzt schon, dass meine Mutter wieder jammern wird. Zwar konnte ich im Laufe der Zeit genau beobachten, wie es sich mit ihrer Traurigkeit und ihrer Jammerei verhält, doch das macht es nicht besser: Wenn ich wieder fahre, dann bricht die Welt für sie zusammen, dann weint sie bittere Tränen, dann ist sie nicht mehr zu trösten – aber ebenso schnell kann sie den Schmerz vergessen, wenn der Film im Fernsehen nur spannend genug ist. Doch ändert das etwas? Ich erlebe nur den Augenblick der Trauer, und immer denke ich, was, wenn wir uns wirklich jetzt das letzte Mal sehen, und immer denke ich, vielleicht ahnt sie was voraus, und immer denke ich, du hast längst nicht alles geschafft und alles getan und alles erfüllt. Aber das ist jetzt gerade weit weg. Noch hat sie mich ja für eine Weile, und ich weiß, wie gut ihr das tut.

Es ist sieben Uhr dreißig, und ich habe nicht mitbekommen, wie mein Bruder, meine Schwägerin und meine Neffen das Haus verlassen haben. Mein jüngster Neffe zieht für die Zeit meiner Besuche immer ins Wohnzimmer, für ihn ist es ein Abenteuer. Er überlässt mir freiwillig sein Zimmer und freut sich, dass ich da bin. An der Decke ist ein Mobile aus Himmelskörpern angebracht. Das Sonnensystem. An der Wand das beleuchtete Modell eines Airbus A340. Die Spielzeuge werden zur Seite geräumt, wenn ich zu Besuch bin, zwischen die Schulhefte und Stundenpläne auf dem zu niedrigen Schreibtisch stelle ich meinen Laptop, den ich meistens nicht benutze, in die Mitte des Zimmers kommt ein ausklappbares Gästebett auf den mittlerweile selten benutzten Autospielstraßenteppich. Dort also schlafe ich oder schlafe ich eben nicht. In einem Geflecht aus Straßen, die im Nichts enden.

Bevor ich das Haus meiner Mutter gestern am Abend verlassen habe, habe ich ihr ein Frühstück versprochen. Mit Croissants und Schokobrötchen und allem. Normalerweise isst sie nie genug. Wenn ich da bin, dann kann es auch

ein zweites Frühstück geben und ein zweites Abendessen.
Wenn ich da bin, dann ist alles anders. Für sie, für mich.

Ich stehe auf, dusche warm, ziehe mich an und stehe vor
dem Haus meines Bruders. Meine beiden Brüder haben ihre
Häuser jeweils eine Straße von unserem Elternhaus entfernt
gekauft und renoviert. Sie haben nie woanders gewohnt
und werden es wohl auch nicht tun. Ich glaube manchmal,
ich bin damals abgehauen, um was Besseres zu finden –
aber was genau sollte das sein? Und was genau habe ich
gefunden? Ich beneide meine beiden Brüder manchmal um
ihr Leben.

Mündendorf also. Kleinstadt am Rand des Ruhrgebiets.
Geprägt von Industrie und Mittelstand. Wenn die Wirtschaft woanders schon stagnierte, wurde hier noch auf hö-
herem Niveau geklagt. Hier bin ich geboren, hier bin ich
aufgewachsen, von hier bin ich weggegangen, und hierher
werde ich, entgegen allen Hoffnungen und Wünschen meiner Mutter, nie mehr zurückkehren. Es ist wirklich ein ruhiger Ort. Und den vorhandenen Lärm, das ist einer der
Vorzüge des Aufwachsens hier, blende ich aus, weil er immer schon da war. Auf der anderen Seite im Industriegebiet
beispielsweise gibt es eine Schmiede, der Hammer beginnt
um spätestens halb sechs zu hämmern, darauf machte mich
aber erst vor etlichen Jahren ein neu zugezogener Nachbar aufmerksam, der sich Ruhe versprochen und ein rhyth-
misches Schlagen zum Sonnenaufgang vorgefunden hatte.

Da war dieses Paar, beide vermutlich in Rente, wir nannten sie die Katastrophenspazierer. Wenn es in der Nähe
brannte oder einen Unfall gab, dann waren sie zu sehen,
wenn die Sirenen der Freiwilligen Feuerwehr die Feuer-

wehrleute zusammentrieb, dann tauchten sie auf, in ihrer besten Sonntagskleidung, sie gingen den Unglücken hinterher und standen in gemessenem Abstand in der Nähe, mit ausdruckslosem Gesicht. Es gibt die Sirenen nicht mehr und das Paar auch nicht.

In die Stadt läuft man von diesem Wohngebiet aus zehn Minuten. Ich mag den Weg, besonders um diese Zeit, da alle schon auf der Arbeit oder in den Schulen sind und nur die frühaufstehenden Rentner ihre Autos vor dem großen Supermarkt in der Nähe parken, um möglichst früh und ungestört die täglichen Einkäufe zu erledigen. Natürlich gehen sie täglich einkaufen anstatt einmal in der Woche. Das kenne ich noch von meinem Vater. Sein Schimpfen darüber, dass er jeden Tag losmüsse. Und sein noch größeres Meckern, wenn er es manchmal nicht zum Einkaufen schaffte, weil er zum Arzt musste.

In Mündendorf geht man selten zu Fuß, in Mündendorf hat man ein Auto. Das ist die Maxime der westdeutschen Kleinstadt, erst recht, wenn sie aus vier Tälern und entsprechenden Bergen besteht. Der öffentliche Nahverkehr ist im Laufe der Jahre mehr und mehr ausgedünnt worden, sehe ich meinen alten Linienbus, die 85, vorbeifahren, dann sitzen meist nur wenige Leute drin, nur vor Schulbeginn und nach Schulschluss sind die Busse kurz überfüllt. In Mündendorf macht man früh den Führerschein und hat früh ein Auto, auch wenn es alt und winzig ist.

Wenn ich nicht hier bin, dann lese ich das Mündendorfer Tageblatt, die Zeitung, für die ich auch geschrieben habe, Berichte über Jahreshauptversammlungen und Konzerte von Männerchören und Blasorchestern, von Schützen-

und Angelvereinen, Artikel über renovierte Kirchen oder über Kunstausstellungen in der Sparkasse. Das Mündendorfer Tageblatt gehört zu den großen Errungenschaften der Stadt, es ist nach wie vor unabhängig von all den Konzernen, alles passiert noch in Eigenregie, worauf man schon lange stolz ist. Ich habe das Mündendorfer Tageblatt nie als provinziell empfunden, wie ich dieses ganze Mündendorf nie zu klein und nie zu eng fand. Vielleicht könnte ich jetzt auch hier sein. Vielleicht war es nur eine Verkettung von Zufällen, warum ich nicht geblieben bin.

Da war der alte Hannes, vor dem man als Kind Angst hatte. Ich gehe jetzt vorbei an seinem Haus. Er lief rastlos durch die Straßen mit seinem Handwagen, seiner dicken Hornbrille und seinem blauen Kittel, er sammelte Holz und Schrott und was sonst noch zu finden war und türmte den ganzen Sperrmüll um sein Haus herum auf, nie hat man verstanden, warum und wieso. Nie hat man über ihn gesprochen, das ist das Seltsame, er wurde höchstens kurz erwähnt mit seiner schrulligen Art. Und da er damals schon alt war, sollte es mich nicht wundern, dass all das jetzt endlich verschwunden ist, seine ganze Sammlung an alten Dachlatten und ausgeweideten Körpern von Waschmaschinen und Elektroherden und der unüberschaubaren Zahl an Kabeln und Blechen, die sein Haus geradezu umzingelten. Er wird gestorben und beerdigt worden sein, wenn es Angehörige gab, dann reisten sie zu diesem Anlass vielleicht aus, sagen wir, Süddeutschland kurz an und kümmerten sich um die Bürokratie, das Haus stand eine Weile leer, dann hat es jemand gekauft und den Entrümpler kommen lassen und das Gebäude entkernt und neu gemacht, was man nur neu machen kann, die Fenster energiesparend, das Dach gedämmt, die Fassade in einem freundlichen Mimosengelb gestrichen, was weiß ich. Auf jeden Fall diente das alles nur dem Zweck, mich bei meinem Spaziergang an diesem frühwinterlichen Morgen in meinem Verdacht zu bestätigen: Die Dinge verschwinden. Gehen nicht unter mit Pauken und Trompeten, sondern sind einfach nicht mehr da. Sang- und klanglos.

Dieses Mündendorf ist, dabei bleibe ich, so paradox es klingt, ein wunderbarer Ort. Die Luft ist gut, die Talsperren sind nah, die Wälder unendlich, die Mieten moderat und Arbeitsplätze vorhanden, das Ruhrgebiet und mit ihm Kultur und Zerstreuung nur einen Katzensprung entfernt. Die Entfernung ist auch in umgekehrter Richtung klein. Meine Eltern, aus dem Ruhrgebiet kommend, haben diese Stadt zu ihrer Heimat gemacht, bevor ich auf die Welt kam. Es war kein großangelegter Plan. Es ergab sich einfach so. Ein Bekannter der Mutter meiner Mutter erzählte meinem Vater von einem Bekannten, der in Mündendorf Arbeit gefunden hatte. So in etwa. Das ist jetzt viele Jahrzehnte her. Das Haus, das er gebaut hat, existiert noch. Ebenso wie seine Kinder noch existieren. Meine Eltern haben sich nie über Mündendorf beklagt, sie haben niemals die Idee gehabt, zurück ins Ruhrgebiet oder gar ganz woandershin zu gehen, diese Sind-die-Kinder-erst-aus-dem-Haus-Phrase gab es nicht, ich glaube, sie fühlten sich wohl hier, ich glaube, sie hatten alles, was sie brauchten. Das Mittelreihenhaus. Das Auto. Den Stellplatz für das Auto. Den Vorgarten. Die Terrasse hinter dem Haus. Die Einkaufsoase auf drei Etagen, die vom Parkdeck aus mit einem schäbigen Aufzug befahrbar war.

Es gibt immer noch alles, was man braucht. Die Einkaufsoase zum Beispiel, ohne die sich die Geschichte nicht erzählen lässt. Der Betonklotz mit Parkdeck steht unverändert, während die Einkaufsoase austrocknet, letzter Schlussverkauf, danach Wüste, keiner weiß, was kommt. Die Zeit der Kaufhäuser ist vorbei. Trotzdem bricht es mir doch das Herz, es jetzt mit eigenen Augen zu sehen: Die Einkaufsoase verschwindet, mit ihr die Hartwarenabteilung und die Aktionsflächen, die großen Käseverkostungen und kleinen Gewinnspiele, bei denen man unter drei unterschiedlichen koffeinhaltigen Getränken die einzig wahre Cola erkennen musste und dafür eine Kappe mit Werbeschriftzug jener einzig wahren Cola gewinnen konnte.

Lange vor der Einkaufsoase ist viel von dem verschwunden, was meine Kindheit und Jugend ausgemacht und mich zu dem gemacht hat, was ich bin. Der Lottoladen, in dem auch Schulbücher und Literatur verkauft wurden. Kafkas gesammelte Werke habe ich von dort, die ersten Theaterstücke, alles. Bis einige Jahre vor der Schließung hat die Inhaberin dem Computer nicht getraut, sie hat Jahr für Jahr dicke Kataloge bekommen, in denen sie blätterte, wenn Kunden ein bestimmtes Buch suchten. Auch das Café am Zentralen Omnibusbahnhof, das es immer gegeben hatte, seit Generationen: nicht mehr vorhanden.

Ich habe es mir nicht ausgesucht. Ich bin hier geboren. Ich verfluche dieses Stück Erde nicht, im Gegenteil, ich mag es hier, und anstelle von Wut oder Zorn oder Gleichgültigkeit empfinde ich vor allem Melancholie, Herzschwere, wenn ich ankomme, wenn ich wegfahre, ich würde mir das selbst gern erklären, aber ich kann es nicht. Hast du denn wirklich Sehnsucht nach einem Leben hier? Bist du nicht froh mit dem, was du woanders gefunden hast? Was ist aus den Mädchen geworden, in die ich unglücklich verliebt war? Warum macht es mich bis heute unruhig, wenn man über den pathologisch schweigsamen Tischnachbarn von früher, den man gern geärgert hat, bis er richtig ausflippte, nichts im Netz findet? Wie geht es den Mitschülern, die ich terrorisiert habe, denen, die mich terrorisiert haben?

Da war der Wanderzirkus, der überwinterte hier in dem Jahr, als ich geboren wurde. Das lag daran, dass die Zirkusmutter, Frau Knobbe, diese Krankheit hatte, Elefantenbeine, sie konnte sich kaum noch bewegen, und der Zirkus musste seine weiteren Tourneetermine absagen. Er war einer der traurigen Sorte und nicht besonders sehenswert. Einige Hunde waren trainiert worden, bevorzugt Terrier, um kleine Kunststücke vorzuführen, es gab eine Armada an clownsküssenden Wellensittichen, die gleichzeitig durch geschicktes Ziehen von Zettelchen in die Zukunft blicken konnte, es gab natürlich die obligatorischen Ponys und auch ein Äffchen, die Attraktion aber waren die Zebras, erzählte man mir, erzählt man sich bis heute. Und die Pfauenfamilie natürlich, die den Ententanz aufführte. Es ist nicht sicher, was genau dahintersteckte, aber an einem der kältesten Tage des Winters brannte es auf dem Zeltplatz vor den Toren der Stadt, und in all dem Chaos öffnete jemand die Käfigtüren. Und während die Hunde, Pferde und Wellensittiche auf dem Gelände blieben, schafften es die Zebras und Pfauen in die Freiheit. Sie zogen sich in die Wälder von Mündendorf zurück, und angeblich haben sie sich, den widrigen klimatischen Bedingungen zum Trotz, schnell akklimatisiert, sie sollen noch heute geschickt im Verborgenen leben. Ich habe es so lange nicht geglaubt, bis ich ein Zebra gesehen und einen Pfau habe rufen hören. Und Frau Knobbe mit den Elefantenbeinen? Die lebte noch lang und legte den Leuten die Karten, annoncierte in der Tageszeitung, und meine Mutter haderte immer wieder mit sich, ob sie nicht doch irgendwann mal zu ihr gehen sollte. Die Zirkustiere von Mündendorf gibt es heute noch. Ich glaube jedenfalls daran.

Ich hatte mir manchmal vorgestellt, wie es gewesen wäre, dieses oder jenes Haus zu kaufen. Nein, zuerst in einer großen Wohnung zu wohnen. Dann beruflicher Erfolg und ebenso erfolgreiche Integration in die Mündendorfer Erwachsenenwelt. Vorsitzender des örtlichen Kunstvereins, Regisseur der lokalen Theatergruppe, aber mit frischem Wind, ein enfant terrible der Kleinstadt, dessen Ruf bis ins Ruhrgebiet reicht, und das manchmal mit der ganzen Truppe zu Gastspielen eingeladen wird. Bankkaufmann oder Immobilienkaufmann im Hauptberuf, vielleicht sogar Architekt oder Unfallchirurg, nebenbei künstlerisch, gesellschaftlich und sozial engagiert. Links und rechts grüßend, wenn er durch die Fußgängerzone läuft, selbstsicher natürlich, Mitglied in einer Partei irgendwo in der gesunden Mitte, selbstverständlich im Stadtrat, selbstverständlich einmal unter dem Jubel der Menge zum Schützenkönig gekrönt, nachdem vorher Treffsicherheit bewiesen wurde, mit Kindern, denen dieses Mündendorf noch selbstverständlicher wäre als dem Vater selbst, ein solches Leben hatte ich mir manchmal ausgemalt, bevor ich die Kleinstadt endgültig verlassen hatte.

Ich gehe über den Alten Markt, wo neuerdings die Leihbücherei ist. Was heißt neuerdings, seit fünfzehn Jahren, aber auf eigenartige Weise gilt die Zeitrechnung ja nicht, wenn ich an Mündendorf denke, sie ist mit meinem Wegzug aus dem Rhythmus geraten und bewegt sich mehr zufällig voran. Sind die Batterien zu lange in einem analogen Wecker, dann kann man dieses Schauspiel ja beobachten, der Zeiger quält sich mehr nach vorn oder tickt auf der Stelle, bis er irgendwann gar nicht mehr vorankommt. Der Unterschied ist nur, dass die Batterien hier in Mündendorf nicht auswechselbar sind, zumindest nicht für mich, zumindest nicht mehr jetzt. Das jedenfalls ist der Alte Markt, und da steht der Olle Otto, die Bronzeskulptur eines Arbeiters. Er wischt sich den Schweiß von der Stirn und steht mit seiner Schürze auf seine Schmiedezange gestützt da. Er sieht angestrengt aus, aber zugleich ist klar, dass er nicht anders kann, dass er nie was anderes im Leben getan hat und nie was anderes im Leben tun wird. Er weiß ja, wofür er das macht.

Manchmal habe ich es mir auch anders vorgestellt: Wie es wäre, wenn ich zwar weggezogen wäre, aber irgendwann meine triumphale Rückkehr gefeiert hätte. Wie wäre es gewesen, wenn ich als Minister vor unserem Reihenhaus gehalten hätte? Oder gar als Bundeskanzler? Kurz vorher wird die Straße gesperrt, das Mündendorfer Tageblatt hat natürlich schon Tage im Voraus davon berichtet, und dann passiert es, die Wagenkolonne rückt an und hält vor dem Mittelreihenhaus, die Leibwächter steigen aus und öffnen mir mit feierlichem Ernst die Tür, die Nachbarn vom Haus gegenüber haben längst die Gardine zur Seite gezogen oder gar das Fenster geöffnet: Guck mal, jetzt ist er wieder da, gestern haben wir ihn noch im Fernsehen gesehen, und jetzt besucht er seine Eltern. Jetzt winkt er uns sogar zu! Schau nur! Die Wirklichkeit hat nichts mit den Rückkehrerfantasien zu tun. Ich komme am Bahnhof an, und mein Bruder holt mich ab, und ich leihe mir den Schlüssel zum Haus meiner Mutter von ihm, weil sie mein Klingeln nicht hören könnte. Manchmal nehme ich übrigens auch ein Taxi, wenn mein Bruder keine Zeit hat, weil er mit meinen Neffen zum Fußball muss oder noch arbeitet, dann kommt die alte Fantasie zurück – wenn mich der Fahrer erkennt, weil er meine Mutter manchmal in ihre Gruppe bringt, weil er mein Foto mal in der Lokalzeitung gesehen hat. Dann stelle ich mir vor, wie meine Eltern am Küchenfenster stehen und im Vollbesitz körperlicher und geistiger Kräfte triumphieren und sagen: Er ist zurück. Obwohl er jetzt der berühmte Bundeskanzler ist, hat er uns nicht vergessen.

Ich gehe in die Bäckerei, und die Verkäuferin spricht mich mit meinem Namen an. Ich erkenne sie nicht wieder. Ich kaufe viel zu viel. Meine Mutter, fällt mir ein, wird sauer sein. Längst ist sie aufgestanden, auch sie schläft nicht durch, ich weiß, dass sie früh wach ist, weil ich manchmal ihre Stimme auf der Mailbox meines Handys habe. Sie haben eine neue Nachricht. Empfangen heute um fünf Uhr dreißig. Ich trödele jetzt nicht mehr, ich gehe vorbei an neu entstandenen Wettbüros, aber auch an einer Kneipe, die ich noch nicht kenne, ich gehe vorbei an der Kirche, in der ich getauft wurde, ich nehme eine kleine Passage aus Waschbeton, in der es immer noch riecht wie vor dreißig Jahren, ich gehe vorbei am Taxistand vor der austrocknenden Einkaufsoase, überall ist Ausverkauf plakatiert, ich nicke einem Taxifahrer zu, den ich schon lange kenne, der Weg zurück in die Siedlung steigt an und ist immer beschwerlich, aber der Bus ist gerade weggefahren, der nächste geht erst in einer Stunde. Ich rauche auf dem Weg, das sollte ich

nicht, so komme ich völlig aus der Puste in unserer Straße an. Am Haus angekommen, klingele ich, obwohl der
Zweitschlüssel meines Bruders in meiner Tasche steckt,
um meine Mutter nicht zu erschrecken. Nichts passiert. Sie
hört ja schlecht, denke ich, und mache mir noch keine Sorgen, als ich die Haustür aufschließe. Als mir beim Betreten
des Hauses auffällt, dass auch die Küchenjalousie noch unten ist, kommt die Panik doch zurück. In der Küche keine Spuren eines Frühstücks. Waren die Pflegerinnen noch
nicht da? Ich rufe. Keine Antwort. Ich gehe ins Wohnzimmer und traue mich erst nicht, in die Essecke zu schauen.
Doch was soll schon passiert sein? Und was wäre eigentlich, wenn? Dann sehe ich meine Mutter schlafend im Bett.
Ich gehe zu ihr und wecke sie. Sie dreht sich um, ist kurz
erschrocken, aber dann hellwach.

Willst du denn heute gar nicht mehr aufstehen, sage ich.
Hör mal, sagt sie, das musst du gerade sagen. Sie setzt sich
ihre Brille auf, obwohl sie nach einer Laserbehandlung
eigentlich gar keine mehr tragen müsste, aber das lässt sie
sich nicht ausreden. Ich war doch schon längst wach, behauptet sie, ich hab doch schon gefrühstückt und alles, du
wolltest doch mit mir einkaufen gehen. Du hast schon gefrühstückt, frage ich. Meinst du denn, ich lüg dich an, sagt
sie, und weil ich ihre Entrüstung manchmal so gern mag,
sage ich: Das weiß ich nicht so genau. Bevor ihre gespiel-
te Aufregung doch noch ernst wird, zeige ich ihr die große
Tüte mit dem Frühstücksgebäck. Ich reiche ihr schnell einige Sachen zum Umziehen, denn jetzt hat sie es natürlich
eilig, erst das Frühstück, dann der Einkauf, alles mit mir.

Mündendorfs Kriminalitätsstatistik bewegt sich auf niedrigem Niveau. Es gibt wenig zu befürchten. Und doch gibt es keinen Ort auf der Welt, an dem ich mich so sehr fürchte. An dem ich die Katastrophe jederzeit auf mich zukommen sehe. Die Angst kriecht in mir hoch, wenn es dunkel wird, besonders in den Nächten, es ist diese alte Angst, die zu Mündendorf gehört wie der Olle Otto oder der Betonklotz der Einkaufsoase. Tagsüber ist es etwas besser, aber trotzdem laufe ich durch die Straßen und fühle mich klein, es müsste nur jemand kommen und mich anstoßen oder umpusten, und ich wäre geliefert. Der ängstliche Grundzustand gehört zu meinen Mündendorf-Aufenthalten, eigentlich ist er schon immer ein Teil von mir. Besonders schlimm ist es in den letzten Jahren geworden, ich kann ihn immer seltener vergessen. An diesem Morgen um halb acht beispielsweise waren meine Finger trotz der heißen Dusche noch eiskalt, kein Hunger, kein Durst, kein gar nichts, als würde mir eine Prüfung bevorstehen, für die ich nicht gelernt habe. Beim Laufen wird es manchmal besser, weshalb ich durch die ganze Stadt kreuze und quere, bei Regen und bei Schnee, das ist mir egal, Hauptsache, die kalten Finger verschwinden, Hauptsache, es gelingt mir, meine Ängste wegzulaufen, dann fühlt sich meine Hand selbst im tiefsten Winter plötzlich wärmer an als zuvor.

Würdest du denn noch woanders wohnen wollen, frage ich meine Mutter. Sie hat starken Kaffee gekocht und isst ein Croissant mit Butter und Marmelade. Nein, sagt sie energisch, auf keinen Fall. Willst du niemals zurück? Wohin denn zurück? Das ist mein Haus. Und ins Altersheim gehe ich nicht, damit das klar ist. Die Entschiedenheit meiner Mutter überrascht mich immer wieder. So war sie zwar immer, aber heute fehlt ihr dabei jede Bitterkeit. Sie weiß, was sie will. Sagt doch auch keiner, dass du ins Altersheim musst, sage ich. Das sagst du jetzt so, sagt sie. Nehmen wir gleich deinen Rollstuhl, frage ich. Wie kommen wir denn überhaupt runter in die Stadt? Wir können mit dem Taxi fahren, sage ich, oder wir nehmen den Bus. Was ist dir lieber? Wenn du mich schiebst, dann können wir ruhig den Bus nehmen. Nur zu Fuß schaffe ich das nicht mehr. Dann müssen wir aber in fünf Minuten los. Ehrlich, sagt sie, so bald schon, und schiebt sich den Rest des Croissants in den Mund, faltet die Tüte zusammen und drückt sie mir in die Hand: Das nehmen wir mit für unterwegs. So schnell, wie ich es selten sehe, ist sie aufgestanden und in den Flur gehumpelt, sie zieht sich ihre Schuhe an und ihre lilafarbene Winterjacke, die sie vor einigen Jahren zu Weihnachten bekommen hat. Ich hole ihren Rollstuhl aus der Ecke im Flur, sie braucht ihn gerade kaum, aber sicher ist sicher. Wie selbstverständlich hakt sie sich bei mir unter, als wir vor die Tür gehen. Was willst du mir denn überhaupt für einen Pullover kaufen, fragt sie, als wir zur Bushaltestelle laufen, ein Weg, den wir sicher tausendmal gegangen sind, als ich noch ein Kind war. Wolltest du dir nicht selber einen kaufen, frage ich, du hast doch Geld dabei, oder? Das ist ja wohl ein starkes Stück, sagt meine Mutter und fuchtelt mit den Armen, du hast doch gestern wörtlich gesagt, wir gehen in die Stadt, und dann kaufe ich dir was Schönes. Ich muss lächeln und schüttele den Kopf. Was Schönes für den Winter, sagt sie. Stimmt, sage ich, hatte ich ganz vergessen, dass ich das gesagt hatte. Wann kommt denn endlich der Bus, sagt meine Mutter, als wir an der Haltestelle ankommen, und: Hast du Zigaretten? Wir stecken uns eine an. Meine Angst ist tatsächlich weg, der Bus hat Verspätung, aber das ist jetzt egal, während meine Mutter und ich eine Zigarette rauchen, während sie mir immer dann in die Seite kneift, wenn ich nicht damit rechne, während sie sich darüber totlacht, dass ich vor Schreck schreie.

Die Anspannung vor dem ersten Ton. Eins, zwei, drei, vier. Mein Lehrer zählt. Das Metronom tickt. Die Übungen sind einfach. Er hat mir erklärt, was auf dem Blatt vor mir steht: Das ist ein Bassschlüssel. Das da sind ganze Noten. Das da sind halbe Noten. Das da sind Viertelnoten. Das reicht für uns, mehr brauchen wir noch nicht. Ich zähle vor. Schlag den Takt mit dem Fuß mit. Das hilft. Okay, ich zähle, du spielst. Eins, zwei, drei, vier. Ich treffe die Töne. Ich halte sie. Ich schaffe die ersten Übungen ohne Fehler. Gut gemacht, sagt mein Lehrer, richtig gut gemacht. Jetzt etwas schneller? Eins, zwei, drei, vier. Ich spiele die erste Stimme, du spielst die zweite Stimme.

Einmal pro Woche treffen wir uns bei ihm oder bei mir. Ich freue mich schon Tage vorher darauf. Ich will so schnell wie möglich Fortschritte machen. Bald ist Karneval, unrealistisch, dass ich bis dahin gut genug bin. Ich erwähne es nicht, nicht den Umzug und nicht meinen Ehrgeiz, aber ich übe. Ich übe jeden Tag nach der Schule. Eine Stunde, zwei Stunden. Eins, zwei, drei, vier.

Es gibt Dur, und es gibt Moll. Guck mal, das ist ein Kreuz, und das ist ein B. Es gibt den Viervierteltakt. Guck mal, das sieht dann so aus. So schreibt man die Noten auf. Sieht gut aus, mach noch eine Reihe. Neben dem Unterricht auf der Posaune bringen sie mir im Musikzug auch Theorie bei. Einmal wöchentlich für anderthalb Stunden. Auch hier bin ich ehrgeiziger, als ich es in der Schule jemals war. Der Theorielehrer ist eigentlich Paketbote, in seiner Freizeit aber ein Schlagzeuger mit Leib und Seele, fällt es mir schwer, mir einen Rhythmus vorzustellen, dann schlägt er ihn auf seiner Trommel an. So, die Übung spielen wir wieder zusammen. Du die obere Stimme, ich die untere Stimme. Ich zähle vor. Du klopfst mit dem Fuß mit. Bereit? Verkrampf nicht so, steh schön locker, und in den Bauch atmen, ganz wichtig, das ist die Stütze, die macht den Ton aus. Okay, wir spielen es ganz langsam. Eins, zwei, drei, vier.

Nach einigen Wochen darf ich zu den Proben des Musikzugs. Ich sitze neben den anderen Posaunisten und sehe ihnen zu. Wie leicht ihnen alles fällt. Es ist so still, wenn der Dirigent spricht, wenn er den Taktstock hebt, wenn das Orchester die ersten Töne eines Chorals spielt, so butterweich, so schön, dass es mir kalt den Rücken herunterläuft. Fühlt es sich so an, wenn man sich verliebt?

Der Dirigent macht gern Witze, aber er ist sehr streng. Man hat Respekt vor ihm, dazu muss er gar nicht viel tun. Seine Stimme ist kräftig und fest. Er hat bei der Bundeswehr Oboe gespielt und ist nach seiner Zeit bei der Armee in einem Polizeiorchester gelandet. Heute verkauft er tagsüber Lebensversicherungen, und an den Abenden dirigiert er neben dem Mündendorfer Musikzug noch zwei weitere Orchester aus der näheren Umgebung. Die Proben sind ernst und konzentriert. Und manchmal, wenn er merkt, dass jemand zum dritten Mal in Folge nicht geübt hat, wenn er sich verschaukelt fühlt oder die Tuba mal wieder ungeniert mit den Tenorhörnern quatscht, dann kann er barsch werden, dann bekommt er einen hochroten Kopf, und es fliegt sein Taktstock durch den Raum. Er ist ein guter Dirigent.

Ich sitze nur dort und höre zu – und bin enttäuscht, als die Probe nach zwei Stunden zu Ende ist. Wie hat es dir gefallen, fragt mich mein Lehrer. Das ist so toll, sage ich. Noch besser wird es, wenn du mitspielen kannst, sagt er. Ich komme nach Hause, ich mache meine Hausaufgaben mehr schlecht als recht, ich setze mich auf die Kante meines Betts, ich baue den Notenständer auf, ich lege meine Blätter mit den Übungen darauf, ich nehme mein Mundstück in die Hand, zum Spielen ist es zu spät, die Nachbarn wissen mittlerweile eh Bescheid, jeden Nachmittag hören sie meine ganzen Noten, meine halben Noten, meine Viertelnoten, jetzt also übe ich trocken mit dem Mundstück, ich werde wagemutiger, ich zähle etwas schneller und dann noch schneller, eins, zwei, drei, vier.

Es dauert nicht lange, da darf ich bei den Proben sogar mitmachen. Und wieder kurze Zeit später, sagt der Dirigent zu mir: Du kannst mitkommen. Auf die Straße. Aber dann musst du dafür noch mehr üben, versprich mir das. Ich verspreche es. Ich laufe also das erste Mal mit. Und am Straßenrand stehen die Menschen und jubeln und singen: der Karnevalsumzug in der Nachbarstadt. Wir haben ein Repertoire von fünf oder sechs Liedern, die wir immer wiederholen. Die Karawane zieht weiter. Immer lustig und in Form. Heidewitzka, Herr Kapitän. Irgendwo in diesem Getümmel, und sie sagen mir später, dass sie mich gesehen hätten, obwohl ich sie nicht entdecken konnte, stehen meine Eltern. Sie waren seit Jahren nicht mehr dort, sie haben mit Karneval nichts am Hut. Ich zähle und versuche, den

Takt zu halten. Eins, zwei, drei, vier. Natürlich verspiele ich mich oft, und bei schwierigeren Liedern, die ich nicht kenne, da soll ich nur so tun als ob, das merkt sowieso keiner, aber das ist egal, es ist das pure Glück. Wir sind verkleidet als Seeleute, der ganze Musikzug, und wieder und wieder gehen wir durch die Straßen, und wieder und wieder jubelt die Menschenmenge uns zu. Nach dem Umzug treffen wir uns in einer Kneipe, es gibt Schnitzel und Pommes für alle, und als meine Eltern mich zur vereinbarten Zeit abholen, steht der Dirigent auf und gratuliert mir und sagt so, dass mein Vater und meine Mutter es ganz genau hören können: Du hast dich wirklich gut geschlagen. Du bist jetzt bei uns dabei. Ich bedanke mich, und wir fahren nach Hause, ich kann kaum schlafen in der Nacht vor lauter Aufregung, ich könnte gleich morgen schon wieder einen Karnevalsumzug spielen, im Halbschlaf zähle ich immer noch mit, wenn der Dirigent den Stock hebt und wir anfangen. Eins, zwei, drei, vier.

Jupp ist übel. Es ist fünf Uhr morgens, und er weiß nicht mal, wie viele oder wie wenige Stunden er geschlafen hat. Widerwillig packt er sein Bütterchen in Pergamentpapier ein, steckt es in die alte Kaffeedose und macht ein Gummiband drum. Ans Buttern will er noch gar nicht denken. Er muss es machen, sonst klappt er um, und davon hat keiner was, am wenigsten er selbst.

Er friert, als er aus dem Haus geht. Obwohl es ein warmer Tag werden wird. Liegt jetzt schon in der Luft. Zu Fuß sind es zehn Minuten zur Zeche. Er wird ein bisschen zu früh ankommen, wie jeden Tag, aber dagegen hat er nichts, er raucht lieber in Ruhe noch eine und vielleicht sogar noch eine. Die Sauferei ist ja schön und gut, denkt Jupp, aber dieser beschissene Kater danach, war er jemals so schlimm? Doch, er ist immer schlimm. Kann man sich nur wegmalochen. Und wegtrinken. Trinken musst du, wegtrinken, hat ihm mal ein alter Hauer geraten, und das macht er, so gut es geht. Einen Liter Wasser gerade, und zwar mit Hängen und Würgen, bevor er losgegangen ist.

Jupp schwirren Sätze und Geräusche durch den Kopf, so ein Sausen an alten Dingen kommt immer dann, wenn er zu viel getrunken hat.

Der Jupp malocht hart. Die Stimme seines Vaters. Das hat der mal zu einem Kumpel gesagt, die saßen in der Küche, Jupp lag schon im Bett, verstand aber jedes Wort. Der Jupp malocht hart, härter als ich. Härter als du. Der macht eine Überschicht nach der anderen. Der will vorankommen. Der will heiraten. Der will sich was bauen. Der macht es richtig. Es war das einzige Mal, dass sein Vater wirklich stolz auf ihn war. Obwohl er wahrscheinlich immer stolz ist, nur ihm selbst gesagt hat er das nie.

Fliegeralarm, längst Routine. Geordnete Eile. Das Zischen in der Luft. Der Hochbunker. Alles zittert, alles bebt, als die Bomben links und rechts neben dem Gebäude einschlagen. Hat er heute Nacht davon geträumt? Trümmer, Beine, Arme, jemand kommt und hält dir die Augen zu. Bringt die Kinder hier weg, bringt die Kinder hier weg, zum Teufel! Ist vorbei, du warst klein, jetzt kann dir nichts mehr passieren, erst recht nicht da unten. Er hat keinen Schiss, hat nie welchen gehabt, weg damit.

Jupp ist übel. Alles passiert heute in Zeitlupe. Er sieht sich selbst zu, wie er die Straße entlangtrottet in Richtung

:he. Mit seinem rasierten Kopf. Das gibt Sprüche, das gibt Ärger, wenn sein Alter das sieht. Wie kann man nur so dämlich sein? Lauf weiter, nicht dran denken, alles passiert heute wie von selbst, Jupp sagt es sich vor, in seinem Kopf, nur für sich, um nicht wieder das Kotzen zu kriegen. Schritt für Schritt, damit das Karussell aufhört. Jupp ist ein zäher Hund. Wer saufen kann, der kann auch arbeiten. Und er hat immer gearbeitet.

Steinkohle also. Ich erzähl es euch mal ganz einfach. Der Ruhrpott war mal ein Ufer. Das sumpfige Ufer eines riesigen Meeres. Ein Torfmoor. So fängt das mit der Kohle an. Holzige Pflanzenteile habt ihr da gehabt, Stämme, Äste. Stirbt alles ab. Sinkt unter die Wasseroberfläche. Irgendwann kommt keine Luft mehr dran, es vermodert also nicht. Merkt euch das. Schicht um Schicht kommt drauf mit der Zeit. Das gibt Druck. Das gibt Wärme. So fängt das an. Das nennen wir: Inkohlung. Aus Holz wird Kohle. Merkt euch das. Und die holen wir dann da unten raus. Jahrmillionen später. Und jetzt mal in Ruhe und der Reihe nach. Jupp muss an den alten Schärfer denken, der ihnen das in der Schule beigebracht hatte. Vor dem Schärfer, der so gern von den Kohlen unter der Erde gesprochen hat und mittlerweile selbst schon unter der Erde liegt, hat er Respekt gehabt. Wenn er sonst viel Unsinn gemacht hat – zum Beispiel vor sich hin brummen, wenn alle anderen in der Klasse sangen –, bei Schärfer hat er aufgepasst. Der war nicht so ein brutales Schwein, vor dem hatte man trotzdem Respekt. Oder gerade deshalb. Er weiß noch, wie er bereitwillig auswendig lernte, was Schärfer ihnen vorsagte. Das kleine ABC der Bergleute. Flöz, Sohle, Strecke, Streb, Teufe. Und weiter: Hängebank, Hauer, Steiger. Merkt euch das: Das Karbon lag mal flach mit einem Einfall von zwölf Grad von Süd nach Nord. Durch den starken Druck, der irgendwann aus dem Süden kam, ist dieses ganze Gebirge zusammengefaltet und zusammengeschoben worden. Deshalb haben wir verschiedene Lagerungen. Seit Jahren hat er nicht mehr an den alten Schärfer gedacht. Und jetzt, mit noch halb besoffenem Kopf, tut er ihm plötzlich leid. Was ist mit ihm los? Ist es, weil er jetzt zweiundzwanzig Jahre alt ist, vielleicht, vielleicht passiert gerade was, vielleicht ist er aber auch einfach nur dumm im Kopf an diesem Morgen. Steinkohle also. Hangendes, Liegendes, Blindschacht, alter Mann. So fängt das an.

Jupp geht durch das Zechentor. Er grüßt den Pförtner. »G'auf«, ruft Jupp, »G'auf«, ruft der Pförtner, das ist so mit den Jahren, das wird immer schlimmer, aus dem »Glück auf« verabschiedet sich das »Glück«, wenn du nur lange genug auf dem Pütt bist, hat mal einer gesagt. Jupp trottet zum Gebäude neben dem Förderturm. Immer noch dreht sich alles. Er freut sich auf die frischen Wetter im Schacht. So wird er nicht nur den Kater, sondern auch jede Erkältung los, aber das glaubt ihm eh kein Mensch. G'auf, Jupp, sagt einer, der jetzt neben ihm läuft, hast du den Kopp zu lange aus dem Fenster gehalten. Du Arschloch, sagt Jupp und lächelt, und der andere lächelt zurück. Glück auf hier, Glück auf da, mehr geht heute nicht. Zu früh, zu kaputt, zu müde. Er geht in die Weißkaue. Er sucht sich einen Platz auf der Bank. Er nickt manchmal einem Kumpel zu. Schon viel los hier. Er steckt sich eine Zigarette an gegen den Zirkus im Kopf. Und sie hilft. Als er aufgequalmt hat, zieht er seine Kleidung aus, bis er nackt ist, schmeißt sie in seinen Korb, er hat die Nummer 138, seit er hier arbeitet, und zieht die Klamotten an der Kette nach oben. Er läuft langsam rüber in die Schwarzkaue, dasselbe Spielchen, da hängt sein Grubenzeug, das er jetzt anzieht. Graue Socken, graue Unterhose, graue Arbeitshose, gestreiftes Hemd, graue Jacke, schwere Schuhe und Schienbeinschoner, zuletzt der Helm.

Jupp steckt sich noch eine an. Um ihn herum lassen sie ihn in Ruhe. Seinen Ruf hat er weg. Ein Eigenbrötler wie sein Alter. Nicht dass er nicht gemocht wird. Er ist trotzdem froh, dass er jetzt seinen Helm hat und keine dummen Sprüche mehr kommen. Wenigstens die nächsten Stunden. Der Tabak tut gut. Lange, tiefe Züge. Noch ein bisschen Ruhe. Der Ruhrpott war mal ein Ufer. Der Jupp ist ein Malocher. Das Zischen draußen, wenn die Bomben fallen. Jupps Gedanken zirkulieren immer noch in seinem Schädel. Hast schon mal eine gehabt? Du weißt schon, wie ich das meine. Das geht dich einen Scheißdreck an. Bis jetzt hat er das vergessen, diesen Augenblick gestern, als irgendein Affe aus der Kokerei den Alkohol nicht mehr vertrug und ihm blöd kam. Das geht dich einen Scheißdreck an, lass mich in Ruhe, hat Jupp gesagt, und der Kerl: Siehst aus, als hättest du noch keine gehabt. Und Jupp ist aufgestanden, verpiss dich, und Hans war, so gar nicht seine Art, dazwischengegangen, lasst das sein, alle beide, du verpisst dich, und du setzt dich wieder hin. Was geht das irgendwen an, ob ich schon eine hatte, denkt Jupp, und dann: Wo ist der Hans überhaupt?

Jupp geht mit den anderen Bergleuten zur Lampenstube. G'auf, Jupp. Alles Gute nachträglich. G'auf, danke. Er bekommt seine Lampe, hängt sich den Akku an den Gürtel und seinen Selbstretter. Jetzt geht er zur Hängebank. Er ist früh genug dran mit seinem Märkchen. Manche gehen morgens gar nicht erst in die Kaue, sondern holen sofort das Märkchen – wenn du früh unten bist, dann bist du auch früh wieder oben. Jupp hat diese Vordrängelei nie leiden können, aber heute ist er froh, Glück zu haben. Er geht zur Hängebank und steht kurze Zeit später mit dreißig Mann auf dem Korb. Die Seilfahrt ist schnell vorbei. Sechste Sohle. Jupp atmet die kühle Luft in Schachtnähe ein. Sie tut ihm gut, sie bläst seinen Schädel frei. Die Gedanken sind weg. Ein Glück, er dachte schon, das geht jetzt den ganzen Tag über so.

Gib mal 'ne Prise, sagt er zu Karl, der neben ihm läuft und mit dem er arbeitet. Wortlos reicht Karl ihm den Schnupftabak, während sie zum Personenzug laufen. Karl ist ein guter Kerl. Der wohnt in der Nachbarschaft und redet genauso wenig wie Jupp, der hat schon Frau und Kind, hab früh angefangen, will früh aufhören, sagt der immer, der kann malochen und meckert nicht rum, Jupp kann ihn gut leiden. Wo ist der Hans, fragt Jupp. Schulterzucken. Gibt Ärger, sagt Jupp. Und Karl zuckt wieder mit den Schultern, bedauernd. Damit lassen sie es gut sein. Sie sitzen im Zug nebeneinander. Jupp ist froh, dass er nicht mehr ins Revier latschen muss. Sein Vater hat das noch gemacht. In voller Montur. Als es noch keine Züge hier unten gab. Während der Fahrt kann er manchmal dösen, Gerumpel hin oder her, eine halbe Stunde Pause, bevor es überhaupt losgeht. Jetzt steigen sie an ihrem Abbaurevier aus und gehen mit ein paar Mann ein Stück bergab in den Streb. Jupp hat immer noch keinen Hunger, als er sich auf die Gezähekiste zum Buttern setzt. Kaum hat er sein Brot ausgepackt, kommen die Mäuse. Elende Viecher. Nicht auszurotten. Waren zuerst da und bleiben bis zum Schluss, davon ist er überzeugt. Das Problem ist, dass Jupp die Viecher irgendwie mag. Und dann, wenn keiner guckt, ihnen manchmal sogar was hinwirft. Genau das darfst du niemals machen, aber er macht es doch. Ein Dickkopf wie sein Vater.

An den denkt er jetzt, bevor sie in den Streb gehen und stundenlang am Hobel stehen. Stehen ist gut, aber muss nicht immer so sein. Er erinnert sich an Flöze, die hatten nur sechzig, siebzig Zentimeter. Waren aber die besten Kohlen. Konnte man nur auf Knien machen da drin. Anders ging das da nicht. Stundenlang. Das war wirklich eine Schinderei. Am besten ist die halbsteile Lagerung. Aber auch gefährlich. Kommt oft was runter, musst du aufpassen wie ein Schießhund. Ihm ist noch nie was passiert. Meist trifft es die, die noch nicht lange dabei sind. Die zu wenig Erfahrung haben. Schieferstein ist immer schwierig. Kommt leicht was runter. Und einige von denen, die gerade erst da waren, haben gemeint, die wüssten alles besser. Haben sich nicht an die wichtigste Regel gehalten: Vor dem Berg hast du Respekt, immer. Hat sein Vater zu ihm gesagt, ganz am Anfang. Den haben die Kohlen nicht das Leben gekostet, sondern gerettet. Jetzt denkt Jupp an die Geschichten von den Pferden, die runterkamen und sich für immer von der Sonne verabschieden mussten. Als Mensch kannst du das kapieren, dass die Sonne einfach weg ist. Aber als Pferd? Jupp denkt an seinen Vater und daran, dass ihm die Tiere manchmal so leidtun, warum tun dir die Tiere immer mehr leid als die Menschen, denkt Jupp, aber jetzt reicht es wirklich, spätestens nach dem Buttern merkt er kaum noch was vom Kater, spätestens jetzt ist Schluss mit der bekloppten Nachdenkerei, die macht ihn ganz bekloppt, er steht auf, er atmet durch. Die Maloche fängt an, und er weiß ganz genau, wofür er das alles macht.

Bald dreht sich der Wind, bald nimmt das alltägliche Verhängnis seinen Lauf. Die frisch gewaschene Wäsche auf der Leine im Garten bleibt nur kurze Zeit weiß. Schon setzt sich der Dreck der Zechen in ihr fest. Schmutziggraues Bettzeug vor Mehrfamilienhaus mit schmuckloser Fassade. Passanten auf dem Bürgersteig, ältere Menschen, zerfurchte Gesichter. Jacken, Schuhe und Hüte in gedeckten Farben. Ein Hochbunker mit weggebombter Ecke. Schrebergärten vor dem Stahlwerk. Taubenschläge neben dem Förderturm. Wenig einladendes Grau. Florierende Nachkriegszeit, staubige Bergarbeitersiedlung. Der Straßenzug: unvollständig. Einige Brachflächen, auf denen der Schutt zwar weggeräumt ist, aber noch keine neuen Häuser errichtet worden sind. Jetzt betritt ein Mädchen diese Straße. Sie geht vorbei am Schuppen von Tönnies, dem alten Nazi, der keifend einige Scherben zusammenkehrt und auch für das Mädchen nur einen hasserfüllten Blick übrig hat. Jeder kann das gewesen sein, und jeder würde es ihm gönnen.

Das Mädchen trägt ein buntes Kleid und pfeift vor sich hin. Es hat heute in der Bäckerei gearbeitet, dort hilft es aus. Man hat was zu tun. Man verdient Geld. Man hat immer was im Bauch. Es ist Mittag, und es ist das geworden, was das Mädchen vermutet hat: ein heißer Spätsommertag. Man sieht es auf Fotos aus der Zeit: Das Mädchen fällt auf. Wie es gekleidet ist, wie es frisiert ist, vor allem die Augen, vor allem der Blick. Kurz und gut, es ist verdammt hübsch. Alle erzählen davon, wenn man mit ihnen über das Mädchen redet. So strahlend und offen, dass nichts auf die widrigen Umstände hindeutet.

Das Mädchen heißt Barbara. Sie trägt die Tageszeitungen aus, wenn es ihrer Mutter zu viel ist. Und es ist der Mutter oft zu viel. Das Geld darf sie nicht behalten. Das versteht sich von selbst. Und die Tageszeitung und die Bäckerei sind nicht ihre einzige Arbeit. Sie hat die Schule nach wenigen Jahren verlassen und eine Lehre zur Näherin gemacht. Und manchmal hilft sie noch dazu in der Konservendosenfabrik am Fließband aus. Auch dieses Geld muss sie an die Mutter abtreten. Und zwar restlos. Manchmal versteckt sie was vor ihr, wenn sie Trinkgeld bekommt in der Bäckerei oder eine Stunde mehr arbeitet, und es ihr gelingt, das zu verschweigen. Sie kann geschickt sein, gut im Verbiegen der Wahrheit, sie muss makellos lügen können, weil es sonst Schläge und Verachtung gibt. Barbaras Mutter ist ein gnadenloser Mensch.

Viele Familien schaffen es längst, sich über Wasser zu halten. Nicht die von Barbara. Da hilft es auch nichts, dass sie nach der Schutzpatronin der Bergleute benannt ist. Heilige Barbara, Retterin vor Feuer und Fieber, Pest und Tod. Doch in diesem Fall streckt die Schutzgebende machtlos die Waffen: Die Familie gehört schlicht und einfach zu den Ärmsten unter den Armen. Sie tragen Kleidung, die ihnen geschenkt wird, sie spekulieren auf die Großzügigkeit des Bauern nebenan, bei dem ab und zu ein bisschen Obst oder Gemüse und manchmal eine Kanne Milch abfällt. Barbara träumt von einem anderen Leben, von einem anderen Ort. Sich nicht mehr um die kleinen Geschwister kümmern müssen. Nicht mehr in stickigen Wohnungen hausen, wo die Mutter streng regiert wie eine kalte Königin über ihr längst zerfallenes Reich. Nicht mehr umziehen, denn das macht die Familie oft, die kleine und lichtlose Bleibe gegen eine etwas größere, dafür aber noch dunklere Behausung tauschen oder umgekehrt, rastlos von einer Stadt in die andere. Nicht mehr zusehen, wie der Vater leidet. Ehemals Bergmann, jetzt schon Vollinvalide, obwohl noch im besten Alter. Was nutzt da das schönste Wirtschaftswunder. Erst der Krieg, dann die Staublunge, Silikose, das kommt ja nicht von den Kohlen, das ist der verdammte Gesteinsstaub, da machst du nichts. Barbara will fort von alledem.

Sie trägt die Zeitungen aus. Und einmal im Monat kassiert sie das Geld dafür. Heute ist es wieder so weit, sie hat auch schon öfter vor diesem Haus gestanden, aber vielleicht war sie später da oder früher, jedenfalls ist nie etwas passiert, was ihr Leben hätte auf den Kopf stellen können. Zumindest bis zu diesem heißen Spätsommertag. Sie sucht den Namen auf dem Klingelbrett und drückt und geht ins Haus. Zweiter oder dritter Stock. Barbara steht vor der Wohnungstür, und es öffnet ihr ein junger Mann.

Nicht viele Worte werden gewechselt. Geld wird gezahlt. Das war's. Na gut, nicht ganz: Wie heißt du denn, fragt Barbara. Jupp, sagt der junge Mann. Gehst du auf den Pütt, fragt Barbara. Ich bin Kohlenhauer, sagt der junge Mann. Der Jupp vom Pütt, sagt Barbara. Und lächelt. Und geht. Als sie wieder im Hof steht, ist die Sache klar: In den nächsten Tagen wird sie nochmals klingeln. In den nächsten Tagen wird sie die Zeitung persönlich überreichen. Das ist frech, das gehört sich nicht. Umso besser. Sie denkt über seinen Namen nach, als sie den Hof verlässt. Sie achtet gar nicht auf die im Wind flatternde Wäsche, für die eh schon alles zu spät ist. Jupp, der Kohlenhauer.

Zuerst schiebe ich meine Mutter in die Einkaufsoase. Auch weil ich wissen will, was noch da ist. Nicht mehr viel: Der Zeitschriftenladen im Foyer ist noch da, der Juwelier, bei dem meine Mutter sich so gern Modeschmuck gekauft hat, ist schon weg. Ist ja gar nichts mehr los hier, sagt meine Mutter, sie ist enttäuscht. Sie weiß ja nicht, dass das hier nur als Ablenkungsmanöver dient, bevor ich das Ass ausspiele, das ich noch im Ärmel habe. Wir gucken mal, sage ich, jetzt warte es doch mal ab. Wir passieren den Informationsschalter und sind mittendrin in der ehemaligen Oase. Und jetzt leuchten die Augen meiner Mutter doch, sie schnellt aus dem Rollstuhl hoch, rennt auf die letzten Sonderposten zu und beginnt zu wühlen.

Ich schaue meiner Mutter zu: Sie hat nach ihrem Umzug hierher selten etwas anderes gesehen als dieses Mündendorf. Sie wollte es auch gar nicht. Es gab Urlaube an der Nordsee. Es gab Ausflüge nach Boppard am Rhein, als mein Vater dort zur Kur war, es gab immer seltener werdende Fahrten ins Ruhrgebiet zur Verwandtschaft und in die dortigen Einkaufszentren. Irgendwann, spätestens als meine Mutter krank war, fuhren die Eltern nicht mal mehr bis in die Kreisstadt. Ich glaube nicht, dass sie etwas vermisst haben: Während ich das Gefühl habe, den Radius erweitern zu müssen, immer mehr will, immer neue Reize, immer neue Impulse, immer neue, größere Überraschungen, genügt meiner Mutter dieser Wühltisch inmitten eines in die Jahre gekommenen Kaufhauses, in dem es von der Decke tropft, wovon die zahllosen Plastikeimer zeugen, die behelfsmäßig hier und da aufgestellt sind. Was aus dem baufälligen Betonklotz werden soll? Niemand wisse es, habe ich im Mündendorfer Tageblatt gelesen, niemand wolle einziehen, niemand habe ein Konzept, eine Vision, es hat sich ausgewühlt.

Die sind doch schön, sagt meine Mutter jetzt, die kaufe ich mir. Sie zeigt mir drei unförmige Kleidungsstücke. In solchen Situationen, das habe ich mit der Zeit gelernt, muss ich schnell reagieren. Würde ich sie auf die viel zu große Größe hinweisen, dann würde sie sagen: Besser zu groß als zu klein. Würde ich auch nur andeutungsweise versuchen, ihr die zweifelhafte Farbe oder das einfallslose Muster auszureden, dann würde sie trotzig kontern: Meinst wohl, ich hab auch schon vergessen, was mir gefällt. Sie kann auf der Stelle trotzig und traurig werden, sie kann alles, was sie in der Hand hat, auf den Boden werfen und in Tränen ausbrechen, sie kann umgekehrt, wenn sie etwas glücklich macht oder sie etwas lustig findet, so laut lachen, dass es jeder mitbekommt. Es gibt nichts Hinterhältiges, nichts Falsches, nichts Verschlagenes an dieser Mutter, auf alles, was man ihr vorlegt, erfolgt eine unmittelbare Reaktion. Zum Glück fällt mir das richtige Stichwort schnell genug ein: Pullover. Na und, sagt sie. Ich wollte dir einen Pullover kaufen und keine Blusen oder Hemden, davon hast du doch genug im Schrank. Ja, sagt sie, hast recht, schade drum, waren doch schön, die Sachen, sagt sie und legt die Dinge wieder zurück zu den tristen Resten.

Es gibt nichts Trauriges an diesem Unterwegssein mit meiner Mutter. Es ist alles komplett natürlich, es ist alles so, wie es sein muss. Da ist ihr Leben, da ist mein Leben, und die Schnittmenge, nennen wir sie ruhig unser Leben, die kann an einem Kaufhaustag unter poröser Betondecke stattfinden, unter der wir schon so viel erlebt haben. Es hat gedauert, aber ich lasse mir nicht mehr das Herz brechen von Dingen, die ich früher traurig gefunden hätte. Was ist dieses Mitleid für ein merkwündiges Gefühl? Nutzt es was? Macht es die Seele leichter? Nein.

Wir kaufen eine Schachtel Zigaretten, eine Illustrierte, ein Malbuch und eine Fernsehzeitung, natürlich mosert meine Mutter auf dem Weg nach draußen über die vergebenen Gelegenheiten: Das reißen sich sofort die anderen Weiber unter den Nagel, pass mal auf. Und wo kaufen wir jetzt den Pullover, fragt sie. Was haben wir denn heute für einen Tag, frage ich. Sie überlegt. Gestern bist du angekommen, sagt sie, übermorgen fährst du wieder weg, bevor du gekommen bist, da war Sonntag, also ist heute … Dienstag. Dienstag, sage ich, genau, und was ist dienstags? Das weiß ich doch nicht, sagt sie und wird patzig, man darf es nicht übertreiben. Markt, sage ich. Ach ja, ruft sie, und da gehen wir jetzt hin? Da gehen wir jetzt hin.

Auf dem Weg zum Wochenmarkt passieren wir den ehemaligen Lottoladen, der auch Bücher verkauft hat. Er ist nicht neu vermietet. Im Schaufenster sind noch von der Sonne entfärbte und nie verkaufte Bände über Reiseziele und Hobbys ausgestellt: Malediven, Helsinki in Bildern, Stockholm für Ahnungslose. Mein Hobby, der Motorsport. Wir gehen über das Kopfsteinpflaster, vorbei an der Eisdiele, meine Mutter reckt den Kopf, das machen wir nachher noch, sage ich zu ihr, und dann sind wir schon mittendrin im Getümmel. Zumindest hier hat sich auf den ersten Blick nichts verändert. Der Kartoffelkerl, der Blumenkerl, die Fischfrau. Der Mann mit seinem Stehtisch, der seine Flinksauber-Politur anbietet – und natürlich vorführt, was sie alles flink und sauber macht: Die Scheibe des Autos, die Rührstäbe des Mixers, das angelaufene Besteck. Da-

neben gibt es frisch geschlachtetes Kaninchen im Sonder-
angebot, daneben einen Sonderverkauf für Stützstrümpfe
und Kurzwaren. Meine Mutter hat indes nur ein Ziel: den
Klamottenhändler mit seinem unüberschaubaren Angebot
an bunten und buntesten Anziehsachen, alle Größen, alle
Preise. Kaum kommt der Stand in Reichweite, da steht sie
wieder aus dem Rollstuhl auf, fällt fast hin und schimpft
laut mit mir, als träfe mich irgendeine Schuld, böse Blicke
anderer Marktbesucher treffen mich, aber meine Mutter
bekommt das schon gar nicht mehr mit, sie verschwindet in
einer Menschentraube zwischen Nachthemden und Win-
terjacken auf Kleiderbügeln.

Ich stecke mir eine Zigarette an und beobachte das Trei-
ben vom Rand aus: Zuckersüße Clementinen, ruft eine
Frau, es ist seit Jahren dieselbe, auch ihre Sätze haben sich
nicht verändert. Zuckersüße Clementinen. Ananas. Äpfel
und Birnen von hier. Ab und zu kommen Menschen vorbei,
die ich kenne: ein Lehrerehepaar. Eine alte Bekannte meiner
Mutter. Eine Nachbarin. Der Mama geht es aber ganz gut,
oder? Schon, soweit ich das beurteilen kann. Leicht habt ihr
es aber auch nicht, hm? Ich bin ja nicht so oft da. Du warst
doch neulich bei den Eskimos, nicht wahr? Ja, ist schon
eine Weile her. Du qualmst ja immer noch, wie damals in
der Schule. Ich hör bald auf. Als ich gerade meine Zigarette
aufgeraucht und weggeworfen habe, da sehe ich, wie meine
Mutter mit der Verkäuferin streitet. Ich schiebe den Rollstuhl an den Rand und gehe schnell hin: Sie versucht, mit
einem Dollarschein zu bezahlen, den ich ihr vor Jahren geschickt habe. Geld ist doch wohl Geld, sagt sie resolut. Ich
mach das schon, sage ich und zahle zwei Pullover und eine
Bluse und ein Nachthemd. Das ist doch alles verkehrt, sagt

meine Mutter immer noch aufgebracht. Geld ist doch wohl Geld. Ich nehme ihr die Sachen ab, sie hakt sich bei mir unter, und wir gehen zum Metzger nebenan. Für manche Dinge brauchen wir keine Worte. Manche Traditionen gibt es schon, solange ich denken kann. Wir essen eine Bockwurst im Brötchen. Sie schmeckt immer noch so, wie sie in meiner Kindheit geschmeckt hat. Es ist gerade elf Uhr morgens, und ich bin hundemüde, als hätte ich schon einen ganzen Tag hinter mir.

Brauchtest du denn so viel, frage ich vorsichtig, als ich meine Mutter mit den Klamotten auf dem Schoß vom Markt wegschiebe. Ich hab ja nichts Vernünftiges im Schrank, sagt sie, der ganze Plunder passt mir doch nicht mehr.

Wir setzen uns in der Eisdiele an einen Fensterplatz. Die Möbel haben sich nicht verändert, manche der grünen Eckbänke und Stühle sind neu aufgepolstert, auf anderen sieht man noch kleine Brandflecken aus der Zeit, als hier noch geraucht werden durfte. Meine Mutter bestellt den üblichen Amarena-Becher mit doppelter Sahne, der ihr in meiner Gegenwart niemals zu viel wird. Ich trinke einen schwarzen Kaffee und sehe meiner Mutter zu. Sie isst das Eis gewissenhaft und konzentriert, keine Zeit für Ablenkungen. Wirklich ernste Sorgen, denke ich manchmal, muss ich mir nur um sie machen, wenn sie den nicht mehr schafft. Als sie fertig ist und sich einen Moment lang unbeachtet fühlt, da schaut sie nach links, da schaut sie nach rechts, da greift sie in ihre Jackentasche, zieht die Zigarettenschachtel raus und will sich eine anstecken. Lass das sein, sage ich, das darfst du nicht mehr. So ein Quatsch, fährt sie mich an, wieso denn nicht? Ist verboten, sage ich, seit einigen Jahren schon. Du musst es ja wissen, sagt sie, schaut sich um und bemerkt, dass tatsächlich niemand raucht, also wirft sie mir noch einen genervten Blick zu, packt aber ihre Zigaretten wieder ein, immerhin. Ich glaube, sie weiß manchmal ganz genau, was man darf und was man nicht darf. Wenn sie im Krankenhaus liegt, dann raucht sie beispielsweise in ihrem Zimmer. Und behauptet gegenüber den Krankenschwestern hinterher, überhaupt keine Zigaretten dabeizuhaben. Sie ist geschickt, wenn es darauf ankommt.

Bevor wir aufbrechen, bricht ihre Fragenkaskade über mich herein. Das kenne ich schon, meine Mutter weiß genau, was sie damit auslöst: Willst du nicht bald heiraten? Wirst du eigentlich mal Kinder haben? Ich finde das ja immer noch unmöglich, wie du das mit Bechen gemacht hast. Willst du nicht irgendwann zurückkommen? Ich gehe weg, dann komme ich wieder und übernehme das Haus, hast du das nicht immer gesagt? Bist du nicht langsam zu alt, um allein zu wohnen? Hast du gerade überhaupt eine Freundin? Und hat Bechen eigentlich wieder einen Freund? Wolltest du mir nicht längst ihre Nummer geben?

Vor der Eisdiele rauchen wir noch eine Zigarette. Dann fahren wir nach Hause, jetzt kochen wir was, sagt meine Mutter. Du hattest doch gerade Bockwurst und Eis. Was soll das denn heißen, gleich ist Mittagszeit, Mensch. Wir laufen zum Taxistand, weil wir den Bus gerade verpasst haben. Es ist nicht weit, und es tut uns nicht weh, wenigstens für eine Strecke ein Taxi zu nehmen. Den Fahrer kenne ich schon seit vielen Jahren, er bringt meine Mutter manchmal in ihre wöchentliche Gruppe und wieder zurück, sie begrüßen sich wie alte Freunde, er siezt meine Mutter, aber sie duzt ihn, obwohl der Fahrer sicher schon vierzig Jahre alt ist. Er lächelt über ihre forsche Art, über ihr Gemecker darüber, dass er ihren zusammengeklappten Rollstuhl nicht auf Anhieb in den Kofferraum bekommt, darüber, dass er nicht sofort losfährt, als er hinter dem Steuer sitzt.

Wir sitzen beide hinten. Der Fahrer fragt das Übliche, bleibst du denn diesmal lange, wie ist es denn da, wo du wohnst, ist da viel los, du fliegst auch viel durch die Weltgeschichte, was machst du, wenn du wegfährst, wann kommst du wieder, hast du dir wirklich einen Porsche gekauft, wie deine Mutter erzählt hat? Ich muss lachen. Meine Mutter hört es zum Glück nicht, natürlich würde sie weit von sich weisen, mir jemals den Besitz eines Sportwagens unterstellt zu haben. Als der Taxifahrer in unsere Straße einbiegt, da nimmt sie meine Hand und drückt sie, erstaunlich, welche Kraft sie noch hat, und dann lehnt sie ihren Kopf an meine Schulter. Es ist wirklich schön gerade. Und am Nachmittag ist Bergfest.

Die Vorfreude vor dem ersten Ton. Wir marschieren im Rhythmus des Trommlers. Hundertachtzehn, ruft der Dirigent, Geschwindmarsch. Hundertachtzehn, Geschwindmarsch, rufen wir nach hinten. Man verständigt sich beim Marschieren über die Reihen hinweg. In der Umhängetasche sind die Noten, handliche Bücher oder Mappen, die in die dafür vorgesehene Halterung am Instrument gespannt werden. Ich bin jetzt tatsächlich im Musikzug. Da, wo ich von Anfang an sein wollte. Ich spiele die Märsche, ich spiele die Polkas, ich spiele die Choräle, ich spiele die modernen Stücke. Zweite Posaune, dritte Posaune, steht auf meinen Noten, die ich nicht immer richtig lesen kann. Aber es geht besser, Tag für Tag. Ich kenne mittlerweile die Zugpositionen im Schlaf, ich habe sie geübt und geübt. Dann hat der Dirigent irgendwann gefragt: Wie wäre es denn, wenn du mit uns laufen würdest? Nicht nur zum Karneval. Sondern richtige Marschmusik.

Der Paukist paukt, bam-bam-bam. Jetzt sind wir an der Reihe. Hundertachtzehn. Geschwindmarsch. Ich spiele einige Töne mit, nicht immer traue ich mich, aber niemandem fällt auf, wenn ich schräg spiele, den Menschen am Straßenrand sowieso nicht. Vor uns: das Königspaar und der Hofstaat. Ich schaue kaum nach links, schaue kaum nach rechts, aber ich weiß genau: Meine Eltern stehen dort irgendwo. Mein Bruder auch. Sie schauen mir beim Marschieren zu. Es ist das erste Mal, ich komme leicht aus dem Tritt, unter meiner Mütze wird es heiß, aber ich halte durch. Jemand reicht Wasserflaschen durch die Reihen, zwischen den Märschen saufen wir wie die Kamele. Mein Hemd klebt mir danach am Körper, alles an mir ist überhitzt, meine Lippen schmerzen, aber das merke ich kaum, und wenn, dann bin ich stolz darauf, voller Euphorie.

Wir sitzen im Halbkreis beim Maifest des Wandervereins. Wir spielen Polkas und Popmusik-Medleys. Zwischendurch dürfen Leute aus dem Publikum gegen eine Spende dirigieren. Unser Dirigent hält sich im Hintergrund, gibt uns kleine Zeichen, damit wir nicht aus dem Takt kommen. Wir spielen ein Konzert, den ganzen Vormittag über, die Leute sitzen auf Bierbänken und an Biertischen, nicht wenige von ihnen hören uns zu, nicht wenige von ihnen sind unseretwegen da, der Musikzug hat einen Ruf in Mündendorf. Wir bekommen Bratwürste und Waffeln und Getränke. Wir müssen für nichts bezahlen. Zugabe, ruft die Menge nach unserem letzten Stück, Zugabe, und wir spielen noch einige Märsche, wir spielen noch einige volkstümliche Stücke, die bei den Leuten ankommen, sie klatschen und wollen uns kaum gehen lassen.

Ich fuchse mich in den Proben auch in die komplizierten Stücke ein. Ich halte mit, ich fehle nie. Die wöchentliche Probe kann nicht lang genug dauern. Jeden Tag stehe ich am Notenständer und übe. Ich bekomme Kassetten mit Aufnahmen berühmter Blasorchester. Ich höre zum ersten Mal einen der besten Posaunisten der Welt, Jens Anderson. Er spielt den Hummelflug. Er spielt Bach. Alles arrangiert für Posaune. Und irgendwann in dieser Zeit, ich habe gerade meinen ersten Karnevalsumzug, meine ersten Schützenfeste, mein erstes Geburtstagsständchen, mein erstes Stadtfest, meinen ersten Zapfenstreich und meinen ersten Volkstrauertag hinter mir, irgendwann, als ich diesen weltberühmten Posaunisten Jens Anderson höre, wie er, begleitet vom Sinfonieorchester, seine ganze Leidenschaft, seine ganze Virtuosität, sein ganzes Können zeigt, da denke ich, da weiß ich: So will ich werden. Macht es dir noch Spaß, fragt mich der Schlagzeuger, der mir die Theorie beibringt. Immer mehr, sage ich. Hättest du es dir so vorgestellt, fragt mich mein Lehrer, der stolz auf mich ist, ich bin sein erster Schüler und mache erkennbare Fortschritte, Woche für Woche. Nein, sage ich, nicht so schön. Ich sage nicht: Aber es genügt mir nicht. Die Marschmusik ist schön und gut, aber ich will woandershin. Auf eine Bühne in einer ausverkauften Konzerthalle, wo alle Blicke nur auf mich gerichtet sind. Wo alle die Augen schließen, während ich mein Instrument ansetze, wo ich weiß, dass ich es bin, der sie für kurze Zeit fort von diesem Ort tragen kann, ich allein.

Ich werde durchatmen, das Instrument ansetzen und mich konzentrieren. Ich werde sie in der Hand haben. Vom ersten Ton an.

Jupp geht es gut. Er hat sich den Kater aus dem Kopf geschuftet. Er ist zufrieden. Er sitzt im Personenzug zurück zum Schacht und pennt tatsächlich gleich ein. Er hat einen schönen Traum, so was ganz Einfaches. Ein Garten. Abendsonne. Tomaten, von denen er weiß, dass er sie gepflanzt hat. Eine Pulle Bier. Landschaft. Plötzlich kommt jemand zu ihm, in diesem schönen Abendlicht, und ruppt ihm an der Schulter: Kannst nicht hierbleiben. Steh auf, sagt Karl. Jupp schüttelt sich kurz, zieht sich hoch, und sie gehen zusammen zum Schacht. Der Werner hat den Arsch zusammengekniffen, sagt Karl, Scheiße, so was, oder. Einfach umgefallen und weg. Hat nichts von seiner Rente gehabt, sagt Jupp, Scheiße, so was. Und wieder stehen sie mit dreißig Mann auf dem Korb. Gesichter und Zeugs jetzt schwarz und schmutzig, alles müder als vorher. Und alles freut sich darauf, sich jetzt eine anzustecken. Jupp geht es gut. Als würde er die Maloche manchmal brauchen, um nicht auf blöde Gedanken zu kommen. Bevor sie in die Kaue gehen, hält Karl ihn kurz fest. Er spricht leise: Du, red mal mit dem Hartmann. Der ist nicht mehr lange da. Die machen das nicht mehr lange mit. Hab ich heute gehört. Was soll ich mit dem reden, sagt Jupp, der Hans ist der Hans. Die schmeißen den raus, sagt Karl. Und wenn, sagt Jupp, so einer fällt immer auf die Füße. Noch vor dem Duschen rauchen sie eine Zigarette, dann raus aus den Sachen, dasselbe Spiel wie heute früh, nur umgekehrt. Hab mir das über-

legt, sagt Jupp, als sie schon auf dem glühend heißen Ze-
chenplatz in der Mittagshitze sind und Richtung Tor laufen, ich werd dem Hartmann mal ein paar Takte erzählen.
Ist gut, sagt Karl, auf dich hört der wenigstens. Ist dir nicht
kalt, sagt einer. Wer hat dir denn den Kopp geschnitten,
sagt einer. Der Russe ist wieder da, sagt einer. Blödmann,
sagt Jupp. G'auf, rufen sie dem Pförtner zu, G'auf, ruft der
Pförtner zurück. Noch ein Bier, sagt Karl, auf die Schnelle.
Jupp schüttelt den Kopf. Bin noch kaputt von gestern. Ich
geh mal. Bis morgen. Bis morgen, Jupp.

Als er nach Hause kommt, steht das Essen schon auf dem
Tisch. Seine Mutter hat es ihm gebracht, wortlos. Und jetzt
explodiert sie. Aber da muss er durch. Als er zur Tür rein-
kommt und sich hinsetzt, als ob nichts sei, da ruft sie, schreit
sie, zetert sie. Du bist ja bekloppt. Wie siehst du denn aus?
Ihr habt sie ja nicht mehr alle. Jupp nimmt das Donnerwetter hin, wehrt sich nicht, verteidigt sich nicht. Ja, er sieht
wirklich schlimm aus. Wenn du nachher nicht wenigstens
richtig rasiert bist, dann schmeiß ich dich raus. Und Jupp
nickt, was soll er machen, er wohnt nun mal noch bei den
Eltern, finde mal eine Wohnung als Junggeselle in dieser
Zeit. Die Mutter ruft Jupps kleine Schwester, die Tür knallt,
und es ist still.

Auch sein Vater ist nicht da, der hat Spätschicht auf der
Kokerei. Und das bei der Hitze. Armer Hund. Es gibt Kohl
mit fettigem Bauchfleisch und Kartoffeln. Jupp haut rein.
Ein Glück, dass genug da ist. Sonst würde er kaputtgehen.
Kann sich nicht vorstellen, wie sie das früher gemacht haben. Als der Hitler noch da war und kurz danach. Nach
dem Essen qualmt Jupp noch eine Zigarette und legt sich auf
sein Bett im Wohnzimmer. Ist doch was Richtiges. Garten,

eigene Tomaten, Abendsonne. Gerade ist er dabei, sich wieder in diesen Garten zu bewegen oder ganz woandershin, da klingelt es. Diese Blagen, denkt er zuerst, das machen sie oft in letzter Zeit, denen geht es zu gut. Nur nicht beim Tönnies, der rennt ihnen mit dem Gürtel hinterher, und wenn er einen kriegt, dann hört es die ganze Nachbarschaft. Als Jupp sich auf die andere Seite gedreht hat, klingelt es zum zweiten Mal. Scheißdreck, sagt er und steht auf. Er macht die Tür auf. Es ist ein Mädchen. Oder eine Frau. Man weiß es nicht so genau. Er hat sie schon mal gesehen, irgendwo auf der Straße. Ist sie ihm aufgefallen? Nicht dran denken jetzt. Zu spät. Er wird rot, noch bevor sie den Mund aufgemacht hat. Ja, sagt er. Ich kassier für die Zeitung. Kannst du später wiederkommen, sagt Jupp. Das Mädchen zuckt mit den Schultern. Warte, sagt Jupp. Er kramt nach Geld in der Küche und findet es. Das Mädchen nimmt es und lächelt. Und er wird schon wieder rot. Verdammt. Dann mal schönen Tag noch, sagt das Mädchen. Ja, sagt Jupp. Und sie stehen kurz voreinander, und Jupp müsste jetzt eigentlich die Tür schließen, aber irgendwas hält ihn davon ab. Er schaut verstohlen auf das Kleid der, doch, jungen Frau. Es steht ihr gut. Wie heißt du eigentlich, fragt die junge Frau. Jupp, sagt Jupp. Gehst du auf den Pütt, fragt sie. Ja, sagt Jupp. Der Jupp vom Pütt, sagt sie. Und lächelt. Was ist daran so lustig, denkt Jupp, sagt es aber nicht. Tschüss, sagt das Mädchen und lächelt immer noch. Ja, sagt Jupp, und sie rennt die Treppe runter und ist weg. Wollte die mich verarschen, denkt Jupp und schämt sich nachträglich noch mehr, dafür, dass er rot geworden ist, dafür, dass er so wortkarg geantwortet hat, dafür, dass er sie nicht im Gegenzug nach ihrem Namen gefragt hat, aber man ist eben, wie man ist. Wenigstens nichts über meine Haare, denkt Jupp, legt sich wieder hin und will schlafen, aber das ist vorbei. Ihm ist jetzt zu warm, er ist jetzt zu wach, steht auf, steckt sich eine Zigarette an, setzt sich an den Küchentisch. Junge Frau in buntem Kleid also.

Die Sportplatzklause hatte einen Straßenverkauf für Laufkundschaft. Das Kläppchen. Man drückte auf einen Klingelknopf, und der Wirt kam, öffnete das Fenster und brummte seinen Gruß. Er war wortkarg und wirkte oft misslaunig, weshalb sie ihn hinter seinem Rücken nur den Knurrkopf nannten. Er sah aus wie jemand, der den Tag seiner Verrentung verpasst hatte und das ganz genau wusste, aber trotzdem weitermachte, als hätte er keine Wahl. Hatte er vielleicht auch nicht. Der Knurrkopf verkaufte Zigaretten und Bier und Korn und Limonade, meist bis ein Uhr nachts, manchmal länger. Er reichte auch dann noch Tabak und Blättchen durch das Fenster, wenn alle anderen Trinkhallen und Kioske längst geschlossen hatten. Wenn niemand vor dem Schiebefenster wartete, dann hielt er sich am Tresen seiner mit den Jahren immer leerer werdenden Sportplatzklause fest. Früher war sein Laden oft die letzte Hoffnung. In den alten Zeiten sogar rund um die Uhr.

Ich weiß das alles so genau, weil ich selbst dort gewesen bin, weil ich verstehen wollte, wie die Dinge waren, bevor ich auf die Welt kam. Nachdem Hartmann mir die Fotos geschickt hatte, nachdem er nicht lockergelassen hatte mit seinen Einladungen, seinen Anrufen, seinen Briefen, war ich mit alten Adressen und Erinnerungen an die Geschichten meiner Eltern ins Ruhrgebiet gefahren, um zu sehen, was es noch zu sehen gab. Nicht mehr viel. Ich ging zu einem Schacht des Bergwerks, auf dem mein Vater gelernt und später gearbeitet hatte. Es gibt den Förderturm noch, es gibt sogar Arbeiter auf dem Gelände, aber statt Kohlen geht es jetzt um Wasser. Reduzierung von Emissionen durch Nutzung des Grubenwassers zur Wärmeversorgung zweier Schulen und einer Feuerwache. Schicht im Schacht. Lange schon.

Nicht selten endeten meine Versuche vor den Haustüren, manchmal gab es die Häuser gar nicht mehr. Einmal klingelte ich dort, wo die Großeltern kurz vor der Geburt meines Vaters gewohnt hatten, ich wusste es aus einem amtlichen Dokument des Großvaters, das ich in den wenigen Unterlagen gefunden hatte, die meine Mutter noch aufbewahrte. Schon auf den ersten Blick erkannte ich, dass es ein Neubau war, der jetzt dort stand. Eine ältere Frau öffnete mir die Tür, sie war sehr freundlich, erklärte mir, wann was zerbombt wurde und wann was wiederaufgebaut, sie war aus der Siedlung und kannte sich aus. Dann lud sie mich auf einen Kaffee ein. Ich nahm die Einladung an und erzählte ihr kurz die Geschichte meiner Familie, die ihrer eigenen Geschichte ähnelte. Sie meinte, sich zu erinnern, meinen Vater noch flüchtig gekannt zu haben, aber wer weiß, Jupp hießen so viele damals. Sie meinte, sich an meine Mutter zu erinnern, aber so viele Mädchen sahen früher so aus. Und dann, als ich schon beinahe ausgetrunken hatte, erzählte sie mir ein Stück ihrer eigenen Geschichte, das Ende, gewissermaßen: von ihrem Mann, der auch unter Tage malocht hatte, solange es ging. Der danach nichts mit sich anzufangen wusste, zu viel Licht, zu viel Zeit, der dauernd krank wurde. Jetzt gerade, sagte sie, ist er wieder im Krankenhaus. Bestrahlung, wissen Sie. Was er früher für einen Hunger ge-

: habe. Wie er sich nie an den Fraß im Krankenhaus ge-
..ünnen werde und kaum noch was esse. Wir sind vierzig
Jahre verheiratet, sagte sie, und er wird immer weniger und
weniger, jeden Tag weniger.

Es gab kaum noch was zu holen. Aber was hatte ich denn
erwartet, als ich anfing, mich für die Geschichte meiner Familie zu interessieren, einer typischen Arbeiterfamilie aus
dem Ruhrpott, wie es Tausende gibt? Die überraschende
Wende? Den reichen Onkel, der es bis nach Amerika geschafft hat? Tausende Male ist passiert, was meiner Familie passiert ist. Beweis: Kaffee mit der älteren Dame. Die
Geschichte, die ich hier erzähle, taugt nicht für ein Spekta-
kel. Sie ist nicht mitreißend, sie ist nicht dramatisch, sie ist
nicht die wundersame und einmalige Ausnahme in einem
ansonsten so eintönigen Milieu. Das wurde mir mehr und
mehr klar. Es gibt nichts, was uns einzigartig macht. Es gibt
keinen Exoten in der Verwandtschaft, der irgendwann mal
ein berühmter Fußballspieler oder Wissenschaftler oder
auch nur halbwegs angesehener Krimineller geworden
wäre. Es gibt die Bergleute, es gibt die Stahlarbeiter, es gibt
alte Adressen und verblichene Geburtsurkunden, es gibt
noch eine alte Grubenlampe in irgendeinem Keller und die
Nachbildung eines Steigerstocks, den ein Onkel mal zum
Geburtstag bekam. Es gibt die Erkenntnis, dass männliche
Familienmitglieder bis vor Kurzem selten das siebzigste
Lebensjahr vollendeten, die Erkenntnis, dass sie alle geschuftet haben wie verrückt und am Ende nichts von ihrem
Rentnerdasein hatten. Dass sie alle viel zu viel geraucht und
manche viel zu viel getrunken haben, aber niemals bis zum
vollkommenen Exzess, niemals so, dass es die kleine Exis-
tenz gefährdet oder in Verruf gebracht hätte.

Ich kann ja nicht immer alle Schuld auf Hartmann schieben, aber letztlich fing es mit ihm an: dass ich wissen wollte, warum ich bin, was ich bin. Dass ich sehen wollte, was noch da ist, bevor auch die letzten Dinge porös werden, zerfallen und mir wie Staub durch die Finger rieseln. In der ersten Zeit hatte Hartmann mich noch ermutigt, geradezu getrieben, die alten Dinge nach oben zu holen, als würde ich selbst in die Grube müssen und anstelle von Kohlen Erinnerungen aus dem Gebirge rauben, schnell auf den Korb schaffen und mich nach oben ziehen lassen, immer die Gefahr im Rücken, dass alles zusammenbricht, dass das Hangende runterkommt und mich verschüttet. Erst trieb mich Hartmann noch an, irgendwann musste er das aber gar nicht mehr. Ich hatte zu viel gesehen, um aus der Nummer noch rauszukommen. Ich musste unter Tage. Ob ich wollte oder nicht.

Die Sportplatzklause also. Bei meinen Besuchen habe ich öfter ein Bier in dem winzigen Gastraum getrunken. Es gab Plätze am Tresen und zwei, drei schmale Tische mit weißgrauen Tischtüchern, auf denen wiederum jeweils zwei Platzdeckchen aus Plastik lagen. Meist war nichts los, zwei oder drei ältere Männer tranken im Wechsel Bier und Korn, unterhielten sich über die unterdurchschnittlichen Leistungen des ehemaligen Bundesligavereins, über den brachialen Wandel, über die ersoffenen Zechen und Autofabriken, als hätte der Untergang erst gestern angefangen, als würde der Bergbau erst jetzt in die Krise schlittern. Sie erzählten vor allem von Beerdigungen, auf denen sie gewesen waren oder auf die sie demnächst gehen würden. Und wenn der Knurrkopf neues Bier und neuen Schnaps auf den Tresen stellte, dann murmelte er manchmal mehr zu sich als zu

irgendwem anders: Gute Reise. Manchmal wurde gekno-
belt. Aber auch das ohne große erkennbare Lust. Als wäre
es ein unabdingbares Ritual, das ab und zu vollführt werden muss. Ähnlich verhielt es sich wohl mit dem Spielautomaten. Man warf Geld hinein und überließ das Glück sich
selbst. Gewinne wie Verluste reichten meist nicht mal für
eine Drehung des Kopfes, nicht mal für ein Schulterzucken.
Das sollte er wirklich sein? Der Ort, wo alles anfing?

Ich saß zwischen den Trinkern, und niemand fragte mich,
was ich dort zu suchen hatte. Sah man mir meine guten
Gründe an? Die übliche Skepsis gegenüber Fremden jedenfalls fiel weg. Schon damals hatte ich so viele Fragen, doch
traute ich mich nicht, sie zu stellen: Wurde früher wirklich
gekocht? Und wo? In einem Anbau, der irgendwann abge-
rissen wurde, als sich die Küche nicht mehr lohnte? Ob es
stimmte, dass die Kneipe – nicht ganz legal, versteht sich –
in ihrer Blütezeit wirklich rund um die Uhr geöffnet hatte?
Was für ein Wetter war wohl draußen vor der Tür an jenem
Tag Anfang der Sechziger, um den es mir geht?

Ich ging oft über den Marktplatz am mittlerweile bunt
angestrichenen Hochbunker vorbei. Ich sah mir das Haus
an, in dem mein Vater gelebt hatte. Zwei Zimmer, Küche,
ohne Bad. Ich fuhr mit dem Finger über die Klingeltafel.
Ich schaute zu, wie die Wäsche im Wind flatterte, weiß wie
die Wolken am Himmel. Egal wie der Wind stand.

Vor Kurzem war ich noch einmal dort. Ich hatte mir vorgenommen, gewissermaßen zum Abschluss meiner For-
schungen, ein Bier und einen Schnaps in der Sportplatzklause zu trinken, mir vom Knurrkopf die Absolution
für mein Tun in Form eines Gute-Reise-Wunsches geben
zu lassen, aber daraus wurde nichts. Nachmittags war die

Sportplatzklause geschlossen, abends auch. Am nächsten
Tag sah es nicht besser aus. Vor dem Schiebefenster war
jetzt ein Gitter angebracht, dahinter eingeklemmt: alte Dosen, Verpackungen und Plastikflaschen. Die Kunststoff-
vitrine mit der Getränkekarte: eingeschlagen. Die Fassade
übersät mit Graffiti. Ich hätte es wissen müssen: Es gab kein
Bier mehr in der Sportplatzklause, keinen mäßig gelaunten
Wirt, den alle Knurrkopf nannten hinter meinem Rücken,
keine wortlosen Trinker und keine verwaisten Tische mehr,
an denen seit Jahrzehnten niemand mehr gegessen hatte.
Ich kam zu spät. Wenigstens kann ich erzählen, was Hartmann mir erzählt hat, was mein Vater mir erzählt hatte: Alles fing in der Sportplatzklause an. Es war am letzten Tag
des Spätsommers, bevor die Temperatur über Nacht sank
und es wochenlang nur noch regnete.

Der letzte Spätsommertag. Keine Wolke am Himmel.
Nicht mal die Ahnung von Herbst. Schon in der Nacht
aber würde sich der Himmel zuziehen, es würde hefti-
ge Gewitter geben und ein Blitz in die, wie könnte es anders sein, Laube vom alten Tönnies einschlagen, gerade
fluchend frisch verglast, und die Hütte würde lichterloh
brennen und nicht wiederaufgebaut werden. Aber noch
scheint die Sonne. Ein warmer Freitag. Jupp hat sich die
besten Sachen angezogen, aber mach es nicht so feierlich,
hat ihm seine Mutter geraten, immerhin, seine noch längst
nicht wieder vorhandene Frisur steht im Kontrast zu seinen
ordentlichen Stoffhosen, den Schuhen und dem blütenwei-
ßen Hemd, das ihm seine Mutter aus dem Schrank des Vaters gegeben hat. Wer, hat Hans wissen wollen, wer denn,

und eine ganze Reihe von Namen genannt, aber Jupp hat sich einen Spaß daraus gemacht und ihn auf falsche Fährten gelockt. Er wartet also vor der Kneipe, die sie beide kennen, er raucht nervös seine Zigarette. Und dann noch eine. Sie hatte nicht gewollt, dass er sie abholt, es hätte nur wieder Ärger gegeben mit der Mutter, und den wollte sie heute um jeden Preis vermeiden. Als Jupp sich schon Sorgen macht, kommt Barbara um die Ecke. Er hebt seine Hand kurz, um sie zu grüßen, dann ist ihm das peinlich, und er lässt sie wieder sinken. Er wird puterrot. Und auch Barbara, das will schon was heißen, weiß nicht so richtig, was sie machen soll, und bleibt vor ihm stehen und sagt: Schön. Und Jupp: Ja.

Es waren vielleicht drei Wochen vergangen, bis Barbara wieder bei ihm geklingelt hat. Sie hatte es schon einige Tage nach ihrer ersten Begegnung nochmals versucht, aber da war nur der unwirsche Vater an die Tür gekommen, sie hatte ihn aus dem Schlaf geklingelt, und er hatte ihr die Zeitung abgenommen und nicht begriffen, was es da zu klingeln gab. Der Briefkasten, hatte sie gestammelt, stimmt was nicht, geht nicht rein, die Zeitung. Glaub ich nicht, hatte Jupps Vater gesagt und den Kopf geschüttelt, wieso soll die nicht reingehen? Ist der Jupp da, hatte sie noch gefragt, und der Vater hatte, da schloss er die Tür schon wieder, nur gegrummelt, ne, der ist am Malochen.

Sie hatte Zeit verstreichen lassen, sicherheitshalber. Sie hätte keine Erklärung mehr gehabt, warum sie die Zeitung nicht einfach in den Briefkasten steckt. Sie hätte Jupp natürlich abfangen können, sie weiß ja, wann die Schichten auf dem Pütt anfangen und enden, sie hätte irgendwo wie zufällig warten können, aber sie fürchtete, dass gar kein Gespräch zustandekommen würde. Sie hatte im Gefühl, dass sie nur eine Chance hätte. War sie jemals so nervös, weil sie irgendwo klingeln musste? Barbara hat früh gelernt, dass man sich durchsetzen muss. Dass man die Klappe aufreißt, bevor es andere machen. Sie war dabei nie so unverschämt wie ihre Mutter, aber trotzdem weiß sie, wie man kämpft. Das muss sie wissen, sonst wäre sie längst vor die Hunde gegangen. Also: Sie klingelte. Sie ging die zwei, drei Stockwerke hinauf. Sie hatte Glück. Der schüchterne, schlanke, verschämte, maulfaule, junge Mann öffnete ihr die Tür. Hemd, Hosenträger, Hausschuhe. Er war überrascht, er war überfordert, wie sollte man ihm das nicht anmerken. Aber Barbara, das muss noch erwähnt werden, war vorbereitet. Sie hatte eine Quittung in der Hand, die kein Mensch brauchte. Die sei sehr wichtig, sagte sie, die habe sie neulich vergessen, falls die Eltern fragen würden, und so weiter. Nicht dass du Ärger kriegst, sagte sie. Danke, sagte Jupp. Und blieb stehen. Und sie wusste, es gibt manchmal nur eine Chance, also fragte sie ihn einfach. Eigentlich lud sie ihn ein. Sie redete von so viel Arbeit und vom wenigen Platz, den sie in ihrer Wohnung hätten, und dass sie endlich mal abends rausmöchte. Und dann sagte sie: Komm doch mit, Jupp vom Pütt. Und Jupp sagte: Ja, gut.

Barbara und Jupp sind früh genug an diesem Abend da, um noch einen freien Tisch zu finden. Der Schankraum ist klein. Sie sind ordentlich angezogen, man merkt ihnen die Aufregung an. Beim alten Knurrkopf hinter der Theke bestellt Barbara ein Glas Wein und Jupp ein Bier, außerdem nehmen sie die langen Würste mit Kartoffelsalat. Die sollen gut hier sein, sagt Jupp. Und Barbara: Bestimmt sind sie gut. Die Sportplatzklause liegt auf halbem Wege zwischen den Wohnungen der Eltern, bei denen beide noch leben. Barbara hat um Erlaubnis fragen müssen, wenn sie die nicht bekommen hätte, dann hätte sie einen Grund erfunden. Jupp hat nur der Mutter die Wahrheit gesagt, vor dem Vater hat er von Freunden erzählt, mit denen er sich treffe, das kann man finden, wie man will, er ist nun mal schüchtern, und so ganz gelogen ist es ja auch nicht. Sie trinken und rauchen ihre selbst gestopften Zigaretten. Barbara redet mehr als Jupp: Wir wollten in den Zirkus. Dafür haben wir geübt. Als Kinder. Jeden Abend. Das hältst du einfach nicht aus. Nach und nach bekommt auch Jupp die Zähne auseinander. Er erzählt ihr von der versoffenen Geburtstagsidee und vom Preisboxer, und wie er abgehauen ist. Und beide amüsieren sie sich über den Schuppen vom alten Tönnies, über die eingeschlagene Scheibe, ohne zu ahnen, dass der Schuppen am nächsten Tag verschwunden sein wird. Nach dem Essen bestellt er noch ein Bier und sie noch einen Wein, morgen ist Wochenende, warum also nicht. Und dann sagt Jupp doch ein falsches Wort, kurz zumindest: Hartmann. Und Barbara fühlt sich sichtlich unwohl, sie sagt klipp und klar, dass sie ihn zwar kenne, aber nicht leiden könne. Woher kennst du den? Der hat mal meine Schwester besucht, die Berta. Und dann? Nichts und dann. Ich mag ihn nicht. Sie schweigen, und Jupp weiß nicht, wie weiter. Zum Glück fällt Barbara was ein: Hast du Klimpergeld? Ja, hier. Sie werfen einige Münzen in den Spielautomaten, der damals noch eine Sensation ist. Sie gewinnen sogar Geld, Barbara jubelt, Jupp lächelt. Und dann bricht das Eis. Sie trinkt noch einen Wein, er trinkt noch ein Bier. Jupp erzählt von seinem Moped, und dass er bald den Führerschein fürs Auto macht, wenn er genug gespart hat.

Barbara erzählt vom Stausee in der Nähe, und wie gern sie mal dorthin würde. Jupp erzählt, wofür er so malocht. Barbara erzählt, dass sie rauswill aus der Wohnung, nur weg von dort. Jupp erzählt von den Tomaten im Garten. Barbara erzählt von den Alpen, und wie sie es sich dort vorstellt. Jupp erzählt vom Zelten. Barbara erzählt von Kindern. Jupp erzählt von einem Haus. Und dann ist es wieder still. Dann haben sie sich alles erzählt. Dann sehen sie sich an. Und Jupp wird nicht mehr rot, und Barbara ist nicht mehr verlegen. Sie schauen aus dem Fenster. Es braut sich was zusammen. Der Himmel zieht sich zu, und Blitz und Donner werden kommen. Bevor sie gehen, bestellen sie noch einen Schnaps für jeden. Der alte Knurrkopf stellt ihnen die Gläschen auf den Tisch, schaut sie an, schaut ihn an und ahnt wahrscheinlich nicht, welche Tragweite das hat, was er Barbara und Jupp in diesem Augenblick wünscht: Gute Reise.

Ruhig Blut. Kopf hoch und Brust raus. Da ist doch nichts dabei. Diesmal scheint es nicht so schlimm zu sein. Es fällt mir immer leichter, mir das zu sagen, aber ich weiß ja auch um die Zuverlässigkeit meiner Armbanduhr. Noch einige Stunden, dann ist Bergfest. Dann bin ich länger hier, als ich noch bleiben muss. Ich weiß genau, wie es laufen wird: Morgen früh, nach der zweiten Nacht, werde ich wie befreit aufstehen. Nur noch einmal schlafen. Und am letzten Abend, auch das ist immer so, werde ich wehmütig werden, weil ich das alles hinter mir lassen muss. Obwohl ich zugleich unglaublich froh bin, wieder wegfahren zu können. Wir sind in unserer Küche, meine Mutter hat gekocht, es gab Reibekuchen und Apfelmus. Jetzt steht sie an der Spüle und summt vor sich hin. Sie ist glücklich. Sie trägt schon ihren Pullover, den sie sich auf dem Wochenmarkt ausgesucht hat. Muss man die Sachen vorher nicht waschen, habe ich sie mal gefragt und lasse es mittlerweile, das ist doch dummes Zeug, hat sie geantwortet. Ich nehme mir ein Trockentuch und helfe ihr beim Abwasch. Sie ist immer noch geschickt und effizient, wenn es um konkrete Aufgaben geht. Als sie ihre auf dem Markt erstandenen Dinge ausgepackt hat, ist ihr aufgefallen, dass an der neuen Bluse zwei Knöpfe fehlen. Sie hat nicht lange geschimpft, sondern sich von mir das Nähzeug reichen lassen. Und dann trauerte sie ihren Nähmaschinen hinterher, die im Keller in einer Nische gestanden hatten, wo sie sommers wie winters saß. Um sich herum Kleiderberge mit kleinen angehefteten Zetteln, auf denen die Änderungswünsche notiert waren. Dafür reicht es mittlerweile nicht mehr, aber kleine Reparaturen von Hand, das bekommt sie noch hin.

Soll ich uns einen Kaffee machen? Ja, aber mach ihn nicht wieder so stark, sonst krieg ich zu allem anderen noch einen Herzklabaster. Sie lacht und spült weiter.

Später will sie mit mir ausmisten. Besser gesagt, sie will mit mir suchen. Dinge, die sie irgendwo noch haben muss, aber jetzt nicht mehr finden kann. Dieses kleine und immer noch vollgestopfte Haus. Seit mehr als drei Jahrzehnten herrscht hier eine strenge, aber ständig provisorische Ordnung. Zimmer wechselten ihre Funktion, und mit jedem Wechsel wurden Kisten und Körbe und ganze Regalinhalte verlegt, man hätte damals schon ausmisten müssen, hat man aber nicht. Mit drei Kindern im Haus war das nicht anders zu machen, und es war das letzte Kind, ich, noch nicht aus dem Haus, da wurde meine Mutter krank, und es gab andere Sorgen. Dieses kleine Haus voller Dinge, diese kleine Mutter, die jetzt ständig nach diesem oder jenem sucht. Als habe sie in ihrer ersten Lebenshälfte die Dinge gehortet, um sie in der zweiten zu verlieren. Gleich suchen wir aber noch meinen Ring und meine Kette, sagt sie. Und meine Geburtsurkunde. Machen wir, sage ich und stelle uns den Kaffee hin. Sie steckt sich eine an und hält mir großzügig die Schachtel hin: Kannst dir ja wahrscheinlich sonst nichts zu rauchen leisten, sagt sie und lacht mich an oder lacht mich aus.

In dieser Küche verschwand die Mutter meiner Kindheit und wurde die Mutter, die sie bis heute ist. Und ich wurde erwachsen in diesem Augenblick. Vielleicht verdichtet sich ja alles in diesem Moment, vielleicht ist das der wesentliche Wachstumsschub: Der Sohn macht wie über Nacht einen Schuss, nur nicht körperlich, sondern geistig, die Knochen schmerzen kurzzeitig und heftig, man möchte weinen, weil es so wehtut, und dann ist es vorbei, dann ist man orientierungslos und weiß kurz nicht mehr, wohin mit sich, dann ist man kein Kind mehr, dann ist man erwachsen. Hier in dieser Küche also ist alles passiert. Ich weiß noch genau, es war wenige Tage vor Weihnachten, und meine Eltern hatten am Tag zuvor bei meinem Schulkonzert zugehört. *Der Stern von Bethlehem* von Josef Gabriel Rheinberger. Es war das letzte Mal überhaupt, dass ich meine Posaune angerührt hatte. Das Konzert hatte in einer Kirche hier in Mündendorf stattgefunden, es war kaum noch ein Platz frei gewesen. Ich weiß noch genau, wie meine Eltern stolz in der dritten oder vierten Reihe gesessen hatten, ich kann mir nur schwer vorstellen, dass sie jemals zuvor bei einem feierlichen Konzert gewesen waren. Und das alles nur wegen der wenigen Töne, die ich als Blechbläser zu spielen hatte. Den Text des Oratoriums habe ich bis heute nicht vergessen: Die Erde schweigt. Es leuchten die Sterne, sie grüßen nah aus himmlischer Ferne. Geheimnisvoll durch Palmen es rauschet, in sehnender Wacht die Erde lauschet. Ich weiß noch genau, wie ich mir nach dem Konzert und dem Applaus nichts mehr wünschte, als das und genau das und nichts anderes Abend für Abend zu erleben, und ich hielt es für möglich, wenn ich nur hart genug dafür arbeiten würde, ich weiß noch, wie wir im blauen Opel Vectra meines Vaters nach dem Konzert nach Hause fuhren, wir hatten uns Currywurst und Pommes an der Imbissbude geholt und parkten vor unserem Haus, ich weiß noch genau, wie mein Vater sagte, dass wir nächstes Jahr endlich mal die Fassade streichen lassen müssten. Ich weiß noch genau, wie wir die Tür aufschlossen, ich weiß auch noch genau, wie unser damals letzter Wellensittich, dessen Käfigtür wir zu schließen vergessen hatten, was nie ein Problem war, da er sich nie in den Flur wagte, in dieser Sekunde auftauchte und an uns vorbeiflatterte und in der frostigen Kälte dieses vierten Adventssonntags verschwand. Über Strom und Meer, über Tal und Höhen mit ahnendem Zug die Lüfte wehen. Wir suchten kurz die Gegend ab, aber der Vogel war verschwunden, ich glaube nicht, dass er die Nacht überlebt hat. Ob auch verblüht die Blümlein liegen, es möchte ihr Duft die Starre besiegen. Ich weiß noch genau, wie ich am nächsten Nachmittag spät vom Schulsport kam, da war es draußen schon wieder dunkel, ich weiß es noch, als passierte es jetzt, wie mein Bruder schon die Tür öffnet und ich einen blöden Witz mache und ein Gesicht bei ihm sehe, wie ich

es vorher noch nie gesehen habe: Komm schnell rein. Es ist
was Schlimmes mit Mama.

Jetzt sitzt sie am Küchentisch und löst ein Kreuzworträtsel. Ich helfe ihr dabei, wir müssen beide lachen, als wir als
Lösungswort PAPRAKA ermitteln, meine Mutter so sehr,
dass ihr die Tränen kommen. Weil ich keine Lust habe, mit
ihr in den alten Dingen zu wühlen, in denen wir sowieso
nichts mehr wiederfinden würden, hole ich das Mensch-är-
gere-dich-nicht-Spiel vom Wohnzimmerschrank. Ich weiß,
wie es laufen wird, und so läuft es dann auch: Meine Mutter versucht äußerst geschickt, mich, um es mit ihren Worten zu sagen, zu bescheißen, weil sie dem Spielverlauf aber
nicht mehr so konzentriert folgen kann, bescheißt sie die
meiste Zeit sich selbst. Also liegt es an mir, sie meinerseits
zu bescheißen, allein mit dem Ziel, sie am Ende gewinnen
zu lassen. Das geht so: Ich würfele eine Drei und mache
nur zwei Züge, wenn ich eine ihrer Figuren werfen müsste. Sie wirft eine Zwei und bräuchte eine Drei, um sich ins
Häuschen zu retten, also ziehe ich einfach schnell ihre Fi-
gur ins Haus und stöhne gespielt verärgert auf, sie hat keine Chance mehr, mir nicht zu glauben, sie jubelt schon,
laut und ausgiebig. Sie so zu erleben ist pures Glück. Das
ist es ja, was ich nicht verstehe: Warum meine Panik? Es
ist doch alles in Ordnung, sage ich mir wieder und wieder und wieder, es ist doch alles gut. Würde ich alles genau
notieren, es gäbe nicht viel Düsternis in diesen Protokol-
len, vielleicht hätten manche Tage eine etwas langweilige,
aber durchaus erträgliche Dramaturgie wie ein mehrtägiger
Ausflug bei durchwachsenem Wetter: Als würde man lauter unspektakuläre Szenen aneinanderreihen, die mitunter

sogar von eigenwilliger Schönheit sind: mit der Mutter auf dem Markt. Mit den Neffen auf der Wiese. Mit dem Bruder in der Küche. Allein auf der stillen Straße beim Rauchen. Im Wald, wenn morgens noch kein Mensch da ist. So, wie es immer war. Und doch liegt über allem dieses Unbehagen. Wäre es besser, wenn das alles woanders stattfinden würde, denke ich manchmal. Aber das ist Unsinn, denn die Geschichte ist ja gerade so und nur genau so erzählbar: in diesem Mündendorf. An diesem Flecken Erde. Mit dieser Familie.

Es gibt Risikofaktoren für die Bildung von Gefäßaussackungen. Vererbung ist einer davon, hinzu kommen negative Einflüsse wie Nikotin oder eine ungesunde Ernährung. Übergewicht wirkt begünstigend. Außerdem sind Frauen wesentlich häufiger betroffen als Männer. Was das Durchschnittsalter angeht, so lag meine Mutter genau im statistischen Mittel. Einige Tage vorher hatte sie enorm starke Kopfschmerzen, ein Vorzeichen, dem sie keine Bedeutung beimaß. Sie führte es auf den übermäßigen Stress zurück, und wir hatten keinen Grund, von einer anderen Ursache auszugehen. Der Stress war selbst hervorgerufen, aber er sollte sich lohnen: Sie hatte sich mit über fünfzig Jahren dazu entschieden, endlich doch noch ihren Führerschein zu machen. Es lief gut. Sie paukte Theorie und bat meinen Vater um Rat, der ihr gern half. Sie hatte ihre ersten Praxisstunden hinter sich und wurde langsam immer sicherer. Am Ende des Winters sollte sie ihre Fahrprüfung absolvieren. Wir waren guter Dinge. Seltsamerweise fühlte sich besonders vor diesem Weihnachtsfest alles nach Umbruch an. Es lag so ein Gefühl in der Luft, dass sich alle Dinge zum Guten wenden würden. Mein Vater, den Rücken zerschunden, die Knie im Grunde zu nichts mehr zu gebrauchen, hatte seinen Rentenantrag durchgebracht, und weil er ja Bergmann gewesen war, konnte er früher und ohne Abschläge aufhören mit der Arbeit. Irgendwann dann hatte er diesen Tag wirklich herbeigesehnt, und Ende des Jahres würde es so weit sein. Vorher käme noch Weihnachten, und im Neuen Jahr wäre er frei. Hätte mehr Zeit für seinen Garten, für die Terrasse, für alle Dinge, die in den letzten Jahren im und um das Haus herum zu kurz gekommen waren. Ich wollte mich noch mehr auf die Musik konzentrieren, natürlich hätte ich ahnen können, wie aussichtslos das alles war, ich hatte schließlich gehört, wie weit andere Posaunisten in meinem Alter waren, die schon mit vier oder fünf Jahren angefangen hatten mit der Musik, aber ich ahnte nichts, ich wollte nichts ahnen. Einer meiner Brüder würde im nächsten Jahr heiraten, der andere Bruder würde in eine größere Wohnung ziehen, Nachwuchs kündigte sich an. Und tatsächlich kam der Umbruch. Nur ganz anders. Und Weihnachten wurde nicht so, wie wir uns alle das vorgestellt hatten. Schuld daran war die Arteria cerebri anterior meiner Mutter. Die starken Kopfschmerzen, so erfuhren wir später, waren Vorboten gewesen, sogenannte Alarmblutungen im Gehirn, die in diesem Fall niemanden alarmiert hatten. Nicht unüblich in solchen Fällen übrigens, wer denkt schon an Aneurysmen, wenn man Kopfweh hat und es auf die anstrengenden Fahrstunden schiebt? Bevor ich an jenem Nachmittag aus der Schule vom Sport nach Hause kam, war es draußen schon wieder dunkel, war mein Vater vom Einkaufen reingekommen. Er hatte noch mit meiner Mutter geredet und seine graue Lederjacke wie immer auf

einen Bügel gehängt, da sah er noch aus den Augenwin-
keln, wie meine Mutter sich kurz an den Kopf fasste und
mit einem Schlag vom Stuhl kippte. Jene Gefäßaussackung
an jener Arterie war in jenem Augenblick gerissen. Eine
Aneurysmaruptur, die eine sogenannte Subarachnoidal-
blutung ausgelöst hatte. Je nach Schweregrad ist die Prog-
nose ausgesprochen schlecht, im Fall meiner Mutter sehr
schlecht, Stufe V von V, moribunder Patient, heißt also, im
Augenblick der Hirnblutung stirbt der Betroffene – oder er
fällt, wie meine Mutter, gleich in ein tiefes Koma und muss
notärztlich versorgt werden.

Kaufst du dir bald deinen Sportwagen, fragt meine Mutter. Hör doch endlich mal auf damit, sage ich, davon habe
ich nie gesprochen. Lüg doch nicht, sagt meine Mutter,
du wolltest dir einen Porsche kaufen und hast es nicht gemacht, weil ich dir gesagt habe, dass du dir dann auch eine
Garage mieten musst, aber das war dir ja dann zu teuer.
Woher hat sie diese Geschichten? Aus welchem Fundus
schöpft sie all das, wann und wo denkt sie sich das aus?
Gut, sage ich, um einen Streit zu vermeiden, der jederzeit
auch sehr ernst werden könnte, wir sind schließlich immer
noch Sohn und Mutter, und die alten Mechanismen greifen
noch, gut, sage ich, ich habe es mir mal überlegt, aber so viel
Geld habe ich ja auch nicht. Siehst du, und mich als Lügne-
rin hinstellen, sagt sie. Aber wenn du ein Auto hättest, dann
könntest du mich abholen, und wir könnten zusammen zu
dir fahren. Daher weht der Wind, sage ich. Natürlich, sagt
sie, du weißt doch, wie gern ich dich besuchen würde. Aber
mit dem Zug ist mir das zu lang. Nee, das mach ich nicht.
Da bleibe ich lieber zu Hause. Wollen wir noch eine Run-

de spielen, sage ich. Haben wir eigentlich noch die Alben von der Nordsee, sagt sie. Muss ich mal gucken, sage ich. Hol die doch mal, sagt sie, die stehen bestimmt im Wohnzimmer. Ich stehe auf, gehe ins Wohnzimmer und kippe die Balkontür an, der kalte Rauch des letzten Abends hat sich noch immer nicht verzogen. Ich finde die Alben, die sie meint, ich bringe sie ihr, und sie blättert sie sofort auf: Wie dick du damals noch warst! Und der Strandkorb! Und das Meer! Weißt du noch, wie kalt es da drin immer war? Weißt du noch, wie wir mal Seesterne gefunden haben? Weißt du noch, wie dir mal ein Krebs in den Fuß gekniffen hat und wie du da geschrien hast? Langsam blättert sie durch die Erinnerungen, unter die sie jeweils eine Zeile notiert hat, Jahreszahl, genauer Ort, manchmal ein lustiger Satz über einen grimmigen oder einfältigen Gesichtsausdruck von meinen Brüdern, meinem Vater oder mir. Sie erinnert sich. Und zwischendurch seufzt sie und sagt, ach ja, alles weg, kannst du gar nichts mehr dran machen.

Der Notarzt, der sich damals um die Erstversorgung meiner Mutter kümmerte, war ein alter Hase, zum Glück. Sagte mein Vater später. Er wusste sofort, was Sache war. Schon vom Krankenwagen aus rief er eine Klinik im Ruhrgebiet an, die über entsprechende Kapazitäten verfügte, nach einer ersten Stabilisierung wurde meine Mutter dorthin gebracht, der behandelnde Neurochirurg entschied, die Operation erst am nächsten Morgen in aller Ruhe durchzuführen und bis dahin auf Beruhigung zu setzen.

Noch am selben Abend machten einer meiner Brüder und ich einen Spaziergang durch den Wald. Damals ging das noch, heute hätte ich viel zu viel Angst im Dunkeln.

Wir konnten ja ohnehin nichts tun, außer auf Anrufe aus dem Krankenhaus zu warten. Und in dieser Dunkelheit, plötzlich und vollkommen überraschend, sahen wir ein Zebra auf einer kleinen Lichtung stehen. Ein echtes Zebra. Wir konnten es beide nicht glauben und haben es beide seit diesem Abend nie wieder erwähnt. Aber es war da, eindeutig. Sie sind wirklich noch hier, dachte ich damals.

Es stand auf der Kippe. Fifty-fifty ist zu positiv, sagte mir damals ein Assistenzarzt, Sie müssen eher davon ausgehen, dass sie nicht wieder aufwacht. Schon seltsam, was dieses Erwachsenwerden bewirkt. Ich nahm das alles damals hin, alles geschah, wie man es sich in einem Film vorstellt: Die Mutter nach der sehr langen und sehr schweren Operation besuchen. Auf die vielen Geräte schauen. Ihre Hand halten. Mit ihr sprechen, obwohl man nicht daran glaubt, dass sie es hören kann. Irgendwann wachte sie entgegen allen Prognosen doch wieder auf, irgendwann konnte sie wieder laufen, irgendwann gab es einen schweren Rückschlag und noch einen schwereren Rückschlag, irgendwann war ihr Leben dann wieder in Gefahr, und sie verbrachte nochmals viele Wochen auf einer Intensivstation, sind da überhaupt noch Hirnströme, irgendwann dann, als sie, so zäh ist doch kein Mensch, sich wieder berappelt hatte, entgegen allen Ankündigungen, Erwartungen und Prognosen, entschied mein Vater, da war schon längst das Frühjahr gekommen: Ich trau denen nicht mehr über den Weg. Ich pflege sie zu Hause. Und das tat er dann. Jahrelang. Auch als ich auszog und keiner mehr mit ihnen im Haus wohnte. Sie fuhren noch einmal allein an die Nordsee, dann starb mein Vater, das war 2008, jetzt sitze ich also mit meiner Mutter in der Küche und blättere durch die Urlaubsalben, bis wir zu jener letzten Reise kommen, die sie zusammen unternommen haben. Es sind nicht viele Fotos, mein Vater hasste es, fotografiert zu werden, aber meine Mutter ist gerührt, als sie die Bilder sieht, und ich bin es auch.

So, jetzt ist aber auch gut, sagt meine Mutter. Sie klappt die Alben entschieden zu und legt ihre Hand darauf, stellst du die bitte wieder weg? Wollten wir nicht nach meinen Sachen gucken? Können wir das nicht morgen noch machen, sage ich. Morgen, morgen, sagt sie. Das sagst du immer. Du machst ja nie was mit mir, und dann bist du schon wieder weg. Was soll das denn heißen, nie, wehre ich mich, wer war mit dir in der Einkaufsoase, wer war mit dir auf dem Markt, wer hat dir die Klamotten gekauft, wer löst mit dir Kreuzworträtsel, wer guckt sich mit dir die Fotos an? Wer hat stundenlang im Zug gesessen, um dich zu sehen? Ja, ja, ist ja gut, kriegst einen Preis dafür. Ich kann es kaum glauben, aber sie ist tatsächlich eingeschnappt. Sie steht auf, hinkt ins Wohnzimmer, schließt die Balkontür, lässt sich in ihren Sessel fallen und schaltet den Fernseher ein. Natürlich läuft gerade eine Krimiserie, natürlich liefern sich die Guten und die Bösen eine Verfolgungsjagd, natürlich wird geschossen, natürlich verwandelt sich das Wohnzimmer in eine laute Hölle. Bringst du mir ein Glas Cola, ruft sie jetzt und klingt wieder sanfter als vorher. Als ich ihr das Getränk hinstelle, da hat sie schon vergessen, dass sie gerade noch böse auf mich war. Ich stehe vor meiner Mutter, und wieder betrachte ich sie, wie sie den Fernseher betrachtet: Was sie alles erlebt hat. Was sie alles geschafft hat. Was sie heute noch schafft. Geh mir aus dem Bild, sagt sie, ich seh doch gar nichts, Mensch! Ich umarme sie, und sie freut sich.

Dann bringe ich ihr die Fernsehzeitung und das Malbuch, das sie sich heute gekauft hat, dann bringe ich uns einen Aschenbecher und Zigaretten und setze mich neben sie. Sie fängt gleich an, das Malbuch zu bearbeiten. Schläfst du denn wenigstens heute hier, fragt meine Mutter. Nein, das weißt du doch, ich schlaf doch beim Kleinen im Zimmer, da ist doch mehr Platz. Ach ja, sagt sie, wusste ich nicht mehr. Im Fernsehen läuft Reklame. Ich will hier nicht weg. Ich halte es hier keine Sekunde länger aus. Bald ist Bergfest.

Die Ungeduld vor dem ersten Ton. Wir sitzen im Proberaum des Musikzugs. Der Dirigent hat schlechte Laune, weil wieder so viele Leute fehlen, dabei wollen wir neue Stücke proben. Ich versteh das ja, sagt er, wir sind alle am Arbeiten. Ich sage nichts dazu, aber ich verstehe die Leute nicht. Wenn man Musik macht, dann man doch Musik.

Irgendwann finde ich in der kleinen Buchhandlung von Mündendorf eine Biographie über Leonard Bernstein. Auf dem Titelbild ist er schon ein alter Mann, es sieht entspannt aus, wie er da vor dem Orchester steht. Wie hat er sich gefühlt als jüngerer Mann, als er für Bruno Walter einsprang und fast aus dem Nichts mit den New Yorker Philharmonikern einen riesigen Erfolg feierte? Hat er wie ich schon früh gewusst, dass es das ist, was er vom Leben will? Ich will nicht dirigieren, ich will spielen, aber das macht für mich keinen Unterschied. Passion ist Passion. Im Innenteil entdecke ich noch ein Foto: Bernstein nach einem Konzert in Südamerika, vollkommen erschöpft, Zigarette in der Hand, sich den Schweiß mit einem Tuch abwischend. Fehlt mir denn noch viel? Werde ich nicht bald so weit sein? Das frage ich mich an den Abenden, an denen ich das Buch verschlinge. Ich bin rastlos geworden.

Also, sagt der Dirigent und holt tief Luft, fangen wir an. Wir proben gerade den Soundtrack zu *Flashdance*. Ein Best-of der schönsten Melodien. Der Anfang ist langsam, dann beschleunigt das Stück. Wir probieren es einige Male. Schließlich lässt der Dirigent den Taktstock sinken und sagt: Hat das denn keiner von euch geübt? Wie sollen wir denn vorankommen, wenn ihr zu Hause nichts tut, Mensch.

Ich übe immer noch viel, aber viel zu schwierige Stücke. Immer neue Soli für Posaune bestelle ich, jedes einzelne überfordert mich, die Noten kosten mein ganzes Taschengeld, und im Musikzug erzähle ich nichts von meinen Ambitionen. Jeden Sonntagmorgen schalte ich den Fernseher ein, Sir Simon Rattle dirigiert dieses oder jenes Orchester, ich höre nicht nur auf die Musik, ich schaue mir die Gesichter der Musiker an und frage mich, ob sie auch sonntags vor dem Fernseher gesessen und davon geträumt haben, in dieser Konzerthalle zu sitzen, mit Anzug und Fliege und einem Höchstmaß an Konzentration. Sir Simon Rattle. Ob ich je unter ihm spielen werde? Ob er mich sympathisch finden wird? Ich hoffe, dass er noch lange die Berliner Philharmoniker dirigieren wird. So lange, bis ich da bin.

Zu laut, ruft der Dirigent, zu hektisch, konzentriert euch doch. Und hört auf zu quatschen. Ich muss lachen, ohne Grund, aber das ist ein Fehler, die Stimmung ist eh schon angespannt. Hör auf, dich über mich zu amüsieren, sagt der Dirigent, konzentrier dich lieber. Als Musiker muss man das lernen, sonst wird das nichts. Und ich nicke und schäme mich, wir kommen einfach nicht voran in dieser Probe, und dann erwischt mich der Chef des Musikzugs auch noch in dieser einen Sekunde, in der ich nicht aufpasse.

Etwas später, da habe ich das Buch schon ein zweites Mal gelesen, sehe ich eine Dokumentation über Leonard Bernstein. Sein Leben für die Musik. Sein Rausch. Der Eindruck, den er auf Menschen machte. Wenn er noch am Leben wäre, dann würde ich in einigen Jahren in einem Orchester spielen, das er dirigiert. Ich habe es genau vor Augen. Die letzte Probe vor dem Konzert. Die Ouvertüre zu *Candide*. Der Anfang. Blechbläser allein, sagt Bernstein, er wirkt unzufrieden, etwas gefällt ihm noch nicht. Ich setze das Instrument an, ich spiele so präzise wie möglich, und nach einigen Takten lässt Bernstein den Taktstock sinken, lächelt, thank you, that's perfect.

Blechbläser allein, sagt der Dirigent des Musikzugs, nein, besser noch, zweite Posaune allein, irgendwas stimmt da am Anfang nicht. Und er zählt vor. Und ich spiele allein, alle schauen mich gespannt an. Gleich im ersten Takt verspiele ich mich und komme aus dem Rhythmus. Noch einmal, bitte, sage ich. Gut, sagt der Dirigent streng, dann los. Er zählt vor. Und ich treffe die falschen Töne, verheddere mich noch mehr als zuvor. Das ist nur die Nervosität, will ich sagen, ich weiß doch, wie es geht, ich kann es so präzise wie möglich, das ist doch keine große Kunst. Doch ich sage nichts. Der Dirigent schüttelt kurz den Kopf, dann lächelt er versöhnlich, fast väterlich. Der ganze Musikzug lächelt versöhnlich, fast väterlich: Ist doch nicht schlimm, sagt der Dirigent, wir haben alle irgendwann mal angefangen. Und ich quäle mir mein Lächeln nur heraus, würde meine Kolleginnen und Kollegen gern in der Luft zerreißen, was bil-

den die sich eigentlich ein? Was glauben sie eigentl[
ich bin? Ich werde der größte Musiker der Stadt.
sicher. Das ist mein Mantra. Ich werde der größte M
der Stadt, und ihr werdet euch alle noch wundern. Wartet
es nur ab.

Nach der Probe fragen meine Eltern, wie es gelaufen ist.
Großartig, sage ich. Ich werde immer besser. Alle loben
mich, alle wundern sich. Übertreib es nicht, sagt mein Vater, es gibt Wichtigeres im Leben. Ich ärgere mich, aber
ich sage nichts, wenn du wüsstest, denke ich, während ich
Bernstein und Rattle im Kopf habe und eine CD von Jens
Anderson höre, dem besten Posaunisten der Welt, wenn du
wüsstest, dass ich noch gar nicht richtig losgelegt habe.

Hartmann hat mir den Weg genau beschrieben. Ich weiß
nicht, was ich von ihm will, ich müsste ihn nicht besuchen,
das weiß ich, das hat er selbst mir sogar immer wieder gesagt. Aber ich stecke jetzt schon zu tief drin, ich hänge gewissermaßen schon im Schacht, und ein Rückzieher wäre
nicht nur feige, ich würde ihn irgendwann bereuen. Hartmann ist in mein Leben getreten wie ein unerwartetes Angebot. Wenn du willst, dann guck zurück, dann schau ganz
tief nach unten, da ist es dunkel, da hast du nur deine Kopflampe, da liegen die Dinge, von denen du noch nichts weißt,
die dich aber zu dem gemacht haben, der du bist. Wenn du
nicht willst, dann lass es bleiben, aber warte nicht zu lange
mit der Entscheidung, denn irgendwann ist niemand mehr
da, den du fragen kannst, oder der dir gar von sich aus erzählt, wie es war, dann hast du da nur noch zerknitterte
Fotos, Arbeitszeugnisse, Briefe. Du musst es selbst wissen,

sagt dieses Angebot, das mit Hartmann ins Haus kam. Jetzt bin ich also hier. Jetzt will ich es wissen. Ich komme unbewaffnet. Hartmann ist es hoffentlich auch.

Es ist nicht allzu kalt, als der Linienbus am Rand der großen Stadt hält und ich aussteige. Das Gebäude liegt direkt gegenüber der Haltestelle. Ein ehemaliges Hotel. Seniorenfreundlich umgebaut. Betreutes Wohnen der besseren Art. Ich finde seinen Namen gleich auf einem der Klingelknöpfe und drücke, und nach wenigen Sekunden, als hätte er neben der Gegensprechanlage gewartet, höre ich ihn, kurzatmig wie schon am Telefon. Du bist ja pünktlich, hätte ich gar nicht gedacht, sagt er. Dritter Stock, zweite Tür rechts. Nimm besser die Treppe, der Aufzug spinnt manchmal. Hans Hartmann also. Blutsbruder und Bergmann. Freund und Fremder. Sauhund und Säufer. Er öffnet mir die Tür, und ich erschrecke mich, aber anders als erwartet: Hartmann steht da und lächelt, nein, er lacht, das ist ja ein Ding, sagt er und drückt meine Hand sehr lang. Ich bin erschrocken, weil dieser Mann nicht so ist, wie ich ihn mir vorgestellt hatte, ein kleiner und freundlicher Herr mit wenig Haaren und einer dicken Brille, ordentlich angezogen mit weißem Hemd und weinrotem Pullunder darüber, dunkle Stoffhose und ordentliche Hausschuhe. Ich fühle mich so, als würde ich einen alten Grundschullehrer besuchen. Komm rein, sagt er, wird kalt, ich hoffe, du hast Hunger.

Er hat für uns Brötchen gekauft, mit Salami, mit Mett, mit Schinken. Er hat Kuchen besorgt, massenhaft, als würde er noch jemanden erwarten oder damit rechnen, dass es ein langer Nachmittag wird. Hast du es gut gefunden? Bleibst du länger in der Stadt? Wie geht es deiner Mutter? Seine Fragen nehmen kein Ende, während er Kaffee, Milch und

Zucker auf den Tisch räumt, er ist nicht gebrechlich, aber langsam. Als er mir gegenübersitzt, ist es ganz vertraut, so als hätten wir immer miteinander zu tun gehabt. Die Regeln des Spiels sind klar, zuerst ist er an der Reihe mit seinen Fragen. Wir essen, und ich erzähle ihm, so kurz wie möglich, von den Jahren in Mündendorf, über mehr kann ich ja auch gar nicht reden. Immer wieder fragt er nach, und das hat dein Vater gesagt, das passt zu ihm, und dann hat er von deiner Mutter eins auf den Dez bekommen, das kann ich mir gut vorstellen.

Ich sehe mich um in seiner kleinen Wohnung: Es ist alles da, was man braucht. Auf dem Tisch liegt die aktuelle Fernsehzeitung, der Fernseher ist groß, überall stehen Uhren. An den Wänden hängen Fotos, meist Gruppen von Leuten, andere Kumpels vom Pütt, zwischendurch ein Bild von einem Schützenverein, in dem Hartmann gewesen sein muss. In der Ecke steht sein Bett, klein und bescheiden, nicht provisorisch, aber doch anrührend: Es ist die letzte Wohnung, in der ein Mensch lebt, das atmet in allen Dingen hier. Hans Hartmann. Schreckgespenst außer Dienst.

Was ist aus deiner Musik geworden, fragt er, während wir beim Kuchen ankommen, und betont Musik auf der ersten Silbe, wie man es hier so macht. Du warst in einer Kapelle, hat dein Vater geschrieben, er wusste zwar nicht, wie du davon mal leben willst, aber er war stolz auf dich. Ich weiß, sage ich, obwohl ich es nicht genau weiß, obwohl ich es mehr gewünscht als gedacht habe. Ich hab das drangegeben irgendwann, sage ich, war nicht gut genug. Ich hör heute noch Marschmusik, sagt Hartmann. Als meine Mutter krank wurde, erzähle ich, da habe ich vom einen Tag auf den anderen aufgehört. Damals, sagt Hartmann, kam auch der letzte Brief von deinem Papa. Ihr habt euch wirklich geschrieben? Was heißt geschrieben. Vier, fünf Zeilen. Hätte man auch auf eine Postkarte schreiben können. Wir wussten schon noch Bescheid. Was ich so mache, was er so macht. Nachdem deine Mutter krank geworden ist, hat er nicht mehr geschrieben. Hatte sich das auch alles anders vorgestellt. Hatte sein Haus und seine Kinder und endlich die Rente, aber davon gehabt hat er nicht viel. Ach ja, sagt Hartmann. So ist das, sage ich. Das Schweigen, das nur von Hartmanns Pfeifen beim Atmen durchbrochen wird. Seine Augen sind ein bisschen feucht. Ich würde gern was tun, einen Witz erzählen, die Situation retten, aber manchmal gehen einem die Witze im entscheidenden Moment aus. Vielleicht sollte ich ihm von den Pfauen und den Zebras erzählen? Hab ihn manchmal vermisst, sagt Hartmann, ganz schön vermisst. Aber hab es ja auch selbst versaut. Noch Kaffee, fragt Hartmann, und bevor er von anderen Dingen anfangen kann, nehme ich meinen Mut zusammen, hake ich ein: Ich hatte als Kind Angst vor dir, sage ich. Hartmann lächelt und schüttelt den Kopf. Deine Mutter, stimmt's. Wer sonst, sage ich, und jetzt lacht er zum ersten Mal sehr laut und wie befreit, die Traurigkeit verfliegt auf der Stelle, Angst vor mir, ruft er, guck mich doch mal an. Was war denn damals überhaupt, frage ich. Lange Geschichte, kurze Antwort, sagt Hartmann. Ich war doof. So doof, dass ich es erst gemerkt habe, als es fast zu spät war. Macht man manchmal in jungen Jahren. Hattest du nicht auch mal so eine Zeit? Nein, sage ich, irgendwie nicht. Wirklich nicht, sagt Hartmann. Kommt vielleicht noch, sage ich. Du bist jung, damit fängt es an, sagt er. Du bist jung und machst Blödsinn, und dann fühlst du immer mehr, wie jung du noch bist, und dann machst du noch mehr Blödsinn, und dann wachst du morgens irgendwann auf und bist groß und hast so viel Blödsinn am Arsch, dass es sich nicht mehr lohnt, noch damit aufzuhören. Denkst du jedenfalls. Weil du eben total doof im Kopf bist. Hätte böse ausgehen können. Aber ich hab die Kurve noch gekriegt. Da wollten deine Eltern schon nichts mehr von mir wissen. Kann sie ja verstehen. Und jetzt spricht Hartmann von dem, was ich nur aus vagen Andeutungen kenne, Stichworte, die meine Eltern einander zuwarfen, und als ich als Kind danach fragte, da sagten sie, für so was bist du noch zu klein, und als ich später nachfragte, da sagten sie, das ist so lange her, daran wollen wir nicht mehr denken. Hartmann lässt kein Detail aus: wie er meinen Vater kennengelernt hat, wie sie sich gegenseitig das Leben auf dem Pütt leichter gemacht haben, wie sie sich als Jungbergleute nach fast jeder Schicht einen angesoffen haben. Er erzählt auch von seiner Dummheit, und wie er meinen Vater manchmal nicht richtig zu nehmen wusste, da gab es diese Preisboxergeschichte, da gab es diesen Irrsinn an ihrem Geburtstag mit den Haaren, von dem die Familie noch jahrelang erzählte. Da gab es den Jähzorn meines Vaters, vor dem hatte Hartmann einen Höllenrespekt, dagegen war er ein zahnloser Tiger, der nur eine große Schnauze hatte, aber wenn es bei meinem Vater vorbei war, dann war es vorbei, dann wurde es gefährlich, richtig gefährlich.

Im Grunde ist Hartmanns Geschichte schnell erzählt: Der Abstieg fing damit an, dass er sich in die falsche Frau verliebte. Dass er ein Kind mit ihr hatte, sie aber weder was von seiner Vaterschaft noch von seiner Liebe wissen wollte. Dass er trank, um zu vergessen, und am nächsten Tag noch mehr trank, um das Trinken am Tag zuvor zu vergessen.

Dass er irgendwann auf der Zeche nicht mehr erwünscht war wegen seiner Sauferei, weil er zu viele Schichten verpasst oder einmal zu oft so blau auf den Pütt gekommen war, dass sie ihn gar nicht hatten anfahren lassen. Dass er dann seine Tage ganz dem Trinken widmete, und als das Geld ausging, da knackte er halt hier und da diverse Sachen, aber er war nie ein guter Dieb, er wurde erwischt, er soff weiter und ging zu hohe Risiken ein, drehte krumme Dinger, während er besoffen war, wurde mehr als einmal von Polizisten windelweich geprügelt, und dann, irgendwann, da kam er grad aus dem Knast, da wohnten meine Eltern gerade nicht mehr im Ruhrpott, da traf er eine Frau, die ihn mochte, und er mochte sie. Und er hörte mit der Sauferei auf und fing wieder auf der Zeche an. Und er lernte, seine Arbeit wieder zu lieben und sich selbst auch ein bisschen, darum geht es ja, das hätte er vor lauter Doofheit fast verpasst. Und er ging sogar manchmal mit der Frau, die er bald heiratete, in die Kirche, anfangs widerwillig, und er wurde auch kein Religiöser oder Erleuchteter oder so was, das betont er mehrfach, und diesen Himmelskomikern darf man ja auch wirklich nicht jedes Wort glauben, aber es war gut so. Und sie hatten zwar keine Kinder, aber ihre Wohnung und ihren Schrebergarten, wo er immer schüppte, der Bergmann kann eben nicht ohne Schüppe, auch nicht nach Feierabend, sagt er, und sie machten kleine Urlaube in Süddeutschland, und zwar immer im selben Ort, und einmal standen sie sogar auf dem Weg irgendwohin vor unserem Haus in Mündendorf und klingelten mit einem Strauß Blumen, aber genau an dem Tag war keiner da, oder es machte keiner auf, und danach hat es sich nicht mehr ergeben, wie das manchmal eben einfach ist, und dann wurde seine Frau krank und blieb es viele Jahre, und dann starb sie, und er lebte allein in der Wohnung und machte den Garten, und dann wurde das mit seiner Lunge immer schwieriger und schwieriger, und dann sagte irgendwer, da gibt es doch dieses Hotel, und die Neffen und Nichten seiner Frau halfen ihm, und jetzt war er also hier und froh, es war ja doch noch gut, sagt er, es hätte alles böse werden können, aber dann wäre ich heute nicht mehr hier. So, genug gequasselt, sagt Hartmann, das willst du doch alles gar nicht wissen. Doch, sage ich. Was sollst du jetzt auch anderes sagen, sagt Hartmann und lacht und gießt mir noch eine Tasse von seinem viel zu starken Kaffee ein. Bestimmt schon die dritte oder vierte.

Und du warst wirklich mal im Knast, frage ich ihn jetzt. Ach, das ist ein alter Hut. Je nachdem, sagt Hartmann, wen du gefragt hast. Einer hat erzählt, ich hätte zehn Jahre wegen Totschlags gesessen, ein anderer, ich hätte eine Schießerei gehabt und wäre nach zwei Jahren wegen guter Führung wieder rausgekommen. Alles Blödsinn, so sind die Leute. Aber warst du, oder warst du nicht? Ja, Herrgott, für ein paar Wochen. Weil ich meine Strafe nicht bezahlen konnte. Und auch nicht bezahlen wollte. Ich war eben einfach doof. Und dann kam doch wieder die Zeche, frage ich. Na endlich, sagt Hartmann, ich dachte schon, du willst ewig auf dem alten Mist rumreiten. Sollen wir gleich anfangen? Womit denn, frage ich. Nein, sagt er, ich will zuerst eine rauchen. Du rauchst, frage ich. Wenn Besuch da ist, wann denn sonst, sagt er, also selten genug. Du doch auch, oder? Ja, sage ich. Viel? Nicht wenig. Von diesem Scheiß kann keiner bei euch die Pfoten lassen, oder?

Wir rauchen eine Zigarette am Fenster, und Hartmann kichert plötzlich. Was ist los, sage ich. Ich bin immer noch doof, da siehst du es, sagt er. Warum denn, sage ich, weil du rauchst. Sind überall Rauchmelder, sagt er, wenn die Dinger losgehen, kommt die Feuerwehr, das kann ich in diesem Leben nicht mehr bezahlen. Er drückt seine Zigarette aus und kramt in seinen Schränken. Mit lauter Heften, laminierten Schaubildern und Büchern kommt er zurück, legt alles auf den Wohnzimmertisch und sagt zu mir: Setz dich aufs Sofa. Oder willst du los? Ich hab Zeit, sage ich.

Gut, sagt er. Ich war Kohlenhauer. Bis ich nicht mehr konnte. Im Grunde wie dein Vater. Ja, sage ich. Jetzt macht er eine Pause und überlegt. Machen wir es anders. Hat dein Vater dich mal gefragt, wie man deine Posaune spielt? Schon, sage ich, er hat die Posaune sogar mal selbst gehalten, nur gespielt hat er nicht. Und hast du ihn mal gefragt, wie das mit den Kohlen funktioniert? Nein, aber ich hätte es gern. Willst du denn mal da runter? Ich habe nie daran gedacht, dass das geht. Willst du, oder willst du nicht? Hartmann ist und bleibt es einfach: ein Sauhund. Er treibt mich in die Ecke, aber seine Stimme ist so freundlich und verbindlich, als hätte er sein Leben lang Versicherungen verkauft. Natürlich will ich das, sage ich und weiß nicht genau, warum. Ich würde doch nur Panik kriegen da unten, aber davon erzähle ich Hartmann nichts. Gut, sagt er, das kriegen wir hin. Aber vor der Praxis kommt die Theorie. In Ordnung? In Ordnung.

Wir wollen nicht übertreiben. Wir wollen nichts beschönigen. Wir kennen ja nur wenige Details, wenige Zeugenaussagen, wenige Elemente, aus denen wir uns die Wahrheit konstruieren müssen. Sagen wir es also nochmals, an diesem entscheidenden Punkt der Geschichte: Alles, was hier steht, hat so und genau so stattgefunden. Und alle Personen haben so und genau so gelebt. Nur dann kann es gehen. Die Frage ist nun mal: Was bleibt denn übrig in dem Augenblick, wo wir begreifen, dass die Familie sich auflöst, mehr noch, dass sie schon längst nicht mehr da ist und nie mehr wiederkommen wird? Was geschieht in dem Augenblick mit uns, da jene Familie verschwindet, und mit ihr die eigene Herkunft, und mit ihr ein ganzes altes Jahrhundert? Der Acker also, auf dem wir gewachsen sind? Nochmals, wir wollen nicht übertreiben, erst recht nicht, da wir ja vom, nennen wir es ruhig so, entscheidenden Moment dieser Geschichte nur ein altes und abfotografiertes Schwarz-Weiß-Foto haben, dessen Original in einem altertümlichen Rahmen genau über dem Sessel der Mutter hängt und für immer dort bleiben wird. Zumindest solange das Haus existiert, wie wir es kennen. Wir können sie uns vorstellen, die Protagonisten, dieses junge Mädchen namens Barbara, die wahrscheinlich frecher ist, als sie in Wahrheit jemals war, diesen maulfaulen Kerl namens Jupp, der in Wirklichkeit wahrscheinlich noch schüchterner war, als wir es uns überhaupt nur denken können. Beschönigen wir nichts, übertreiben wir nichts, schreiben wir die Wahrheit so auf, wie sie gewesen ist. Denn jetzt fängt alles an.

Es ist ein kleines, es ist ein schönes Fest. Auf dem Foto sieht Jupp grimmig aus, wie jemand, mit dem man sich nicht anlegen möchte. Er wird nicht gern fotografiert. Besonders nicht so, wie er aussieht auf diesem kleinen, schönen Fest: Er trägt ein edles weißes Hemd und ein schwarzes Jackett, dazu eine weiße Fliege. Das Haar ist akkurat gekämmt und gescheitelt, natürlich, es ist wieder nachgewachsen, und es wird nie wieder so kurz sein, wie es an dem Tag war, als er Barbara traf. Und Barbara? Lächelt ihn an. Mit einem Strauß aus unzähligen roten Rosen in der Hand, von dem sie noch vierzig Jahre später erzählen wird. Sie hat es geschafft. Und er eigentlich auch. Sie haben nicht lange gebraucht für ihre Entscheidung. Man könnte es auf die alten Zeiten schieben oder auf die Umstände, aber das alles trifft es nicht ganz, sie haben sich mehrmals in der Sportplatzklause getroffen, sie haben Ausflüge gemacht zum Stausee und auf die Kirmes, sie haben sich ihr gemeinsames Leben ausgemalt, immer öfter und immer intensiver, und dann, an einem Abend auf dem leer gefegten Marktplatz, als sie in einen Wolkenbruch geraten und innerhalb von Minuten nass sind bis auf die Knochen, als sie unter einem Baum in der Nähe des Hochbunkers Schutz suchen und immer nasser werden, da nimmt Jupp allen Mut zusammen und fragt halt, was man fragen muss: Tun wir uns verloben?

Jupp wird nicht gern fotografiert, das alles ist ihm zu viel. Im Mittelpunkt stehen. Die Hand geschüttelt bekommen. Vor versammelter Gemeinde Sachen sagen wie: Ja, ich will. Sie kennen sich gerade einige Monate, da heiraten Barbara und Jupp. Es geschieht nicht aus der Not heraus, wie man vermuten könnte, es ist nicht der Pragmatismus, dass Barbara so schnell wie möglich aus dem mütterlichen Haushalt fliehen will und sie natürlich wissen, dass sie als verheiratetes Paar vielleicht sogar eine Wohnung bekommen können. Sie mögen sich. Mehr als das. Sie wissen, dass es gut gehen wird. Barbara ist immer noch siebzehn Jahre alt, als sie vor dem Traualtar steht. Sie braucht die Erlaubnis ihrer Eltern, und die bekommt sie auch. Die Mutter ist erst dagegen, weil ihr eine Einnahmequelle unwiederbringlich wegbricht, einerseits. Andererseits ein Maul weniger, das gestopft werden muss. Und der Jupp ist so ein Fleißiger. Kann ja nur gut sein für alle.

Nach der Hochzeit fahren sie mit dem Moped los. Viele hundert Kilometer. Bis nach Bayern. Sie haben kaum Geld. Aber sie haben ein Zelt und sehen die Alpen. Sie wohnen bei einem Bauern auf dem Feld und helfen ihm ein wenig bei der Ernte, dafür bekommen sie Essen, dafür bekommen sie Brot und Wurst für die Reise. Es genügt ihnen. Sie sind das erste Mal in ihrem Leben wirklich allein und wirklich weg von der Familie. Sie sind das erste Mal in ihrem Leben im Urlaub, richtig im Urlaub. Jupp verliert seine Scheu, wenn Barbara dabei ist, er spricht viel, und er spricht gern, wie man es von ihm gar nicht gewohnt ist. Sie haben es schön. Beim nächsten Mal, sagen sie sich, da fahren wir richtig weit weg. Nach Österreich. In Innsbruck, erzählen sie sich, da bauen sie den Flughafen, da fahren wir hin und schauen zu, wie die Flugzeuge starten und landen. Als sie am Ende ihrer Flitterwochen nach Hause fahren, da wissen sie, dass alles gut werden wird. Sie kennen sich immer noch erst einige Monate, aber es kommt ihnen vor wie Jahre. Hat Jupp jemals einem Menschen so vertraut? Hat er jemals über sich gesprochen? Unwahrscheinlich. Aber das Vertrauen hat auch seinen Preis. Das merkt Barbara, als sie wieder zurück sind. Es geht erst schleichend, dann aber ganz schnell: Jupp ist eifersüchtig. Rasend eifersüchtig.

Obwohl Barbara ihm keinen Grund gibt. Es ist der einzige Schatten, der in den nächsten Jahrzehnten immer wieder eine Rolle spielen wird. Es ist die einzige dunkle Seite, die jemals existieren wird. Bald will er nicht mehr mit Barbara in die Kneipe. Bald will er nicht mehr mit Barbara an den Stausee. Aber das alles verschweigt Barbara ihrer Familie. Die Mutter ist auch rasend: vor Neid auf das, was sie jetzt haben.

Als sie eine Weile aus den Flitterwochen zurück sind, geht nämlich alles ganz schnell: Jupp wechselt die Zeche, wechselt die Stadt, wechselt die Arbeit. Er ist jetzt Gesteinshauer, er fährt jetzt Strecken auf und ist weg von den Kohlen. Dafür bekommen sie eine Zechenwohnung in einer der Siedlungen, die in der Nachbarstadt wie Pilze aus dem Boden schießen. Sie können es nicht glauben, als sie ihre Wohnung das erste Mal betreten: Es gibt ein Badezimmer, nur für sie. Es gibt eine Küche, und es gibt ein Wohnzimmer, und es gibt ein Schlafzimmer. Kohlenöfen? Natürlich, aber darum müssen sie sich keine Sorgen machen. Es ist schon eine komische Sache, denkt Jupp damals, die Zechen machen zu, und doch haben die, die übrig bleiben, nicht genug Leute. Vielen ist die Arbeit zu hart, zu schmutzig, zu gefährlich. Viele halten es nicht lange aus. Jupp schon. Im Winter hast du genug Kohle für lau, und Überschichten bringen richtig Geld. Und jetzt sogar eine Wohnung. Außerdem, und darüber ist Jupp heilfroh, muss er als Bergmann nicht zum Wehrdienst.

Als Barbara und Jupp in ihre erste gemeinsame Wohnung ziehen, da haben sie: so gut wie nichts. Nicht mal ein richtiges Bett. Es gibt eine Schlafcouch, und es gibt einen Schrank, das ist ihr Schlafzimmer am Anfang. Fast alle Dinge kaufen sie auf Pump. An ihrem ersten Tag nach dem Einzug fahren sie mit dem Moped in die Stadt und besorgen sich Gardinen. Sogar ein Elektroherd wird herangeschafft, Jupps Vater hat ihn gekauft, kriegt ihn aber nicht angeschlossen, das Ding will und will nicht laufen, also überlässt er ihn seinem Sohn und der Schwiegertochter, die ihm im Gegenzug zwei Kochplatten schenken. Tauschgeschäfte. Eine Schrankwand aus Furnierholz bekommen sie von einem Großonkel geschenkt, einen Sessel, ein kleines Küchenbuffet und ein kleines Sofa kaufen sie auf Raten im Möbelhaus. Besteck und Teller und Tassen – auch geschenkt. Ein Regal zimmert Jupp mit seinem Vater zusammen.

Jupp malocht hart, aber es reicht oft hinten und vorne nicht. Manchmal übernehmen seine Eltern diese oder jene Rate für die Möbel, die sie sich gekauft haben. Barbara findet Arbeit in einer Näherei für Sportbekleidung, auch sie arbeitet viel, auch sie arbeitet hart. Sie haben also nicht viel, sie leben trotzdem gut. An den Wochenenden besuchen sie Jupps Eltern und Barbaras Eltern. Im Winter sitzen sie mit Barbaras Mutter manchmal im Dunkeln im Wohnzimmer, weil der Strom mal wieder abgeklemmt ist. Obwohl sie selbst nichts haben, zahlen sie manchmal die Rechnung, und die Mutter dankt es ihnen kaum: Wärst du noch hier, dann müsste ich jetzt nicht bei euch betteln.

Aus- und Vorrichtung, Herrichtung und Abbau, das waren drei Betriebsführer-Abteilungen. Dann gab es die Maschinentechnik und die Elektrotechnik. Dann gab es noch

'ettertechnik und die Sprengtechnik. Sicherheitsabtei-
ınd so weiter. Es gibt noch mehr, aber die fallen mir
jetzt nicht ein …

… wie gesagt, zuerst muss ein Schacht geteuft werden. Jedes Bergwerk braucht zwei Schächte. Nämlich einen einziehenden und einen ausziehenden Schacht. Damit die Wetter in der Grube richtig verteilt werden. Wetter, ich erkläre es mal ganz einfach, sind alle Gase, die in der Grube sind. Vor allem natürlich Luft. Denn ohne die bist du verloren. Die Wetterabteilung, das ist eine Wissenschaft für sich. Guck mal hier, auf dem Bild. Da ist der einziehende Schacht, hier ist der ausziehende Schacht. Die Wetter müssen geführt werden. Damit das ganze Grubengebäude bewettert wird, bis in die letzten Ecken. Und dann brauchst du natürlich Sonderbewetterungen. Wenn ich so eine Strecke auffahre, dann hab ich keine durchgehende Bewetterung, da brauche ich solche Lutten, das ist die Sonderbewetterung, guck mal hier, so sieht so eine Lutte aus …

… die Wetter also, das ist fast das wichtigste Thema. Es gibt mehrere Arten von Wettern. Da sind die guten Wetter. Müssen wir nicht drüber reden. Sauerstoff genug. Alles in Ordnung. Da sind die matten Wetter. Zu wenig Sauerstoff. Da atmest du manchmal so wie ich jetzt. Wenn es ganz schlimm kommt, dann redet man von bösen Wettern. Da explodiert zwar nichts, aber man kann daran ersticken. Die kannte schon der Agricola. 16. Jahrhundert. Das muss man sich mal vorstellen. Der dachte, das sind Drachen, die ihren giftigen Atem in den Stollen blasen. Ist natürlich Quatsch. Geht nur um zu wenig Sauerstoff. Konnte man dran krepieren. War früher gefährlicher, als man noch Angst vor dem Drachen hatte. Heute nicht mehr, da ist das alles sicherer als hier bei mir. Glaubst du nicht? Guck es dir doch an da unten. Aber weiter: Die schlimmsten Wetter dürfen wir nicht vergessen, das sind die schlagenden Wetter. Hast du schon mal davon gehört? Nein? Merk dir das: Der größte Feind des Bergmanns war, ist und bleibt das Grubengas. Je tiefer ich komme, desto mehr Grubengas entwickelt sich. Und ein Funke kann reichen, und alles fliegt in die Luft. Denk an den Kohlenstaub da unten. Kettenreaktion. Schlagwetterexplosion ...

... das sind die verschiedenen Lagerungen. Hier ist flache Lagerung, das ist steile Lagerung ...

... und da, da kommt ein Querschlag raus, und der geht immer von Norden nach Süden oder von Süden nach Norden, um durch alle Flöze, die anstehen, zu gehen. Also: Querschlag in nord-südlicher Richtung. Um Flöze abbauen zu können, brauchst du zwei Strecken. Du brauchst eine Bandstrecke, und du brauchst eine Kopfstrecke. Und zwischen Bandstrecke und Kopfstrecke wird das Flöz aufgehauen, da wird ja zuerst die Basis geschaffen, das wird meist in einem Geviert gemacht, ungefähr, wir hatten immer ein Aufhauen von sechs Metern in der Breite, und die Höhe gab ja die Mächtigkeit des Flözes vor. Das wurde von unten nach oben aufgehauen. Siehst du, hier ist das Flöz. So hattest du dann, es musste ja bewettert werden, dann hattest du deine Wetterführung, und von da an, dann wurden die sogenannten Knäppe eingeteilt ...

... in der steilen Lagerung, da hatten wir das Sägeblattverfahren, also immer gestaffelt, von oben runter, der eine Knapp kam so runter, der andere kam so runter, sonst hättest du ja den Kumpel unter dir ... jedenfalls, die waren alle schräg gestellt, damit die Kohle immer weg vom Flöz in die Rutschen fiel. In der flachen Lagerung brauchst du das Sägeblattverfahren nicht, da hast du einen Kohlenstoß, da geht jeder rein morgens, fängt an, sich seinen sogenannten Einbruch zu machen, da konnte nichts passieren, der sagte nur dann mal, wenn er einen Durchschlag machte, pass auf, ich stech durch ... ach, willst du vielleicht noch einen Schluck Kaffee, jetzt habe ich ja wieder so viel gequasselt.

Nein, will ich sagen, aber mir fehlt die Kraft zur Gegenwehr, außerdem schüttet mir Hartmann schon längst wieder Kaffee in die Tasse. Wie hat er es eigentlich geschafft, zwischen all seinen Erklärungen noch eine neue Kanne aufzubrühen? Mir brummt der Schädel. Das also hat Hartmann gemacht und geliebt. Das also hat mein Vater gemacht und geliebt. Eine Wissenschaft für sich. Eine Welt hinter der Welt. Anders, eine Welt unter der Welt. Jetzt scheint Hartmann zu merken, dass ich nicht mehr kann. Immer wieder sind meine Gedanken abgeschweift, nicht weil es mich nicht interessieren würde, sondern einfach weil es wie eine ganz neue Sprache ist: Mal versteht man ein Wort oder einen halben Satz und ist stolz, dann kommt es einem doch wieder nur vor wie Kauderwelsch. Wie war das mit dem Querschlag? Wer macht welche Handgriffe im Streckenvortrieb? Was ist ein Ort, was ist ein Flöz? Fragen, die ich Hartmann jetzt nicht stelle.

Willst du noch was wissen, fragt Hartmann. Ich überlege. Wieso hast du eigentlich auf der Zeche angefangen? Als Berglehrling, da konntest du jeden Tag duschen. Musstest du sogar, ob du wolltest oder nicht. Und das war der Grund? Hartmann lächelt. Fällt dir ein besserer Grund ein? Komm, wir rauchen noch eine.

Wie die Schuljungen stehen wir nebeneinander und blasen unseren Qualm in die anbrechende Dunkelheit. Hartmanns Lunge pfeift mehr denn je. Matte Wetter. Böse Wetter. Wie bei meinem Vater. Nur nicht im Berg, sondern hier oben. Wir schweigen jetzt, ja, es ist viel gesagt, es ist alles gesagt. Hartmann seufzt. Danke, dass du mir das alles erzählt hast, sage ich. Danke, dass du zugehört hast, sagt Hartmann. Er haut mir mit der Faust sachte gegen die Schulter. Du musst langsam los, sagt er, ich bin jetzt auch hundemüde. Natürlich werde ich in der Nacht nicht schlafen, ich erinnere mich nicht, jemals so viel Kaffee getrunken zu haben, aber das ist jetzt egal. Wir schreiben uns, sagt Hartmann. Vielleicht sehen wir uns ja auch bald, sage ich. Wir schreiben uns, sagt Hartmann. Er sieht jetzt wirklich müde aus und noch kleiner als vorher in seinem ordentlichen Hemd mit dem roten Pullunder darüber. Als wir aufgeraucht haben, schaltet er wie zum Abschied den Fernseher an. Eine Quizsendung. Da würde ich auch noch gewinnen, sagt er, die sind alle doof wie Stroh. Dann stehe ich an der Tür, und es fällt mir schwer, ihn zu verlassen. Theorie hast du bestanden, sagt er, jetzt guckst du es dir mal an. Mal sehen, sage ich. Das war keine Frage, sagt Hartmann, das war eine Feststellung. Und dann lächelt er wieder, der Sauhund. Glück auf, Junge, sagt er, gibt mir die Hand zum Abschied und öffnet die Tür. Glück auf, Hans, sage ich, und es fühlt sich fremd an, das auszusprechen, was mein Vater jahrelang tagtäglich vor sich hin gemurmelt hat. Ich gehe die Treppe zu Fuß nach unten, im Speisesaal des ehemaligen Hotels brennt noch Licht, es gibt gleich Abendessen, Hartmann kommt selten zum Abendessen mit den anderen, weil er lieber seine Ruhe hat, aber zum Frühstück sitzt er gern dort, sagt er, das ist fast wie Buttern, wenn man nur zwischendurch die Augen zumacht. Und es sich ganz fest vorstellt.

Die Angst vor dem ersten Ton. So, sagt der Professor. Dann spiel mal was vor. Er ist ein kleiner und hagerer Mann, der in einigen Sinfonieorchestern gespielt hat, mittlerweile aber nur noch lehrt. Wir stehen im Zimmer einer Musikschule im Ruhrgebiet, einmal wöchentlich gibt er hier seinen jungen Schülern Unterricht. Einer seiner Ehemaligen ist heute ein bedeutender Posaunist, macht genau das, was ich auch will. Neben seiner Stelle als Soloposaunist ist er Mitglied in hochdekorierten Ensembles und ein gern gesehener Gastdozent überall in Europa. Aber so weit bin ich noch nicht. Ich habe dem Professor einige meiner Übungen mitgebracht. Ich lege die Blätter auf den Notenständer und spiele los. Okay, sagt er nach zwei, drei Stücken, okay. Du kannst zu mir kommen, aber du musst hart an dir arbeiten. Das weiß ich, sage ich, das will ich. Okay, sagt er, dann fangen wir mit diesem Heft hier nächste Woche an. Nummer eins, Nummer zwei, Nummer drei, sagt er und kreuzt mir die Etüden mit seinem Bleistift an. Und sei pünktlich. Ich danke Ihnen sehr, sage ich. Und dann laufe ich zu meinem Zug nach Mündendorf, es sind anderthalb Stunden Fahrt in die Großstadt, die ich jetzt jede Woche vor mir habe, und anderthalb Stunden zurück, und das nach der Schule, aber das macht mir nichts aus, im Gegenteil.

Die Probe ist gut gelaufen. Wir haben einige neue Märsche im Programm, es ist Frühling, der Musikzug tritt wieder häufiger auf. Schützenfeste, Frühlingsfeste, Stadtfeste. Für mich ist das Routine, für mich ist es nicht der Rede

wert. Ich habe meinem jungen und inzwischen ehemaligen Lehrer eine neue Aufnahme von Jens Anderson mitgebracht, er freut sich darüber. Hörst du sie dir nachher
noch an, frage ich ihn. Ich bin ganz schön müde, sagt er,
aber am Wochenende bestimmt. Das kann ich nicht verstehen. Aber ich sage nichts dazu. Wenn ich eine neue CD
bekomme oder auch eine überspielte Kassette, dann lasse
ich neuerdings alles stehen und liegen, dann muss ich gleich
hören, was es ist, dann träume ich mich hinein in die Musik
und male mir aus, dass ich die Stücke mit einer Leichtigkeit
herunterspielen werde, an denen sich alle zukünftigen Posaunisten messen lassen müssen.

Es ist nicht leicht, meine Eltern zu überreden: Der Professor kostet sie viel Geld. Geld, das sie kaum übrig haben,
auch, wenn der Professor nur das Honorar der normalen
Musikschulstunde für seinen Unterricht nimmt. Am Ende
überzeugt sie mein ehemaliger Lehrer, er kommt extra auf
einen Kaffee zu uns nach Hause. Er kann das schaffen, sagt
mein ehemaliger Lehrer, ich kann das nicht nur, ich will das
auch von ganzem Herzen, sage ich. Reicht das denn mit
der Marschmusik nicht, fragt mein Vater. Er will nun mal
mehr, sagt mein Lehrer. Aber Berufsmusiker, sagt mein Vater, das ist doch keine sichere Sache. Zur Not kann er immer noch Unterricht geben, sagt mein ehemaliger Lehrer.
Kann er denn von Ihnen nichts mehr lernen, fragt meine
Mutter. Kann er bestimmt, sagte mein ehemaliger Lehrer,
aber wenn er davon leben will, dann muss er woandershin.
Und die Fahrerei, fragen meine Eltern, und die Schule, und
die Freizeit? Ich schaff das schon, sage ich, lasst es mich
versuchen. Mein Vater weiß nicht so recht, was er tun soll,

er kann nichts mit meiner Idee anfangen. Als ich so alt war wie du, sagt er, da war ich seit drei Jahren am Malochen. Aber er verbietet mir nichts, redet mir nichts aus: Na gut, sagt er, mach das. Wir legen dir keine Steine in den Weg.

Wir stehen nach der Probe noch eine Weile herum, man trinkt eine Cola, ein Wasser oder ein Bier, die Musiker reden über ihre Familien, ihre Fußballmannschaft oder über ihre Arbeit, sie lachen ausgelassen. Das hier ist ihr Hobby, das hier ist ihre Leidenschaft – aber wie, denke ich, kann ihnen das allein denn reichen? Ich fasse mir ein Herz: Ich will das übrigens zum Beruf machen, sage ich. Die Kolleginnen und Kollegen des Musikzugs sind erstaunt, als ich ihnen nach der Probe von meinen Plänen erzähle. Ich gehe zu einem Professor im Ruhrgebiet. Ich spiele seit inzwischen einem Jahr bei allen Auftritten mit, aber manche von ihnen machen schon seit zehn, seit zwanzig Jahren Musik – und wissen genau, wie schwer es schon ist, in einem Amateurmusikzug auf der Höhe zu bleiben. Sie sagen Dinge wie: Das ging aber schnell. Oder: Da musst du noch viel lernen. Oder: Da hast du dir ja was vorgenommen. Ihr liebevoller Spott ist berechtigt, kann ich doch gerade mal bei den Stücken des Musikzugs mitspielen, wortwörtlich in zweiter Reihe, habe ich doch gerade mal genug Technik, um das Instrument einigermaßen routiniert zu beherrschen, weiß ich doch gerade mal über Noten und Harmonien so viel, dass es für Märsche und Medleys reicht. Das alles blende ich aus. Ich bin ein Junge aus der Kleinstadt, der vor anderthalb Jahren im Mündendorfer Musikzug mit der Marschmusik angefangen hat und nicht untalentiert ist – doch diese Wahrheit verdränge ich, so gut es geht: Ich bin ein Wunderkind, für mich ist die Geschichte schon fertig geschrieben, was wäre nur geworden, wenn er sein Instrument damals nicht zufällig, was würden wir vermissen, hätte das Schicksal diesen begabten Menschen nicht, und so weiter.

Bevor alle weg sind, nimmt mich der Dirigent zur Seite. Ich wollte noch mit dir reden, sagt er. Wir freuen uns ja darüber, dass du es weit bringen willst. Aber flieg nicht zu schnell zu hoch. Und vergiss nicht, wo du herkommst. Ich will etwas antworten, merke aber, dass er sich in Rage redet: Dein Platz ist im Musikzug, dafür musst du auch üben, dafür musst du da sein. Klar, sage ich, so viel ändert sich doch gar nicht. Dann ist ja gut, sagt der Dirigent, bis nächste Woche. Und viel Glück. Bis nächste Woche, sage ich.

So, sagt der Professor. Ich hoffe, du hast geübt. Wie stehst du eigentlich? Gehst du mit dem Instrument spazieren? Stell dich vernünftig hin, Arme hoch, wie ich es dir gezeigt hab. Sonst spielst du bei mir nicht einen einzigen Ton.

Der Alltag kommt schneller, als sie gucken können. Bald kennen sie den König eine Straße weiter, und der König kennt sie. Da kaufen sie ihre Lebensmittel ein, und was sie so brauchen. Da dürfen sie bald anschreiben, bis es in Barbaras Fabrik oder auf der Zeche wieder Geld gibt. Barbara führt damals Buch darüber. Da kann man ihr Leben nachlesen, im Wochenrhythmus: Bier. Brot. Bananen. Kaffee. Kartoffeln. Kotelett. Schnaps. Strümpfe. Salz. Und Zigaretten, immer wieder Zigaretten, die damals noch so gut wie nichts kosten. Jupp mag Kotelett mit Bratkartoffeln, Barbara isst gern Leberkäse mit einem Spiegelei darüber.

Irgendwann in dieser Zeit kommt der erste Fernseher ins Haus, es ist wie ein Feiertag, sie können es nicht glauben. Ein gebrauchtes Gerät. Ein Wunder. An den Abenden sind sie oft müde, erschöpft und zufrieden. Sie sehen also fern oder spielen Karten. Manchmal, sehr selten, gehen sie abends in die Wirtschaft um die Ecke, und Jupp trinkt einige Biere. In der Woche nicht so viel, am Wochenende dafür umso mehr. Er macht jetzt oft Nachtschichten. Da wird viel repariert unter Tage. Da hat man mehr Ruhe, ein bisschen jedenfalls, und verdient noch dazu mehr Geld. Nächte, in denen Barbara panische Angst hat. Obwohl sie im zweiten Stock wohnen und an sich nichts passieren kann. Und Barbara lässt den Fernseher laufen, wenn Jupp Nachtschicht hat, so lange, wie es was gibt, so lange, bis nur noch Schneegestöber oder das Testbild zu sehen ist, aber das ist egal, alles ist besser als das Alleinsein. Jupp trifft sich öfters mal mit Hartmann, fährt mit seinem Moped los in die Nachbarstadt, und wenn er nach Hause kommt, dann versucht er, sich nichts anmerken zu lassen. Du bist ja doch besoffen, sagt Barbara dann und ist böse auf ihn, und Jupp sagt nur: Und wenn schon, was geht dich das an?

Sie streiten sich nicht oft. Manchmal, wenn Jupp betrunken ist, ist er auf Ärger aus, wird er gemein, es passiert nicht oft, aber es passiert. Einmal, da will Barbara sogar zurück zur Mutter, so weit ist sie, und das mitten in der Nacht, aber als sie dann vor der Tür steht und an die Mutter denkt, da geht sie doch lieber wieder rein, wo Jupp sich schon wieder eingekriegt hat. Einmal, da schreit er sie an, da vergisst sie ein Huhn im Topf auf dem Herd und geht aus dem Haus, und als Jupp vom Pütt kommt, ist alles schon am Qualmen, fünf Minuten später, und die Bude hätte vielleicht gebrannt, zumindest aber hätte einer die Feuerwehr gerufen, und er will sich gar nicht vorstellen, was das für ein Zirkus geworden wäre.

Manchmal bekommen sie Besuch von Berta, der kleinen Schwester von Barbara, und dem fehlenden Geld und der vielen Arbeit und all den unbezahlten Dingen zum Trotz sind sie stolz darauf, wie beeindruckt Berta ist. Die hängt noch bei der Mutter fest. Und sagt, als sie irgendwann geht: Ihr habt so ein Glück. Ihr habt es so schön. Das merken sie sich, daran denken sie, es wird sozusagen zu Barbaras Satz. Jupp weiß, warum er das alles macht. Barbara weiß es auch: Weil wir Glück haben, weil wir es schön haben.

Dann kommt, da haben sie sich schon eingelebt, das erste Weihnachtsfest in der neuen Wohnung. Und das werden sie nie wieder vergessen, daran werden sie noch denken, als Barbara schon gepflegt werden muss und Jupp nicht mehr lange am Leben ist. Sie hatten sich das alles so schön ausgedacht: Wie es werden würde am Heiligabend mit Bockwurst und Kartoffelsalat und der Wärme des Wohnzimmers, wie sie vor dem Fernseher sitzen und zufrieden sein würden. Jupp bringt einige Tage vorher den Weihnachtsbaum ins Haus, viel zu groß und viel zu wuchtig, kurzum, er ist wunderbar. Füllt das Wohnzimmer in der Ecke aus, man kommt nicht mal mehr an die Schrankwand, passt kaum in den Ständer, aber das ist egal. Sie besorgen Lametta. Sie bekommen kleine Tiere in Silber geschenkt von Jupps Eltern, und natürlich die großen, silbernen Weihnachtskugeln. Und dann sitzen sie an diesem Abend da, und Barbara bereitet das Essen vor, und Jupp macht sich gerade ein Bier auf, als er das Jammern aus der Küche hört. Barbara weint. Sie weint und weint und hört nicht mehr auf. An diesem Heiligabend ist es, um es mit den Worten von Jupp zu sagen, arschkalt, da würde man keinen Hund vor die Tür jagen. Die Straßen sind spiegelglatt, es hat vor Weihnachten aufgehört zu schneien, und alles ist gefroren. Was ist denn mit dir, sagt er und nimmt Barbara in den Arm. Und sie braucht gar nichts zu sagen, er hat schon verstanden, also beißt er die Zähne zusammen und sagt nicht, dass er ein bisschen Schiss hat vor der Straße, wo er eigentlich vor nichts Schiss hat, er sagt, zieh dich an, wir fahren zu meinen Eltern. Und so ist es dann auch. Barbara weint nicht mehr, als sie sich zitternd auf dem Moped an Jupp schmiegt, der so langsam wie möglich die Straße entlangtuckert. Sie sind komplett durchgefroren, als sie bei Jupps Eltern ankommen, immerhin ist es da schön warm. Jupps Vater freut sich, sie zu sehen, aber von der Gans, der großen Attraktion des Heiligabends, sind nur noch die Knochen auf den Tellern übrig, und der Weihnachtsbaum ist mickrig im Gegensatz zu dem, was sie in ihrer Wohnung haben, darum geht es Barbara aber gar nicht, sie sitzen um den Tisch, und sie gehört wie selbstverständlich dazu, und sie unterhalten sich, und sie rauchen, und sie trinken Bier, und sie lachen, und Barbara denkt, so soll es bald werden, nächstes Jahr ist es schon besser, und schließlich wird ebenso selbstverständlich umgeräumt und umgeplant, und sie schlafen im Wohnzimmer auf der Couch, da, wo der Jupp vom Pütt jahrelang geschlafen hat, wo er an jenem Nachmittag gelegen hatte, als Barbara ihn aufweckte.

Ein metallicgrauer Opel, so ein Kombi, hatte Berta zu mir gesagt, so eine alte Kiste, weißt du. Ich parke vor dem

Bahnhof. Ich kann auch aussteigen, das ist noch einfacher. Wenn du mich nicht gleich findest, dann achte auf meinen grünen Regenschirm. So sehr groß und dunkelgrün. Vielleicht werden wir uns ja nicht mehr erkennen. Wenn alle Stricke reißen, dann rufst du mich einfach an.

Ein verregneter Sonntag, die grauen Wolken hängen tief. Ich steige aus dem Zug. Ich habe meine Tante Berta seit fast zwanzig Jahren nicht gesehen. Zuletzt bei der Konfirmation meines Bruders oder bei einem Krankenbesuch meiner Mutter. Ich habe ihr einen Brief geschrieben, und sie hat geantwortet. Es sind ja nicht mehr so viele da, sagte sie am Telefon, wir verlieren uns noch alle aus den Augen. Ich erkenne sie gleich, ohne dass ich auf den Schirm achten müsste. Sie ist kleiner, als ich sie in Erinnerung habe. Sie trägt eine Brille und hat dasselbe schmale Lächeln. Sie gibt mir zur Begrüßung die Hand. So siehst du also jetzt aus, sagt sie.

Berta wohnt etwas außerhalb in einem kleinen Haus. Sie will mich am Abend wieder zum Bahnhof bringen. Du rauchst auch, frage ich, als ich die Zigarettenschachtel auf der Ablage im Auto sehe. Klar, sagt Berta. Wir stecken uns eine an. Wie selbstverständlich gebe ich ihr Feuer. Die Scheiben beschlagen während der Fahrt. Wir können die Straße kaum sehen. Sprühregen und Nebel.

Natürlich sind wir uns fremd, sie kennt mich nicht als Erwachsenen, und ich kenne sie nur aus der Perspektive eines Kindes, nur im Rahmen der üblichen Familienbesuche. Wie lange haben wir uns wohl in meinem ganzen Leben gesehen? Nicht mehr als einige Stunden, vermute ich. Klar, in den Geschichten meiner Eltern tauchte sie auf, wie eine freundliche Besucherin, nie ein schlechtes Wort über sie, vielleicht fühle ich mich deshalb wohl neben diesem wildfremden Menschen, neben einer der wenigen Verwandten, die es noch gibt.

Die Schwester meiner Mutter. Jünger als sie. Inniges Verhältnis, trotzdem lange Zeit keinerlei Kontakt. Gründe unklar. Das Erbe, oder ein Wort gab das andere, wahrscheinlich eher das. Ich weiß es nicht, ich weiß nur, dass die Gründe dafür oft banaler sind, als man glaubt, dass es dafür nicht mal um Sparbücher und Besitzansprüche gehen muss. Verbindendes Element zwischen meinem Vater und ihr: Hartmann. Aber darüber will ich nicht sprechen, obwohl es im Grunde Hartmanns Verantwortung ist, dass ich Bertas Adresse rausgefunden und ihr einen Brief geschrieben habe, in dem ich ihr ein Treffen vorschlug: Ich weiß so wenig, habe ich ihr geschrieben, und ein bisschen was will ich rausfinden, solange es noch geht.

Weil wir beide noch zurückhaltend sind, weil wir beide nicht wissen, wie wir miteinander reden sollen nach all den Jahren, sprechen wir über unsere Tiere. Ich beschreibe Berta meinen Straßenhund. Sie erzählt mir von ihren Eidechsen und Schildkröten und von den drei Katzen, mit denen sie wohnt. Die Tiere sind ihr Leben, mittlerweile ganz und gar: Irgendwann mit über fünfzig fing sie neu an, Mann tot, Kinder aus dem Haus. Sie übernahm eine Zoohandlung, deren Besitzer gestorben war, und dessen Kinder das Geschäft nicht weiter betreiben wollten. Es läuft mal gut, es läuft mal schlecht, sagt Berta.

Wir setzen uns in die Küche. Berta hat Kuchen aufgetaut und kocht starken schwarzen Tee. Kann ich eine rauchen, frage ich, ich bin nervöser, als ich angenommen habe. Na klar, sagt Berta und stellt gleich den Aschenbecher auf den

Tisch, jetzt qualmen wir uns die Bude richtig zu. Und da lacht sie das erste Mal laut, und ich lache auch. Eine Katze springt wie selbstverständlich auf meinen Schoß. Sie mag dich, sagt Berta, das macht sie normalerweise nicht, die ist scheu. Ich mag sie auch, sage ich, und meine Nase läuft, aber davon erzähle ich nichts. Was willst du wissen, fragt Berta, nachdem wir die erste Zigarette schweigend geraucht haben, du musst nur fragen. Wir qualmen viele Zigaretten im Laufe des Nachmittags, die Katzen verlieren mehr und mehr ihre Scheu und wollen alle gleichzeitig gestreichelt werden, springen auf den Tisch und spekulieren auf meinen Kuchen, bald tränen meine Augen, bald läuft meine Nase, aber ich traue mich nicht, Berta meine Allergie zu beichten. Sie zeigt mir ihre Schildkröten, eine davon schon älter als ich. Sie sucht einige Fotos, auf denen meine Mutter als junges Mädchen zu sehen ist, aber viele Bilder gibt es nicht mehr. Sie zeigt mir meine Großmutter, die ich kaum gekannt habe. Eine stämmige, ja, eine wuchtige Person, mit Zigarette im Gartenstuhl, mit Zigarette im Sessel, mit Zigarette vor dem Vogelkäfig ihres letzten Wellensittichs.

Wenn ich Fragen stelle, dann wird Berta ernst, dann erzählt sie gewissenhaft, dann drückt sie ihre Zigarette aus, kneift die Augen zusammen und erinnert sich. Manchmal sagt sie: So, jetzt machen wir ein Päuschen, und dann reicht sie mir eine Zigarette und gießt schwarzen Tee nach und tischt immer neuen Kuchen auf. Und manchmal schaut sie mich unsicher an, fast skeptisch, sagt: Ich weiß nicht, ob du das hören willst. Ich weiß nicht, ob ich dir das sagen soll. Ich weiß nicht, ob du das ertragen kannst. Doch ich will, dass sie mir alles sagt, ich muss es hören, denn was ich bis jetzt weiß, das kann ich an einer Hand abzählen.

Weißt du, sage ich, das alles ist bald nicht mehr da. Aber du bist noch da. Und sie sagt: Ja, ich weiß. Und wir schweigen und schauen uns an und lächeln. Die Katze springt auf den Tisch und nascht von Bertas Apfelkuchen. Berta verscheucht sie nicht. Wir lachen. Das Eis bricht.

Wenn ich die Augen zumache, dann kann ich mich erinnern.

Da ist der düstere Anbau, sagt Berta. Ja, ein niedriger und dunkler Anbau, in dem wir alle hausten. Ein ganz finsteres Ding war das. Ohne Bad, versteht sich, nur mit einem Plumpsklo. Kohlenöfen sowieso. Anfang der Fünfziger. Ich war ja ein Kleinkind. Wir sind sehr oft umgezogen, weißt du. Deine Mutter war schon etwas älter. Die ist ja dann so früh wie möglich weg. Die hat ja mit siebzehn Jahren geheiratet. Das war damals auch noch nicht normal, wenn du das glaubst. Aber die hat es geschafft. Rauszukommen. Aber das war später. Die hatten so ein Glück. Die hatten es so schön.

Mein Bruder sollte mal Holz hacken, für den Kohlenofen. Ich war noch so klein. Legte ihm die Scheite zurecht. Und dann musste ich die Hände schnell wegziehen, und er kam mit der Axt. Und dieses eine Mal war ich nicht schnell genug. Und er hat mir fast den Finger abgehauen. Da, siehst du, da ist die Narbe. Dann wieder, ein bisschen später, durfte ich Bogen schießen. Er spannte mir den Bogen, und ich konnte ihn nicht halten, und dann flog der Pfeil nach oben und wieder runter ihm in den Fuß. Da war er wie festgetackert. Das war die Rache. Unabsichtlich. Heute kann ich darüber lachen.

Wir haben uns ein Zimmer geteilt, sagt Berta. Alle Geschwister. Wir hatten ja wenig Platz. Und vor dem Einschlafen, das vergesse ich nie, haben wir Zirkus gespielt. Ich musste auf den Knien deiner Mutter balancieren und bin dauernd runtergefallen. An die blauen Flecken kann ich mich noch erinnern. Aber wir wollten unbedingt trainieren, um hart zu werden. Denn wir hatten ja einen Plan. Wir wollten die richtige Zeit abwarten, wenn die Plakate überall kleben, und dann, eines Morgens, wenn es so weit war, abhauen. Weglaufen. Fliehen. Zum Zirkus. Es war nicht leicht mit unserer Mutter. Denn wir Kinder, das kannst du mir glauben, wir waren so ein Beiwerk. So ein Ballast. Wir sind nicht misshandelt worden, das nun nicht. Auch nicht geschlagen. Wohl so eine Lieblosigkeit, die gab es. Unsere Mutter war sehr kühl. Zu Säuglingen nicht, aber sobald die Kinder größer wurden. Gute Nacht. Das war damals so. Und unsere Mutter war sehr dominant. Und wir als Kinder konnten ihr ja nichts entgegensetzen, was hätten wir auch tun sollen? Wir waren richtig, richtig arm. Das lag daran, dass der Vater nicht lange arbeiten konnte. Ich weiß noch, wie er mit mir an der Hand in so einen Saal ging, wo die Bergleute ihre Rententüten bekamen. Ich hatte Angst, das waren ja grobe Männer, als kleines Kind fühlt man sich da nicht wohl, ist man total eingeschüchtert, weißt du.

Jetzt habe ich viel zu viel gequatscht, sagt Berta, tut mir leid. Aber warum denn, sage ich, das ist es doch, was ich wissen möchte. Komm, sagt sie und steht auf, ich zeige dir mal das Haus. Willst du es sehen? Wir gehen von Zimmer zu Zimmer, die Katzen folgen uns auf Schritt und Tritt. Berta zeigt mir Fotos von Familienfesten, ich lerne Großonkel und Großtanten kennen, deren Namen ich vorher noch nie gehört hatte. Und hier, sagt sie, da ist das Gästezimmer, da kannst du beim nächsten Mal schlafen, wenn du möchtest. Wirklich, frage ich. Wir sind doch eine Familie, sagt Berta. Und plötzlich ist da wirklich das Gefühl dafür, was mir fehlt, diese unausgefüllte Leerstelle, diese Sache, für die ich kaum Worte finde: Selbstverständlich könnte ich hier schlafen. Das ist doch die Familie, denke ich, ja, das ist sie wirklich.

Danke für alles, sage ich, als wir wieder in der Küche sitzen. Für was denn, sagt Berta, sie setzt frischen Tee für uns auf und dreht die Heizung hoch, draußen ist es kalt, und langsam wird es schon dunkel. Früher hatten wir es nicht so gut, sagt Berta, und ich muss gar nicht weiter fragen, sie schließt kurz die Augen, und dann erzählt sie wieder. Wie arm wir waren? Sehr arm. Nicht weit von unserem Haus entfernt war ein erzverarbeitender Betrieb. Da sind wir manchmal hin, unser Vater und ich, mit einem Eimer. Und dann haben wir im Schrott gewühlt, da waren noch kleine Klumpen von Kupfer und Blei und so drin. Das haben wir gesammelt. Aufgeklaubt. Und verkauft. Wie die Schatzsucher. So war das eben damals. Und unsere Mutter war immer auf ihren Vorteil bedacht. Hart zu uns. Was wir verdienten, das mussten wir abliefern, und zwar auf Heller und Pfennig. Sie wollte auch nicht, dass wir als Mädchen einen ordentlichen Beruf erlernen. Wir waren nun mal existent, wir hatten nun mal zu funktionieren – aber ansonsten sollten wir nicht anwesend sein. Wie die Mutter Courage vom Bertolt Brecht, so war die. Aber jetzt erzähle ich ja nur Schlechtes von unserer Mutter. Dabei muss man sie auch verstehen. Der Vater wurde spät noch in den Krieg geschickt, weil er nicht in der Partei war. Und unsere Mutter hatte gerade ein Kind und musste arbeiten. Zwangsweise. Als Straßenbahnschaffnerin. Die hatte gar nicht die Wahl. Und dann, bei einem Bombenangriff, das hat sie mir so erzählt, da wurde so Phosphorzeugs eingesetzt, weißt du, das, was noch mehr brennt, wenn du Wasser draufkippst, und unsere Mutter hat sich unter der Straßenbahn versteckt, und die Fahrgäste, die sind schreiend und brennend in den Fluss, das hat sie mir so erzählt, weißt du. Manchmal glaube ich, sie ist erst da so hart und kühl und berechnend geworden. Sie musste so sein, um die Familie durch den Krieg zu bringen, um zu sehen, dass ihr das nicht den Kopf zersprengt, diese Sache mit der Straßenbahn und dem Phosphor und den brennenden Leuten, und was weiß ich noch alles. Das muss man doch wenigstens wissen, um zu verstehen, wie sich ein Mensch entwickelt. Warum er nur noch darauf bedacht ist, seinen Vorteil aus allem zu ziehen.

Willst du noch ein Stück Kuchen, fragt Berta. Danke, sage ich, ich glaube, ich habe genug. Was ist eigentlich mit dir, sagt Berta. Och, sage ich, da gibt es nicht so viel zu erzählen. Du wolltest doch eigentlich Musiker werden, hat mir deine Mutter erzählt, sagt Berta, Marschmusiker. Das ist lange her, sage ich. Sie spricht immer viel von dir, wenn wir telefonieren, sagt Berta. Ich wusste das gar nicht, dass ihr so viel Kontakt habt, sage ich. Isst du eigentlich Fleisch, fragt Berta. Ich habe Kalbsschnitzel da, wenn du willst, dann bleib ruhig zum Abendessen.

Also rauchen wir und reden und kochen, und ich will viel lieber von der Vertrautheit erzählen, die plötzlich an die Stelle des natürlichen Argwohns tritt, von dieser für mich ungeheuren Selbstverständlichkeit, darüber würde ich gern

reden anstatt von marodierenden SS-Männern und lüster-
nen Gartenzwergen hinter dem Steuer von Lastkraftwagen
in der Nachkriegszeit und von finsteren Selbstmorden und
noch düsteren Verwicklungen und von einer allmächtigen
Großmutter, die sich immer nahm, was sie sich nehmen
wollte. Ich weiß nicht, ob ich dir das erzählen kann, sagt
Berta. Aber ich bitte sie, mir alles zu erzählen. Und nichts
auszulassen. Und sie erzählt mir alles. Und lässt nichts aus.
Aber viele Dinge werde ich für mich behalten, das weiß
ich schon, als ich sie höre. Lieber bleibe ich bei der Vertrautheit, die zwischen uns ist an diesem kalten Regentag
im Ruhrgebiet. Wir essen die Kalbsschnitzel und dazu Kartoffeln, wir trinken Wasser und spielen mit den Katzen, wir
verabreden uns für das nächste Frühjahr. Berta bietet mir
noch mal an, beim nächsten Mal im Gästezimmer zu übernachten, das sei überhaupt kein Problem. Als es Zeit für
mich wird, da wollen die Katzen mich kaum gehen lassen,
sie springen im Wechsel auf meinen Schoß, und ich kraule
sie, und meine Allergie ist wie verflogen. Die riechen, dass
du ein guter Kerl bist, sagt Berta zu mir.

Dann sitzen wir im Auto auf dem Weg zurück zum Bahnhof. Die Scheiben beschlagen, noch immer hält sich der Nebel, und es regnet unentwegt. Als ich sie im Krankenhaus
besucht hab, da habe ich nicht gedacht, dass sie das schafft,
sagt Berta. Keiner hat das gedacht, sage ich. Dafür geht es
deiner Mutter jetzt wieder gut, sagt Berta. Dafür geht es
ihr wieder gut, sage ich. Wir sind eben aus hartem Holz ge-
schnitzt, sagt Berta und lächelt. Wir halten am Bahnhof an
und wollen uns die Hand geben zum Abschied. Aber dann
umarmen wir uns lang. Ich steige aus und sehe zu, wie Berta

wegfährt, wie der graue Opel in der Nacht verschwindet. Es dauert noch bis zu meinem Zug, also drehe ich eine Runde um den Block, gehe allein durch den Ruhrpottregen, durch die Ruhrpottdunkelheit, durch die Ruhrpotteinsamkeit.

Es gibt selten Augenblicke, in denen sie zweifeln. In denen sie darüber nachdenken, etwas an ihrem Leben zu ändern. Man könnte noch einen Schritt weiter gehen: Barbara und Jupp haben es gut. Sie haben sich aus der Enge ihrer Herkunft befreit. Sie haben die Gespenster von gestern erfolgreich vertrieben. Jupp denkt, außer im Traum, kaum noch daran, was er als kleiner Junge zu Kriegszeiten gesehen hat, als die Häuser rundherum brannten, er denkt nicht mehr an die Arme, Beine, Körper. Barbara denkt, außer in manchen Nächten, nicht mehr an die düsteren Behausungen, in denen sie leben musste, nicht mehr an die zwielichtigen Schausteller und ekligen Blumenverkäufer, die an jeder Ecke zu lauern schienen. Und doch gibt es manchmal den Moment, da merken sie, in welcher Zeit sie leben. Da denken sie: Vielleicht müssen wir fort von alledem. Noch weiter weg. An diesem Nachmittag im Herbst eventuell. Auf ihrem Flur gibt es einen Nachbarn, der ist nicht ganz dicht. Vor dem wurden sie gewarnt, als sie gerade eingezogen waren: Lasst euch nicht ein auf sein Geschwätz, der kann ausrasten, der hat nicht mehr alle Tassen im Schrank, den hat der Krieg bekloppt gemacht, und seitdem ist er es geblieben. Manchmal hören sie, wie er nachts endlose Gespräche führt, die in Schreierei oder gar Flennerei enden. Es sind schlimme Unterhaltungen, es geht einem durch Mark und Bein, was dort besprochen wird, und wie es immer endet.

Nur führt er diese Gespräche allein. Der Nachbar besitzt kein Telefon, keine Freunde, keine Bekannten, keine Verwandten mehr. Manchmal erwischen sie ihn, wie er vor seiner eigenen Tür lauert und beschwichtigend auf sich selbst einredet, dann bekommt er noch nicht mal mit, dass sie hinter ihm stehen, so sehr ist er damit beschäftigt, sich auf den Feind einzustellen, der sich in seiner Wohnung eingenistet hat, der unter der Couch lauert und im richtigen Moment hervorspringen wird. Der Bekloppte macht ihnen Angst, Barbara fürchtet ihn mehr als Jupp, und Jupp sagt sich, du hast doch vor nichts Schiss, also auch nicht vor ihm, obwohl er sich da manchmal nicht so ganz sicher ist. An diesem Nachmittag jedenfalls, Barbara und Jupp hatten beide Frühschicht, sie haben gerade zu Mittag gegessen und wollen aus dem Haus, da riecht es angekokelt. Und als sie auf dem Flur stehen, kommt schon der Qualm aus der Nachbarwohnung. Jupp zögert nicht lang und tritt die Tür ein, renn runter, schreit er Barbara an, sag den Nachbarn, sie sollen die Feuerwehr rufen. Er geht rein, die Couch im Wohnzimmer brennt, außerdem schon die Vorhänge am Fenster, ein anderer Nachbar kommt von unten und hilft mit, sie wissen selbst nicht genau, wie sie es schaffen, aber sie kriegen es allein hin, die Brocken zu löschen. Das haben Sie gut gemacht, sagen ein Feuerwehrmann und ein Polizist zu ihnen, nachdem sie alles erklärt haben, aber jetzt gehen Sie besser weg und kommen am Abend erst wieder. Glauben Sie es uns. Und Barbara und Jupp glauben es ihnen, sie nehmen das Moped und fahren damit an einen See in der Nähe, sie laufen die ganze Runde ums Wasser fast schweigend und hängen den Schatten nach, die auf einen Schlag wieder da sind. Sie brauchen eine Weile, um sich vom Schrecken zu erholen. Der Nachbar hatte sein Wohnzimmer angesteckt, erfahren sie später, und war dann mit einem Strick auf den Dachboden gegangen.

Aber was soll man machen, die Dinge sind, wie sie sind. Das Leben geht weiter. Sie lassen beim Krämer König anschreiben, und wenn Geld da ist, dann bezahlen sie für den Monat, und die Anschreiberei geht wieder von vorne los. Jupp schuftet weiter (er weiß ja, wofür), Barbara schuftet weiter (sie haben so ein Glück, sie haben es so schön). Die Jahre vergehen im Wechsel der Schichten. Die furnierte Schrankwand geht aus dem Leim, bricht bei einer Gelegenheit zusammen, der Fernseher flackert erst tagelang und gibt dann den Geist auf, neue Dinge werden angeschafft. Sie blättern durch Versandhauskataloge und rechnen aus, was sie sich mit welchen Raten leisten könnten. Sie träumen. Jupp macht seinen Führerschein, endlich. Sein alter Fahrlehrer ist ein guter Kerl. Und weil Jupp das Glück hat, einer seiner letzten Fahrschüler vor der Rente zu sein, bietet er ihm an, den Fahrschulwagen zu kaufen. Sehr alt und rostig und viel dran zu machen, aber für den Preis. Es ist ein grüner VW-Käfer, und es ist nicht nur die erste Karre von Barbara und Jupp, sondern das allererste Auto in der Familie überhaupt. Damit machen sie es tatsächlich wahr: In einem Sommer reisen sie nach Österreich. Sie fahren über den Brenner bis nach Italien und gleich wieder zurück. Sie stehen am Flughafen in Innsbruck und schauen tatsächlich den startenden und landenden Maschinen zu. Dass der Koloss wirklich hochkommt, sagt Barbara. Könntest du dir vorstellen, in so ein Ding einzusteigen, fragt Jupp. Im Leben nicht, sagt Barbara, im Leben nicht. Weiter als bis Innsbruck kommen sie nicht. Aber irgendwann, sagen sie sich, da machen wir unseren Traum wahr. Da fahren wir nach Wien. Da lassen wir uns im Fiaker durch die Stadt fahren. Wie Königin und König. Für eine halbe Stunde.

Und auf der Zeche gibt es genug Arbeit, mehr als genug. Einerseits kündigt sich die Krise an oder ist längst da, rundherum schließen die Zechen schon, andererseits fehlt es immer wieder an Leuten. Man muss es mögen da unten, denkt Jupp. Und Jupps Eifersucht wird schlimmer mit den Jahren, und Barbaras Wut auf seine Treffen mit Hartmann, der keine Arbeit hat oder sich nur tageweise auf irgendeinem Schrottplatz verdingt und in erster Linie wohl krumme Dinger dreht, diese Wut wächst. Kurzum, es ist längst nicht alles schön, aber im Großen und Ganzen sind sie zufrieden, im Großen und Ganzen könnte alles so weitergehen. Sie haben noch keine Kinder, obwohl sie sich welche wünschen. Aber dafür kann der Ort ja nichts, an dem sie leben. Und dann kommt da diese eine Nacht, die weit länger dauern wird als nur eine Nacht. Und dann kommt da ein Bekannter der Mutter von Barbara. Danach werden sie endgültig beschließen, ihr Leben über den Haufen zu werfen und ihre sichere Zechenwohnung mit zwei Zimmern, Küche und Bad gegen unsicheres Terrain einzutauschen. Zumindest in gewisser Weise.

Da ist also diese Nacht, nach der Barbara sich nicht mehr wohlfühlt in ihrer Haut. Sie braucht lange, um einzuschlafen, wenn Jupp auf Nachtschicht ist. Sie hat Angst allein in der Wohnung, panische Angst. Vor Einbrechern vor allem. Manchmal bindet sie das eine Ende eines Fadens an die Schlafzimmertür und das andere Ende um ihren großen Zeh, manchmal baut sie abenteuerliche Konstruktionen unter die Klinke der Wohnungstür, damit der Lärm sie weckt, falls jemand kommt. In dieser einen Nacht ist das aber nicht das Problem. Sie ist erschöpft und müde, es ist mitten in der Woche, ihr fallen die Augen zu, und sie schläft tief und fest. Bis es klingelt. Einmal, zweimal. Dann Sturm. Sie schreckt hoch. Ihr Puls überschlägt sich. Es ist was mit Jupp, denkt sie, jetzt kommt das, was sie immer nur in Geschichten gehört hat, das betretene Gesicht eines Mannes, der nuschelnd die schlechte Nachricht überbringt, seinen Hut zwischen den Fingern knetend, man kennt das ja. Sie traut sich kaum, aus dem Bett aufzustehen, aber als sie schlaftrunken im Flur steht, da hört sie schon das Rufen vor dem Fenster. Jupp! Jupp! Lass mich rein, du fieser Hund, mir ist kalt. Da steht Hans Hartmann, angetrunken, wie er ist. Und er klingelt nochmals und ruft wieder, jammert fast: Jupp, Jupp. Barbara wird wütend, sie reißt das Fenster auf: Halt dein Maul, Hartmann, die Leute schlafen. Geh nach Hause. Und Hartmann mag zwar besoffen sein und ganz tief unten in dieser einen Nacht, aber zu Barbara wird er nie unwirsch oder boshaft, auf sie hört er. Nach Hause, wimmert er fast schon, das ist ja die Sache. Und dann dreht er sich um und geht langsam davon. Kurze Zeit später, so erfährt Barbara im Nachhinein, taucht er auf der Zeche auf und will rein: Ruft den Jupp da unten an. Aber der Pförtner schickt ihn weg. Barbara fällt fast erleichtert wieder ins Bett, nachdem sie sich beruhigt hat: So etwas passiert einmal, aber nicht ein zweites Mal in einer Nacht. Und schläft wieder ein. Tief, fest, traumlos.

Und wird wieder vom Klingeln geweckt, da wird es draußen gerade hell. Fast routiniert stapft sie zum Fenster, jetzt reicht es, sie wird Hartmann sagen, dass sie zu den Nachbarn geht und die Polizei anruft, aber da draußen ist kein Hartmann: Machen Sie bitte auf. Es geht um Ihren Mann. Sie zieht sich so schnell an wie noch nie zuvor, sie vergisst die Strümpfe und die Schuhe und steht barfuß im Hausflur, aber das fällt Barbara gar nicht auf. Was ist passiert, sagt sie sofort, ist er am Leben. Ganz ruhig, sagt der Mann von der Zeche, er ist am Leben. Es hätte schlimmer sein können. Ist beim Wegfördern vom Haufwerk passiert. Sein linkes Bein. Das Knie hat es erwischt. Er ist im Krankenhaus, sie operieren ihn gleich heute früh. Wird alles wieder gut, haben sie gesagt. Wird alles wieder gut, sagt Barbara, verabschiedet sich und schließt die Tür. Wird alles wieder gut, sagt sie sich leise vor, als sie sich Kaffee macht und in unerklärlicher Routine Sachen für Jupp aus den Schränken holt und in einem abgewetzten Koffer verstaut. Wird alles wieder gut. Jetzt weiß sie, und das Schlimme ist ja, dass man sich solche Dinge für immer und ewig merkt, dass es in einer Nacht auch zweimal passieren kann. Oder dreimal. Man kann nie mehr sicher sein.

Jupp, der Malocher, der sich Pferdesalbe auf verstauchte Knochen schmiert, lässt es diesmal über sich ergehen: Er muss im Bett bleiben. Er kann nicht, wie er will. Es dauert einige Wochen, bis er wieder einigermaßen laufen kann. Und nochmals einige Wochen, bis er wieder arbeiten darf. Die Entscheidung aber fällt schon früher. Da ist Barbaras Mutter zu Besuch im Krankenhaus, unvermeidlich, natürlich, und sie hat einen komischen Bekannten von sich dabei, man will gar nicht so genau wissen, welche Rolle der spielt, und Jupp kann weder das billige Gestrüpp leiden, was seine Schwiegermutter ihm da mitgebracht hat, noch legt er großen Wert auf ihre Anwesenheit oder auf die des Kerls, den sie da mit angeschleppt hat, aber viel machen kann er ja auch nicht. Und während die Schwiegermutter in seinen Augen mal wieder nur Blödsinn redet, sagt der Bekannte etwas zu Barbara und Jupp, was sie erst nicht hören wollen, was sich aber dann doch festsetzt als Idee: Was willst du denn da unten. Lass es doch einfach sein. Nicht weit von hier, sagt er, eine Stunde vielleicht, da gibt es genug Arbeit. Ist schön dort. Gibt Berge und Talsperren. Und viele Fabriken. Und dann erzählt er noch mehr, von einem Kumpel von sich, der bei Soundso und Söhne arbeitet, die machen Teile für Autos, da kannst du dich beim Pförtner melden, und am nächsten Tag fängst du an, da verdienst du so viel wie auf dem Pütt, aber diese Scheiße hier bleibt dir erspart.

Und was ist beim nächsten Mal, fragt Barbara ab diesem Tag wieder und wieder, das Bein, der Kopf, alles? Und die Maloche nachts hört auf, denkt Jupp wieder und wieder. Kann ja eh schon nicht mehr vernünftig schlafen. Nach fünf Jahren Nachtschicht, erinnert er sich an die Worte eines alten Hauers, hast du keine Freunde mehr. Und nach zehn Jahren ist auch die Familie weg. Als er gerade wieder einigermaßen humpeln kann, da ist er noch krankgeschrieben, nehmen sie ihren VW-Käfer und fahren mal hin. Sie haben nur die Adresse der Firma Soundso und Söhne und Butterbrote und eine Thermoskanne mit Kaffee. Sie finden die Firma gleich, direkt am Wald, Jupp hinkt zum Pförtner, er läuft über das Gelände, es ist ein großer Betrieb mitten im Grünen, das gefällt ihm an sich. Er fragt nach, und sie sagen ihm: Natürlich gibt es Arbeit hier. Gibt es überall in Mündendorf. Aber komm erst wieder, wenn du nicht mehr humpelst. Jupp steigt zurück ins Auto und sagt zu Barbara: Gib mir mal einen Schluck Kaffee. Jetzt sag doch, was sie gesagt haben, sagt Barbara, und Jupp wartet, bis Barbara ihm den Kaffee gereicht hat, trinkt schlürfend seinen ersten Schluck und sagt: Magst du es hier? Und Barbara sagt: Ist schon schön. Und Jupp sagt: Dann ziehen wir bald um. Schicht im Schacht.

Das Glück vor dem ersten Ton. Ich darf zu den Abendproben des Blasorchesters der Musikschule. Ich spiele in der Großstadt im Ruhrgebiet. Mein Professor dirigiert, und er ist ein harter Hund. Sehr, sehr streng. Ich bewundere das Blasorchester. Es sind ehrgeizige Leute in meinem Alter, die Stücke sind schwierig, und man muss Woche für Woche perfekt vorbereitet sein und konzentriert proben. Immer wieder kommt die Euphorie, immer wieder kommt das Adrenalin: Ich bin in einer Großstadt im Ruhrgebiet, nicht mehr unter Kontrolle meiner Mutter, erwachsen geworden, ja, so fühle ich mich. Der Professor dirigiert und registriert genau, was ich richtig mache und was falsch. Ich bin dankbar, dass er es bei einigen strengen Blicken belässt und mich nicht vor versammelter Mannschaft zusammenstaucht.

In den ersten Wochen ist alles gut. Ich übe genug und lerne viel. Ich bemühe mich in den Unterrichtsstunden des Professors, ihm zu gefallen und mich nicht zu verplappern. Nenn mich nicht Herr Professor, sagt er in den ersten Wochen, mein Name reicht doch auch. Entschuldigen Sie bitte, sage ich. Jetzt entschuldige dich nicht auch noch dauernd, sagt er. Als ich irgendwann mal Jens Anderson erwähne und sage, dass ich gern mal so gut werden will, da lacht er kurz auf und sagt, da haben wir aber noch einige Jahrzehnte vor uns. Und ich lache mit und denke nicht zum ersten Mal:

Auch Ihnen werde ich es noch zeigen, aber zugleich spüre ich, merke ich, weiß ich wahrscheinlich schon: Es gibt keine Garantie, dass das alles klappt. Nach einigen Wochen werde ich nachlässiger: Ich übe nicht mehr so viel, weil es eben doch schwierig ist, die weite Strecke Woche für Woche nach der Schule, die Müdigkeit in den Knochen nach den langen Tagen, noch dazu die Proben mit dem Mündendorfer Musikzug, den ich nicht aufgeben will, den ich nicht aufgeben kann, weil es ungerecht wäre, dem Dirigenten und meinen Kolleginnen und Kollegen und natürlich auch meinem ehemaligen Lehrer gegenüber.

Wir spielen ein Quartett im Rahmen eines Sonntagskonzerts. Wir sind nur ein kleiner Teil eines größeren Programms, meinen Eltern habe ich von meinem ersten richtig großen Konzert erzählt. Da sitzen vielleicht fünfzehn Leute im Publikum, aber ich bin nervös, als wäre es eine ganze Konzerthalle, vor der wir auftreten. Die drei anderen Schüler des Professors tragen Anzug und schwarze, gut geputzte Schuhe, ich einen abgewetzten Pullover und meine Straßenschuhe. Hast du nicht zugehört? Hatte ich dir nicht gesagt, du sollst kommen, als würdest du in die Kirche gehen, faucht mich der Professor an, als er mich sieht. Ich schäme mich fürchterlich. Und traue mich nicht, ihm zu sagen, dass ich nun mal genau so in die Kirche gehe. Aber er sieht mir die Scham an, und es tut ihm auf der Stelle leid. Der Professor ist zwar streng, aber ein guter Kerl. Ist schon in Ordnung, Junge, sagt er und klopft mir auf die Schulter. Aber geübt hast du? Mir zittern die Finger, so aufgeregt bin ich, aber tatsächlich schaffe ich es, schaffen wir es. Ich spüre die Blicke des Publikums auf meinem alten dunklen Pullover. Aber das ist spätestens beim Applaus vergessen, und als wir danach noch einen Sekt trinken, bin ich froh, bin ich glücklich, wie befreit.

Bergfest. Meine Armbanduhr lügt mich nicht an. Ich feiere es mit einer Zigarette. Ich habe mehrere Stunden vor dem Fernseher gesessen mit meiner Mutter, wir haben geraucht und Soaps und Krimiserien geschaut. Und vor meiner Mutter sind sie alle gleich, die Heldinnen und Helden im TV. Der Kommissar sieht ihr zu fies aus. Sein Kollege hingegen muss ein netter Junge sein. Die Kellnerin in der Seifenoper findet sie unheimlich blöd, aber ihre Schwester ist ein armes Mädchen.

Zwischendurch klingelt immer wieder das Telefon und unterbricht die Kommentare meiner Mutter. Die Nummer meiner Eltern steht im Mündendorfer Telefonbuch, also fallen an manchen Abenden die Werbeanrufer förmlich über sie her. Und immer hat sie die richtige Reaktion parat: Umfrage zum Jahreseinkommensteuergesetz? Ich zahle keine Steuern. Aufgelegt. Ich habe eine Reise gewonnen? Man kriegt nicht einfach so was geschenkt. Weggedrückt. So ein Arschloch. Ich merke, dass ich bald gehen muss. Und sie merkt es auch. Spätestens, nachdem der Pflegedienst ihr jetzt die Tabletten verabreicht und ich weiß, dass sie ohnehin gleich müde werden und ins Bett gehen wird. Heute will ich nicht warten, bis sie schläft. Das ist doch Unsinn, sage ich mir. Was soll ich alle Aschenbecher auf Restglut kontrollieren, wenn ich das sonst doch auch nicht tun kann? Wieso sollte ausgerechnet jetzt was passieren, wenn es in meiner Abwesenheit viel wahrscheinlicher wäre? Weshalb hören diese Schleifen nicht auf, wenn ich hier bin? Ich muss dann mal so langsam, sage ich. Ist gut, sagt sie, war ja auch ein langer Tag. Ich bin erleichtert, dass sie diesmal gar nicht erst versucht, mich zu überreden. Sie weiß vermutlich, dass es aussichtslos wäre, und sie würde sowieso nicht verstehen, weshalb ich in diesem Haus, in unserem Haus, keine einzige Nacht mehr schlafen kann, ich verstehe es ja selbst kaum. Aber schließ schön die Tür ab, ja? Das mache ich auf jeden Fall. Bist du denn morgen noch hier? Aber sicher, sage ich, ich fahre doch erst übermorgen wieder weg. Dann sehen wir uns ja. Bringst du wieder Frühstück mit? Du bist doch in deiner Gruppe morgen. Ach, so ein Scheiß, sagt sie, muss ich denn da wirklich hin? Wenn du erst da bist, dann gefällt es dir wieder. Das glaube ich nicht, sagt sie, da sind ja nur alte Leute. Am Nachmittag sehen wir uns, sage ich, und dann machen wir was Schönes. Ach ja, wir wollen ja noch ausmisten. Aber morgen erst, sage ich. Schlaf schön, sagt meine Mutter, und pass schön auf. Du auch, sage ich. Bis morgen, sagt meine Mutter. Bis morgen, sage ich.

Es ist verdammt schwer, hier zu sein. Es ist verdammt schwer wegzugehen. Ich schaue in der Küche nach den Herdplatten, auch der Wasserkocher ist aus der Steckdose, und dann kontrolliere ich doch wieder wenigstens die Aschenbecher in der Küche, und dann ziehe ich die Haustür zu, ganz sachte, und dann schließe ich zweimal ab. Bergfest. Noch zwei Nächte, und dann nur noch eine.

An einem Frühsommerabend bekam ich den letzten Anruf von Hans Hartmann. Ich war überrascht, aber nicht so erstaunt wie im Winter zuvor, als er mich das erste Mal anrief. Nach meinem Besuch bei ihm hatte ich mir voller Enthusiasmus einige Bücher über den Bergbau besorgt und mich an allen möglichen Details festgelesen, ich war so euphorisch, dass ich ihm einen langen Brief schrieb, und als ich darauf keine Antwort bekam, schickte ich ihm noch eine Postkarte – aber auch auf diese Karte hin kam nichts zurück. Ich versuchte es mit Anrufen, aber er ging nicht ran. Einmal suchte ich sogar die Nummer der Rezeption heraus und fragte nach, ob er noch dort wohne. Ja, sagten sie mir, der ist natürlich noch hier. Vielleicht hatten wir wirklich damals alles gesagt, was es zu besprechen gab. Vielleicht war seine Mission damit erfüllt, dass er mich an all das erinnerte, was ich irgendwann mal wusste, aber nicht mehr wissen wollte oder konnte. Die Dinge eben, die zwischen Kindheit und Erwachsenwerden begraben worden waren, zu denen ich mir eine, wie sagt man, gesunde Distanz geschaffen hatte. Wie auch immer, jetzt rief er mich an, und er war, das hörte ich gleich, nicht gut dran: Ich dachte, du hast mich vergessen, sagte ich. War im Krankenhaus öfters, sagte er. Er räusperte sich unentwegt und machte längere Pausen beim Sprechen. Dein Brief ist angekommen, sagte er, deine Karte auch. Schön. Gut, dich zu hören, sagte ich. Ich wollte noch eine Sache mit dir besprechen, sagte er. Nur zu, sagte ich. Hast du nächste Woche Zeit, fragte er. Eventuell, sagte ich, ich kann es mir einrichten. Worum geht es denn? Kannst du reisen, fragte er. Kommt drauf an. Soll ich dich besuchen, fragte ich. Blödsinn, sagte er, und gleich hatte er ein schlechtes Gewissen wegen seiner Schroffheit, lass das mal sein, sagte er, mir geht es nicht mehr so gut. Aber wohin soll ich denn kommen, sagte ich. Steht alles da drin, sagte er. Wo denn, sagte ich, wo drin. Ich muss aufhören. Ich muss mich hinlegen. Ist gut, Hans, sagte ich und wollte noch einige Sätze anfügen, aber dazu kam ich nicht mehr, ich hörte, wie er lungenpfeifend und schwer atmend den Hörer langsam auflegte, dann war nur noch das Rauschen in der Leitung.

Zwei Tage später fügten sich alle Dinge zusammen. Plötzlich dachte ich daran, wie er zu mir gesagt hatte: Das ist keine Frage, das ist eine Feststellung. Plötzlich wusste ich, was er mit seinem Anruf bezweckt hatte, natürlich wusste ich nicht, warum gerade jetzt und warum nicht schon früher, natürlich dachte ich kurze Zeit daran, die Reise nicht zu machen, andererseits, wann bekommt man schon so eine Einladung? Zwei Tage nach Hartmanns Anruf kam jedenfalls ein Brief von seiner ehemaligen Zeche. Nach Rücksprache mit Herrn Hartmann, und so weiter, freuen wir uns über Ihr Interesse, und so weiter, haben wir von Ihrem Wunsch gehört, und so weiter, auf den Spuren Ihres Vaters, und so weiter. Die Details entnehmen Sie dem folgenden Ablaufplan. Bitte bestätigen Sie kurz, mit freundlichem Glückauf. Da stand es also. Ich musste nur noch zusagen. Neun Uhr: Eintreffen am Standort Schacht 10. Elf Uhr: Seilfahrt am Schacht 10 zur siebten Sohle. Fahrt mit dem Personenzug ins Abbaurevier 009, Flöz G2/F BH 522. Der Sauhund hatte ganze Arbeit geleistet.

Jupp schläft.
Es ist vier Uhr früh. Jupp liegt ruhig auf dem Rücken da, eine Hand auf seine Stirn gelegt, wie er es öfter im Schlaf macht. Auf dem Nachtschränkchen rechts neben sich steht der Wecker. Und links daneben liegt Barbara. Auch sie

schläft, und das ist in diesen Tagen die Ausnahme, denn sie ist hochschwanger, wacht zwischendurch oft von schlechten Träumen auf und kann dann nicht wieder einschlafen.

Eine Frühwinternacht. Ein Mittelreihenhaus in einer ruhigen Wohnsiedlung. Die Treppe gegenüber vom Haus führt an den Schrebergärten vorbei und direkt in den Wald. Draußen friert es jetzt das erste Mal in diesem Jahr, bald kommt der Schnee, reichlich früh. Immerhin, die Windschutzscheibe des Autos ist nicht zugefroren, ansonsten müsste Jupp leise fluchend das Eis wegkratzen und ein bisschen schneller fahren, um nicht zu spät zu kommen. Es ist jetzt schon fast ein Jahrzehnt her, da sind Jupp und Barbara nach Mündendorf gezogen. Jupp hat sofort eine Arbeit bei der Firma Soundso und Söhne gefunden, er malocht hart, von Montag bis Freitag steht er um vier Uhr dreißig auf. Sie ziehen zuerst in eine kleinere Wohnung, dann wird Barbara schwanger, und sie bekommen ihren ersten Sohn, dann ziehen sie in eine größere Einliegerwohnung am Rand der Stadt und am Rand vom Wald, ansonsten keine Nachbarn, doch ein großes Grundstück, wo Jupp nach Feierabend den Garten für die Villenbesitzer macht. Aber Barbara fühlt sich dort nicht wohl, es ist sehr einsam, und wenn die alten Besitzer nicht da sind, dann hört sie komische Gestalten ums Haus schleichen, wer weiß, wer sich da alles im Wald rumtreibt. Und Barbara wird wieder schwanger, und sie bekommen ihren zweiten Sohn. Irgendwann erwähnt Barbara nicht mehr, dass sie es nicht mag dort so allein am Rand vom Rand, Jupp weiß es ja sowieso, und nachdem er einige Wochen lang darüber nachgedacht hat, nur für sich, da spricht er es aus: Fehlt uns nicht noch was, sagt er irgendwann zu ihr, und sie versteht im ersten Moment nicht, was er meint.

Wir haben uns doch was vorgenommen, sagt er. Und sie sagt: Du bist ja verrückt. Das können wir uns doch gar nicht leisten. Und er sagt: Das kriegen wir schon irgendwie hin.

Jupp wacht auf. Kurz bevor der Wecker klingelt. Das hat er sich über die Jahre so angewöhnt, das kriegt er nicht mehr raus. Nach drei Wochen Urlaub würde er vielleicht einmal pro Woche nicht mitten in der Nacht aufwachen, aber drei Wochen Urlaub am Stück hat er selten. Er steht auf, geht ins Badezimmer und rasiert sich. Er zieht seine Jeanshose und einen Pullover an, draußen ist es kalt, und seine Arbeitssachen liegen in der Firma. Jetzt geht er leise die knackende Holztreppe nach unten, sie riecht noch neu und frisch, die gibt es ja erst seit einigen Wochen, überhaupt, sie wohnen gerade wenige Monate hier, er hat kein Gefühl mehr für die Zeit im Augenblick. Er schaltet das Radio ein, der Schlagersender, den hört er hier immer. Er nimmt die Plastikschale von seinem Bütterchen, das Barbara ihm abends immer schmiert. Er stellt die Kaffeemaschine an, packt seine auch schon am Abend vorher gemachte Butterdose in seine Ledertasche. Als der Kaffee durchgelaufen ist, isst er ohne großen Hunger sein Brot, aber er muss es essen, sonst klappt er zusammen.

Sie müssen nicht lange mit der Sparkasse verhandeln. Die Gelegenheit ist günstig. Ein bescheidenes Mittelreihenhaus mit Flachdach. Perfekt für eine Familie mit zwei oder drei Kindern. In ruhiger Lage, aber nicht weit ab vom Schuss. Als sie das erste Mal an ihrem zukünftigen Haus vorbeifahren, da ist da noch Bauland, da geht es gerade erst los. Die Häuser stehen schon nach kurzer Zeit, und doch wird es knapp: Barbara ist zum dritten Mal schwanger, der Umzug fest geplant, ein Aufschub vollkommen unmöglich, aber die Handwerker werden nicht rechtzeitig fertig, und so ziehen Barbara und Jupp mit ihren beiden Jungs in das Haus, in dem man nur über eine provisorische Treppe nach oben und unten kommt, in dem es in der ersten Zeit kein warmes Wasser gibt. Trotz der schwierigen Umstände, und obwohl die Räume in der ersten Zeit karg und kahl sind, einfach weil ihnen die Möbel fehlen und sie sich erst nach und nach alles zusammenbestellen, sind sie glücklich. Dafür machen sie das alles. Das ist jetzt also unser Haus.

Jupp setzt sich ins Auto und steckt sich am Zigaretten-anzünder eine an. Während der Fahrt hört er die Fünf-Uhr-Nachrichten. Die Welt ist bekloppt, denkt er, als er die Meldungen hört, hoffentlich halten der Ami und der Russe still. Es ist das Jahr 1982. Der Kalte Krieg ist noch nicht vorbei. Richtig schwer fällt es Jupp nie, morgens so früh aufzustehen. Er macht es eben, weil es gemacht werden muss. Und heute, das muss man dazu sagen, ist sein letzter Arbeitstag, vorerst. Er hat sich Urlaub genommen, denn wenn alles gut geht, soll bald ihr drittes Kind geboren werden. Dann ist zumindest der Termin. Er wird sich um die Jungs kümmern und den Haushalt machen, aber daran denkt er jetzt noch nicht. Er ist immer nervös gewesen bei den Geburten. Und das, obwohl er doch von sich sagen würde, dass ihn fast nichts nervös macht.

Sie müssen also erst nach Mündendorf kommen, um eine Familie zu gründen. Jupp wird später sagen, es war die beste Entscheidung, die sie treffen konnten. Er war immer gern Bergmann gewesen. Aber die Nachtschichten und sein kaputtes Knie, Barbaras ewige Sorgen, die irgendwann seine eigenen Sorgen wurden, und ja, auch der Druck von oben, das alles machte die Schufterei unter Tage nicht einfacher. Irgendwie wusste er damals, als sie ihn verletzt aus der Grube holten und ins Krankenhaus brachten, dass er nicht wieder auf dem Pütt anfangen würde. Er wusste allerdings da noch nichts von der Kleinstadt und von der Firma Soundso und Söhne und von seinen eigenen Söhnen, erst recht wusste er nichts vom Haus. Mittlerweile stellen Barbara und er sich vor, was sie im Frühjahr im Garten anbauen werden, einen Apfelbaum unten hinpflanzen, davor kommt ein Schuppen, darüber der Garten, und auf der kleinen Rasenfläche ist Platz für ein Planschbecken im Sommer oder für die Wäschespinne, je nachdem. Sie haben also alles geschafft, was sie sich vorgenommen hatten. Von Mündendorf haben sie zwar nicht geträumt, aber letztlich hat der Ort eben sie ausgesucht und nicht umgekehrt. So ist es jetzt eben. Was soll man das hinterfragen?

Jupp parkt sein Auto auf dem Gelände der Firma. Er fröstelt. Er ist froh, dass niemand gleichzeitig mit ihm ankommt. Das hat er immer noch nicht gerne: morgens viel zu reden. Überhaupt, das ganze dumme Gequatsche der Leute. Er ist froh, wenn er seine Ruhe hat. Das ist mit den Jahren nicht besser geworden, im Gegenteil. Immerhin, die Arbeit ist so laut, dass an eine Unterhaltung gar nicht zu denken ist. Er geht jetzt in die Umkleideräume, schiebt seine Tasche in den Spind und zieht sich um. Schutzbrille auf. Ohrschützer drauf. Spind abschließen. In die Halle gehen, die Kollegen grüßen, anfangen.

Barbara wacht gegen sechs Uhr auf. Das Kind in ihrem Bauch meldet sich mit Tritten. Du bist so eine Nervensäge, jetzt schon, denkt sie und muss lächeln. Ein Mädchen soll es werden. Haben sie ihnen gesagt. Das passt gut, drei Jungs wären genauso in Ordnung, aber so ein Mädchen fehlt noch. Die Jungs sind in diesen Tagen besonders lieb, beide gehen sie auf die Grundschule, der kleine Sohn ist im Sommer eingeschult worden, der große Bruder ist drei Jahre älter und wird bald schon die Schule wechseln. Die Zeit vergeht so schnell. Eigentlich hatten sie gar nicht noch ein Kind gewollt. Aber jetzt freut sie sich, so ein Nachzügler ist schon in Ordnung. Sie packt die Tornister für die Jungs und geht mit ihnen zum Bus. Sie bringt sie zur Schule und freut sich darüber, wie brav sie sind, wie wenig sie sich streiten. Danach geht sie noch kurz auf den Markt und kauft Eier und Gemüse, und dann merkt sie schon, dass sich da was tut, sie fährt mit dem nächsten Bus nach Hause und legt sich hin, zum Glück bringt die Kinder heute eine Bekannte von ihnen mit, zum Glück ist Jupp bald wieder da, es geht bald los, sie spürt es ganz genau.

Jupp arbeitet. Er steht an der Schmiedepresse, mit der schweren Zange in der Hand. Er schmiedet Pleuelstangen für verschiedene Automarken. In der Halle ist es unglaublich laut und unglaublich heiß, im Sommer wie im Winter. Es müssen immer drei Mann an der Maschine stehen. Einer schmiedet, einer presst, einer macht Pause. Die Abläufe sind immer gleich: Es kommt ein glühendes Stück, Jupp nimmt es mit der Zange, und dann wird es geschmiedet. Ein Mal wird vorgeschmiedet, dann wird es gedreht und auf den nächsten Block gelegt. Dann kommt der Hammer runter. Das Teil wird nachgeschmiedet, und dann ist es fertig. Jupp hat es seinen Söhnen, als sie nach seiner Arbeit

gefragt haben, mal so erklärt: Ein rundes Stück Stahl wird
platt geklopft, dann wird es abgekühlt, dann nimmt man es
aus der Box, legt es in die Presse, und das fertige Teil wird
ausgestanzt. Wie bei Plätzchenteig. Da hatten die Jungs
gelacht und gesagt: Wenn wir groß sind, werden wir auch
Schmiede. Überlegt euch das gut, hatte Jupp gedacht, Maloche ist Maloche. Und die schwere Schmiedezange, dieses
Sauding, geht auf die Gelenke.

Hoffentlich kommt Jupp bald nach Hause, denkt Barbara,
als sie endlich auf dem Sofa liegt. Natürlich hat sie Telefon-
nummern für den Fall der Fälle, sie hat sich jetzt das grüne Wählscheibentelefon aus der Durchreiche geholt, zum
Glück reicht das Kabel so weit, und es neben sich gestellt.
Ein Mädchen also. Einige Sachen haben sie schon gekauft.
Aber nicht zu viele, denn Barbara glaubt, dass das Unglück
bringt. Was die Jungs wohl sagen werden? Nicht so viel
dran denken, beruhigt sie sich, wird schon alles gut gehen.

Als Jupp Pause macht und seine Butterbrote isst, da wird er
noch unruhiger. Hätte er vielleicht jetzt schon Urlaub nehmen sollen? Barbara hat die Telefonnummer für den Fall
der Fälle, es klingelt dann hinten in dem kleinen Kabuff,
und dann wird man ihm Bescheid geben, und in weniger als
zehn Minuten ist er bei ihr. Nicht so viel dran denken, beruhigt er sich, wird schon alles gut gehen.

II

IM SCHACHT

Ich taumele mehr aus dem Hotel, als dass ich gehe. Meine Nacht war kurz. Am Morgen hätte ich mein T-Shirt auswringen können, so sehr hatte ich geschwitzt. Bis zur Zeche ist es eine Dreiviertelstunde mit dem Taxi, ich will nur aus dem Fenster schauen und auf die Landschaft. Ich muss Wasser trinken, Schluck für Schluck, ich muss mich konzentrieren, sonst stehe ich das alles nicht durch. Das Fieber wegschieben. Nichts davon sagen, sonst lassen sie mich nicht runter. Weißbus, steht auf einem Schild auf der Beifahrerseite. Das habe ich vorher schon gelesen: Es gibt Weißbusse, in die darf man nur in Straßenkleidung. Und dann gibt es Schwarzbusse, die bringen die Kumpels direkt nach der Schicht noch in voller Montur von A nach B. Du bist der zur Zeche, fragt der Fahrer. Ja, sage ich. Der Fahrer spricht Kölsch, obwohl wir im tiefsten Ruhrpott sind.

Kamst du aus Köln, sagt der Fahrer, als wir schon unterwegs sind zur Autobahn, bist du nach Krupp gegangen oder auf den Pütt. Brauchtest nur den Hauptschulabschluss. Mein Bruder ist unter Tage, ich bin oben geblieben. Auf Anthrazit. Ibbenbüren, kennst du doch. Ich war im Büro für die Laufkundschaft zuständig. Die LKW-Fahrer aus Benelux und Frankreich sind zu mir und haben sich die

Kohle direkt abgeholt. Ich muss nicht viel reden, er erzählt mir sein Leben. Er vertraut es mir an. Ich bin gerührt, jetzt schon, aber vielleicht kommt das vom Fieber. Hoffentlich stecke ich den Fahrer nicht an.

Er erzählt mir von seinem Berufsleben: eine Tour durchs gesamte westfälische Steinkohlerevier. Erst langsam in Richtung Norden, dann wieder zurück in den Süden. Schließt eine Zeche, geht man zur nächsten. Bis irgendwann keine mehr übrig ist. Die Zeche, zu der wir fahren, ist für die Kumpel im Ruhrpott die letzte Station. Und bald ist endgültig Schicht im Schacht. Wäre mein Vater noch am Leben, hätte er die Maloche unter Tage länger durchgezogen, dann wäre er jetzt natürlich längst in Rente. Ob er noch Kontakt zu seinen Kollegen hätte? Ob er jetzt vielleicht mitkommen würde, um noch einmal zu sehen, wie es da unten ist? Würden sie ihn überhaupt noch einfahren lassen, in seinem Alter? Wahrscheinlich nicht.

Wir nehmen die Autobahn. Unmöglich, ohne eigenes Auto zur Zeche zu gelangen. Oder nur mit sehr komplizierten Umstiegen und Fußwegen, zu denen ich heute nicht in der Lage bin. Zwischen dem Fahrer und mir auf der Vorderbank liegen eine Plastikschale mit Salatresten und aufgerissene Obstpackungen. Willst du vielleicht einen Plattpfirsich, fragt er. Danke, sage ich, das ist nett, aber gerade nicht. Mir ist flau, ich schwitze vor mich hin und will nicht, dass er was merkt. Mittwoch ist Obsttag, sagt er. Mittwochs fahre ich zum Großhandel, mittwochs kaufe ich Früchte für die Jungs. Ich vergesse zu fragen, ob die Jungs seine Kollegen vom Fahrdienst und aus dem Büro sind oder die noch übrigen Bergleute. Wie viel Obst passt in so einen Kleintransporter? Und wie viel in einen Bergmann? Malo-

chen macht hungrig. Sechs Stunden auf dem Trimmr
der Sauna, so ist so eine Schicht unter Tage, sagt der Fau.
rer. Bergleute brauchen 7000 bis 8000 Kalorien täglich. Mit
Plattpfirsichen kriegt man das nicht hin.

Die letzten Kilometer fahren wir durch ländliches Ge-
biet. Felder, einige Häuser hier und da, eine Hundeschu-
le, die Heide. Unter uns, stelle ich mir vor, werde ich bald
sein. Da ist jetzt schon die Frühschicht und schuftet. Könnte mein Vater jetzt schon sein, einige Jahrzehnte früher, andere Zeit, gleicher Ort.

Meine Eltern kommen von hier, sage ich zum Fahrer.
Mein Vater war auch Bergmann. Erst als Kohlenhauer,
dann hat er die Zeche gewechselt und war im Querschlag.
Woher kommt er, fragt der Fahrer, Bochum, sage ich. War
auf Robert Müser. Viel mehr weiß ich nicht.

Ehrlich gesagt, und das sage ich dem Fahrer nicht, verstehe ich immer noch nicht, was das eigentlich heißt, Querschlag. Hartmann hat es mir erklärt, mit allen Mitteln. Und
ich habe genickt, wie ich so oft genickt habe, als er mir
immer mehr Schaubilder, kopierte Buchseiten und Fotos
zeigte. Ich habe Lexikoneinträge gelesen, mir technische
Zeichnungen angesehen, selbst Skizzen gemacht, aber es
hilft nichts. Dieser Teil des Lebens meines Vaters bleibt ein
einziges Fremdwort für mich, sosehr ich mich auch bemühe, seine Arbeit unter Tage zu verstehen. Alles zu abstrakt,
um ein Bild zu entwickeln, das ich seit Jahren suche: ein
Kerl namens Jupp als junger Mann unter Tage, mit Hoffnungen und Wünschen und Ideen, meist ruhig, manchmal
jähzornig, so oder so, Jahrzehnte von dem Typen entfernt,
den ich als meinen Vater kennengelernt habe und nur als
das. Auf dem Zechengelände, Schacht 10, übergibt mich der

Fahrer in die Obhut meines Betreuers. Michael. Ich bin übrigens auch Michael, sagt der Fahrer zum Abschied.

Glück auf, ruft er. Und ich rufe, bis bald, ich kann den
Gruß nicht erwidern, ich kann es einfach nicht.

Hier heißt übrigens jeder Zweite so, sagt Michael später
in der Lampenstube. Ruft unten einer nach Michael, drehen
sich zehn Mann um.

Oder keiner, sagt der Aufsichtshauer, der an seinem frei-
en Tag mitkommt, auch er heißt Michael. Oder träume ich
das, bilde ich mir das ein, hat das Fieber da schon von mir
Besitz ergriffen, stimmen womöglich auch die folgenden
Erlebnisse nicht? War ich wirklich jemals da unten, frage
ich mich später, als ich wieder gesund bin. Das Stück Kohle
in meiner Hand ist der Beweis, abgebürstet und dann mit
Klarlack konserviert: Ich muss doch dort gewesen sein.

Alle sind etwa eine Generation. Ende der Sechziger, Anfang der Siebziger geboren. Groß geworden, als man so gerade noch an die Steinkohle glaubte, als die Hochzeit zwar
schon vorbei war, aber als es noch hieß: Wir fördern noch
hundert Jahre. Mindestens. Dieser Michael arbeitet erst seit
kurzer Zeit in der Öffentlichkeitsarbeit. Um fiebrige Gesichter wie meines vor sich zu haben. Vorher war er dreißig Jahre lang Bergmann. Er stammt aus einer Bergbausied-
lung in einer Stadt, die achtzig Kilometer entfernt ist, schon
sein Vater und dessen Vater waren Kumpel. Sein Vater wollte etwas Besseres für seinen jüngsten Sohn: Er sollte Arzt
werden. Weiß, nicht schwarz. Nach der Mittleren Reife
aber fing auch Michael unter Tage an, wie die meisten seiner Klassenkameraden. Zwei Jahrzehnte lang knüppelte er
auf seiner Heimatzeche, da war vor einigen Jahren Schluss.
Zuletzt war er Steiger auf einer anderen Zeche, bis auch die

dichtmachte. Jetzt fährt er jeden Tag mit dem Auto die achtzig Kilometer hin und die achtzig Kilometer zurück. Und Ende nächsten Jahres, dann ist auch damit Schluss. Dann geht er in den Vorruhestand, ob er will oder nicht. Dann ist er neunundvierzig Jahre alt. Hätte ich auch nur eine einzige Schicht durchgehalten? Hätte das auch mein Leben sein können? Kohlen statt Marschmusik?

Wer in die Grube fährt, muss sein altes Ich über Tage zurücklassen. Auf jeden Fall seine alten Klamotten. Welche Größe haben Sie, fragt der Kauenwärter. 54, sage ich. Er taxiert mich. Nein, nein, nein, höchstens 52. Dann verschwindet er, um die Grubengarnitur für mich zu holen. Die private Kleidung kommt vor Schichtbeginn in der Weißkaue an den Püngelhaken. Die Arbeitskleidung kommt nach Schichtende in der Schwarzkaue an den Püngelhaken. Das Wäschebündel der Bergleute heißt Püngel.

Ich kenne die Worte, ich kann sie aussprechen und aufschreiben, aber eine Bedeutung haben sie nicht für mich. Noch nicht. Ohne jeden Zweifel bin ich ein Bergfremder. Was würde mein Vater sagen, wenn er mich jetzt so sehen könnte? Wie unbeholfen ich bin mit meinem Bündel Sachen auf dem Arm, wie ich nicht weiß, was wie herum und was zuerst. Wahrscheinlich würde mein Vater lächeln und den Kopf schütteln, mehr nicht. Auf dem Pütt duzt man einander. Ich werde von fast allen hier gesiezt. Ein nackter Mann geht vor mir gemächlich über den Flur zwischen Schwarz- und Weißkaue. Bergleute buckeln sich, sie waschen einander unter der Dusche den Kohlenstaub vom Rücken, das habe ich auch irgendwo gelesen. Auf dem Pütt sind alle gleich, und niemand ist allein. So klingt die Folklore.

Mit meinem Püngel im Arm folge ich dem Kauenwärter in die Besucherkaue. Alles ausziehen, sagt er, und dann alles anziehen. Alles, das sind im zweiten Fall Unterhose, Unterhemd und Socken aus grober Wolle. Ein Hemd, eine Hose, eine Jacke, ein Halstuch. Ein Gürtel aus transparentem Kunststoff. Kauenlatschen. Ich setze auch schon die Schutzbrille auf, zur Sicherheit, nur die Handschuhe stecke ich in die Jackentasche. Fast alles hier ist gräulich, bräunlich, bis hin zum frischen graubraunen Handtuch, das in der Dusche meiner Umkleidekabine hängt, doch es gibt auch farbliche Kapriolen: Das Grubenhemd ist dunkelblau mit feinen weißen Streifen, die Grubengrobrippunterwäsche taubenblau, und die Kauenlatschen leuchten Mintgrün. Ich lege meine Armbanduhr ab und schließe sie mit den anderen potentiellen Zündquellen, einem Feuerzeug und meinem Mobiltelefon, im Spind ein. Unter Tage kann alles lebensgefährlich sein, was mit Batterien betrieben wird, sich elektrostatisch aufladen und Funken schlagen kann, auch die Synthetikfasern meiner Alltagskleidung. Mit den Schlagwettern, dieser bösen Mischung aus Luft und brennbaren Gasen, die der Berg ständig freisetzt, sollte man sich nicht anlegen. Ein einziger Funke genügt, und alles fliegt einem um die Ohren. Vereinfacht gesagt.

Meine Güte, denke ich beim Wechseln der Klamotten, ich muss noch so viel lernen. Bergmannsblut hin oder her. Ich könnte es auf mein Fieber schieben, aber das wäre zu einfach. Ich bin nicht für diese Arbeit gemacht, das fängt schon beim Umziehen an. Das Hemd in die Hose, sagt der Kauenwart, und wo haben Sie Ihren Gürtel? Bevor wir die Besucherkaue endlich verlassen, fragt er in ernstem Ton: Müssen Sie noch einmal pinkeln?

Ich werde wieder an Michael übergeben. Ich bekomme einen weißen Besucherhelm und Arbeitsstiefel und Schienbeinschoner und zwei halbe Liter Wasser. Draußen ist es gerade warm, in der Grube aber noch viel wärmer. Und in mir: kocht es schon. Fühlst du dich wohl, fragt er mich, während ich mir die Flaschen in die Jackeninnentasche stecke, unter Tage trägst du alles am Mann, am Körper, jetzt nichts vom Fieber schwafeln, ja, sage ich, ich bin nur aufgeregt.

Michael sieht einen Augenblick zu, wie ich mit den Schnürsenkeln und meinen zittrigen Fingern kämpfe, dann kniet er sich vor mich hin und schnürt mir die klobigen Stiefel. Wie ein Vater seinem unbeholfenen Jungen.

In der Lampenstube kriege ich einen Ledergürtel, CO-Filter auf der einen, Akku der Kopflampe auf der anderen Seite. Der Gürtel wiegt schwer, das Kabel der Lampe wird mir unter dem linken Arm hindurch um den Hals geschlungen. Ich fühle mich wie ein Westernheld mit Pistolengürtel, der für einen Fernsehauftritt verkabelt wird. Um ums herum die routinierten und müden Gesichter der Mittagsschicht, die mit uns anfahren wird, manche der Männer gehen noch schnell vor die Tür und rauchen eine letzte Zigarette, drinnen geht das nicht mehr, manche schauen mich freundlich an, sie werden wissen, sie werden sehen, dass es das erste Mal ist, dass ich in diesen Klamotten stecke. Und dann stehe ich da mit Michael, dem Betreuer, und Michael, dem Aufsichtshauer, oder umgekehrt, und warte auf die Einfahrt. Alle drei haben wir weiße Helme auf, während die Vorbeikommenden, Glück auf, Glück auf, zum Großteil gelbe Helme tragen. Die Helmfarben zeigen die Hierarchie unter Tage an und im Notfall die Zuständigkeit. Hauer haben gelbe Helme, Schlosser und Elektriker blaue, Steiger, Aufsichtshauer und Besucher weiße. Wer einen weißen Helm trägt, sagt Michael zu mir, hat unter Tage eine Aufsichtsfunktion.

Michael hängt ein dreieckiger, blankgewetzter Lappen über dem Hosenboden. Das Arschleder. Ich dachte, es sei mit den Geschichten der Großväter, spätestens mit den Erzählungen von deren Söhnen, endgültig verschwunden. Doch da ist es, unbestreitbar, in all seiner archaischen Anmut. Im Mittelalter fuhren Bergleute auf dem Leder in die Grube ein. Es war, so wie Schlägel und Eisen, ein Markenzeichen der Bergleute. Heute dient es noch immer dem Schutz vor Kälte und Nässe beim Sitzen. Und es hat, lese ich später, weil es mir keine Ruhe lässt, weil ich es ganz genau wissen will, eine eigene Nummer des Deutschen Instituts für Normung: DIN 23 307 Gesäßleder für den Bergbau (Arschleder), zwischen DIN 23 301 Sicherheitsschuhe für den Bergbau unter Tage und DIN 23 311 Knieschützer für den Bergbau, Teil 1 aus Gummi, Teil 2 aus Kunststoff.

Ein Kumpel bleibt bei uns stehen. Glück auf, Glück auf. Ich frage nicht nach, wie er heißt, ich kann es mir ja denken. Warst du heute dabei, fragt Michael, in der Frühschicht. Oh ja, das war ich, sagt der Kumpel, wir haben sie zu viert im Schleifkorb den Berg raufgehievt.

Ich habe schon davon gehört: Eine Besucherin hatte einen Schwächeanfall. Im Streb, am Abbau. Wo es am heißesten, am stickigsten, am lautesten ist. Mehrere Hauer mussten ihre Arbeit unterbrechen und die Ohnmächtige im Schleifkorb den steilen Aufstieg hinaufziehen. Leichter Panikanflug: Werden sie sich auch an mir abschleppen müssen? Mit Fieber ohnmächtig geworden, umgefallen, zack, Schleifkorn?

Die erste Runde Schnupftabak wird geschmissen. Willst du 'ne Prise? Ich lehne dankend ab. Dann ertönt das Signal. Der Korb ist da. Die einen fahren aus, schwarzverschmiert und müde, Glück auf, Glück auf, das Piepsen der Stempelkarten, Glück auf, Glück auf, und wir fahren ein.

Ich habe alte Darstellungen gesehen, französische Holzstiche vom Ende des 19. Jahrhunderts. Die historische Seilfahrt. Bergmänner, die in Fässern, an Seilen oder Ketten in die Tiefe hinabgelassen werden. Unfälle beim Einfahren: zusammenstoßende Fahrkörbe, ins Nichts stürzende Männer. Das ist die Vergangenheit. Das sind Geschichten, die mir mein Vater erzählt hat, wenn er samstags in der Küche saß – und auch für ihn war das schon Folklore aus alten Zeiten.

Ich stelle mich dicht neben Michael.

Wir nehmen schnell Fahrt auf, sagt er, zwölf Meter pro Sekunde, kriegt man schon mal ein bisschen Druck auf die Ohren. Wie beim Fliegen. Paarmal schlucken, dann ist gut.

Ein Signal, und es geht abwärts, scheppernd, bebend und rasend schnell.

Ganz schön windig, sage ich, und Michael schüttelt den Kopf.

Hier gibt es keinen Wind. Hier gibt es nur Wetter.

Davon hatte ich doch schon gehört. Wie kann ich nur was von Wind erzählen. Uralte Poesie der Bergsprache. Die nach wie vor gebräuchlich ist. Den Wettern kommt, ich weiß es ja schon, Hartmann hat es mir doch eigentlich lange genug eingebläut, eine besondere Bedeutung zu, sie entscheiden unter Tage im Zweifelsfall über Leben und Tod. Schlagwetter, eine explosionsfähige Mischung aus Luft und Grubengas, meist Methan. Böse Wetter, ein giftiges Luft-

;-Gemisch, das Kohlenmonoxid, Schwefelwasserstoff und Stickoxide enthält und nach wenigen Atemzügen tötet. Matte Wetter, verbrauchte Luft, sauerstoffarm und reich an Kohlenmonoxid, in denen man ersticken kann. Oder Schleichwetter, kleine, unberechenbare Wetterströme, die durch das zerklüftete Gebirge streichen und gefährlich werden können.

Der Arbeitsalltag früherer Generationen ist wie konserviert in der Bergsprache. Geleucht, die Bergmannslampe. Ein Bergmann ohne Licht ist ein armer Wicht. Gezähe, das Werkzeug des Bergmanns. Alter Mann, der ausgebeutete, verlassene Teil einer Lagerstätte, nutzlos wie ein alter Mann. Oder die Kunst, die allerdings im Laufe der Zeit unter Tage ausgestorben ist. Kunst, so nannte man früher die Maschinen im Bergbau, und wer sie baute und wartete, war Kunstknecht, wenn nicht Kunstmeister. Mit der Wasserkunst hob man das Wasser aus der Grube. Die Fahrkunst diente der horizontalen Personenbeförderung.

Wir halten an. Die Eisengitter werden geöffnet, und wir steigen aus. Mein erster Moment unter Tage. Die Schritte der Männer vor mir hallen auf den Metallstufen. Ich sehe mich um, vorsichtig, um in den ungewohnt wuchtigen Stiefeln ja nicht zu stolpern, und bin fast enttäuscht. Der Füllort. Hohe Decke, Stahltreppe, künstliche Beleuchtung. Man sieht nicht, wo wir hier sind. Genauso gut könnten wir uns auch durch eine große Fabrikhalle bewegen. Bis wir an den ersten Tunnelwänden vorbeikommen. Trotzdem, der Raum unter Tage ist viel weiter und heller, als ich gedacht hätte. Wie ein fensterloser Dom, nicht wie ein enger Tunnel.

Ich versuche, mir meinen Vater hier vorzustellen. Als einerseits noch nicht alles so hochtechnisiert war, aber als man andererseits schon lange nicht mehr mit archaischem Werkzeug hantieren musste. Mein Vater in der grauen Grubenkluft, mit einem gelben Helm auf dem Kopf. Im Tross mit anderen schweren, schweigsamen Männern. Das Bild, das vor meinem inneren Auge entsteht, ist ausgeblichen und unscharf, der junge Mann, den ich von den alten Fotos meines Vaters kenne, ungelenk hineinmontiert.

In jedem Film, der unter Tage spielt, sagt Michael, fällt den Bergleuten ständig was auf die Rübe. Staub. Steinchen. Wassertropfen. Sonst was. In Wirklichkeit passiert das nie. Darf es auch gar nicht. Aber in den Filmen die ganze Zeit.

Die ersten Minuten blicke ich mich jedesmal nervös um, bevor ich von dem metallenen Bodengitter trete, das immer tiefer in den Berg hineinführt. Dieser Bereich ist als Fahrweg markiert, und ich möchte keinem dieser Fahrzeuge in die Quere kommen. Doch hier fahren keine Fahrzeuge, sondern die Bergleute. Ein Bergmann geht nicht. Ein Bergmann fährt, auch zu Fuß. Wie ein Ballonfahrer, sagt Michael, der fliegt ja schließlich auch nicht durch die Gegend.

Wir kommen an einem merkwürdigen Fahrrad vorbei. Irgendwas stimmt nicht damit. Es sieht aus wie die Kinderzeichnung eines Fahrrads. Schienenfahrrad, sagt Michael. Wird heute noch benutzt. Früher hat der Hauer gern zum neuen Lehrhauer gesagt: Auf dem Hinweg nehme ich dich mit, zurück fährst du mich, einverstanden? Der Lehrhauer hat sich gefreut. Wie nett vom Hauer. Bis er dann kapiert hat: Hin geht es die ganze Zeit bergab. Und zurück nur bergauf. Und wieder habe ich meinen Vater vor Augen, wie er leise vor sich hin flucht, weil er sich für einen faulen Kerl nach Schichtende abstrampeln muss.

Das Grubengebäude ist eine Stadt unter der Stadt. Eine vollkommen andere Welt. Mit hydraulisch betriebenen Hängebahnen, den Dieselkatzen, die über den Köpfen der Bergleute entlanggleiten. Und mit einem eigenen Bahnhof. Wir fahren eine halbe Stunde mit dem Personenzug, in einem der Waggons gleich hinter der Lok, die unbeliebt sind wegen des Dieselgestanks. In den Wagen passen vier Mann, meine Knie berühren Michaels Knie. Er bietet dem anderen Michael und mir Schnupftabak an. Ich lehne dankend ab. Danke, sagt Michael, bin versorgt. Die Fahrt ist laut und unruhig. Bei jedem Schlag zucke ich zusammen, denke, jetzt springt der Zug aus den Schienen. Ganz ruhig, sagt Michael. Man gewöhnt sich dran. Nach der Schicht kann man hier prima schlafen. Auch an die Temperaturen unter Tage gewöhnt man sich nach kurzer Zeit: Der Körper steigert seine Schweißproduktion dramatisch. In einer Acht-Stunden-Schicht muss man praktisch nie pinkeln, alles, was man trinkt, schwitzt man gleich wieder aus. Das ist in mehrerlei Hinsicht praktisch. Unter Tage gibt es keine Toiletten. Aber es gibt dunkle Ecken, sagt Michael, geht schon, im Notfall.

Den letzten Kilometer zum Abbau legen wir zu Fuß zurück. Es geht bergab, ich habe Angst zu fallen, Angst, mich zu blamieren, Angst, auch im Schleifkorb zu landen wie die Besucherin am Vormittag, aber ich stürze nicht. Ich stolpere nicht einmal. Mein Körper hat selbst das Fieber vergessen. Wir dringen tiefer und tiefer in den Berg vor, es wird immer schwüler, der Geruch intensiver, ich schwitze und schwitze. Über uns dröhnen die Grubenlüfter. Die Wetter wehen spürbar durch die Richtstrecke. Meine Haare unter dem Helm sind nass, Schweiß rinnt mir durchs Gesicht und über den Körper. Wie gern würde ich wenigstens die Schutzbrille absetzen. Kurz den Helm anheben. Michael, das sehe ich jetzt, trägt nur sein Unterhemd unter der Jacke. Unterhemd und lässig geknotetes Halstuch.

Über uns, sagt er, die weißen Tröge an der Decke, das sind Explosionssperren. Mit Löschwasser gefüllte Wannen. Explosionen unter Tage sind viel heftiger als über Tage. Hier unten ist überall Grubengas und Kohlenstaub in der Luft. Nahrung für die Explosion. So pflanzt sie sich immer weiter fort und kann das gesamte Bergwerk in Schutt und Asche legen. Die Sperren sollen den Prozess aufhalten. Werden durch die Druckwelle umgerissen und versprühen Wasserschleier. Haben wir aber noch nie ausprobieren müssen. Ich starre vielleicht eine Sekunde zu lang ängstlich auf den Boden, Michael sieht es, und gleich beruhigt er mich: Gibt nirgendwo sicherere Arbeitsplätze als bei uns. Die Unfallzahlen sind die niedrigsten im ganzen Industriesektor. Kannst du mir ruhig glauben, sagt Michael, das denk ich mir nicht für dich aus. Fakten, die den letzten Rest wegschieben: Nichts wird passieren. Kann ja gar nicht. Das letzte tödliche Grubenunglück im Ruhrgebiet war eine Kohlenstaubexplosion am 15. April 1992 auf Flöz Sonnenschein im Bergwerk Haus Aden, Schacht Grimberg 3/4. Sechs Bergleute waren auf der Stelle tot, ein siebter erlag später im Krankenhaus seinen schweren Verbrennungen.

Bevor wir den Abbau erreichen, müssen wir uns die festen Arbeitshandschuhe überstreifen. Nein, andersrum, sagt Michael, mit der blauen Seite nach unten. Ich bin dankbar, dass niemand lacht. Wir schalten die Kopflampen ein. Und dann sind wir im Streb. Am Flöz. Schlängeln uns geduckt unter dem Schildausbau entlang, der uns das Hangende vom Leib hält. Ich stoße mit dem Kopf gegen tiefhängende, armdicke Kabel und habe Mühe, über vor mir aufragende Hindernisse zu klettern, ohne dabei den ganzen Betrieb aufzuhalten. Ein Bergmann überholt mich leichtfüßig und ist verschwunden. Endlich bleibt Michael stehen, die Hände in die Hüften gestemmt, Blick in die Ferne. Der Panzerförderer vor uns, der sonst die Kohle abtransportiert, steht still, der Walzenschrämlader verharrt reglos irgendwo außerhalb unseres Blickfelds. Es ist heiß und stickig, aber relativ ruhig, solange die Arbeit ruht. Gelegentliche Lautsprecherdurchsagen, die Michael gelegentlich über ein Funkgerät beantwortet. Der seidige Schimmer des freigelegten Flözes im künstlichen Licht. Michaels Miene. Man sieht: Hier kennt er sich nicht nur aus. Hier gehört er hin. Zwei Wochen halte ich es zu Hause aus. Im Urlaub oder so. Mal die Küche renovieren, aber dann reicht es auch. Man guckt schon öfters aus dem Fenster und denkt sich: Warum ist es da draußen denn schon wieder hell? Nach zwei Wochen muss ich wieder unter Tage. Dann sagt auch meine Frau: Sieh zu, dass du wegkommst, ich kann dich hier nicht brauchen.

Und jetzt erinnere ich mich, wie ich das auch mal meinen Vater fragte: Hast du das wirklich gern gemacht? Da unten malochen, kein Licht, kein Platz? Was heißt gern, hatte mein Vater gesagt, hätte schlimmer sein können. Und ich wusste ja, wofür. Aber was ist unter Tage anders, kann ich meinen Vater nicht mehr fragen, frage ich jetzt Michael, was magst du hier so?

Es ist ruhiger. Nichts lenkt einen ab.

Und der Dreck, der Höllenlärm, die Bullenhitze?

Man gewöhnt sich dran.

Der Aufsichtshauer Michael mischt sich ein. Der Rückweg ist hart. Nach der Schicht. Einen Kilometer bergauf, wenn man fix und alle ist. Im Winter zieht es auch noch eiskalt durch die Wetterschächte. Vor Ort ist es heiß, 28 Grad, gefühlt mehr als 30, aber oben unter null. Wenn man dann verschwitzt auf den Zug wartet oder auf die Seilfahrt, dann friert man schon. Muss man gucken, dass man sich nicht erkältet. Aber nach einer heißen Dusche geht das auch wieder. Bergleute, sagt er, sind hart im Nehmen.

Wenn im tiefsten Winter das Warmwasser ausfällt, sagt Michael, das ist grausam. Eine kalte Dusche ist das Allerschlimmste. Hab ich einmal gehabt, brauche ich nicht wieder.

Eine Lautsprecherdurchsage, ein Signal, und der Panzerförderer läuft an. Der Walzenschrämlader beginnt zu schrämen: Er schneidet eine horizontale Kerbe in den Flöz. Der Lärm ist ohrenbetäubend. Michael liest an einer Digitalanzeige ab, wie weit die Maschine noch von uns entfernt ist. Gleich können wir ihn sehen, sagt er. Und dann taucht er auf, der Walzenschrämlader. Fährt langsam durch den Streb auf uns zu. Ein Ungetüm mit zwei mannshohen, rotierenden Walzen in einer Wolke aus Sprühwasser. Die messerscharfen Zähne der Schneidwalze fressen sich in den Flöz, während die nacheilende Walze das Gestein darunter herausbricht. Tonnenschwere Stücke Rohkohle krachen auf den Panzerförderer. Zwei Männer mit Steuergeräten in der Hand begleiten den Walzenschrämlader jenseits des Panzerförderers, schwarz glänzend von Nässe und Kohlenstaub. Geh mal ein Stück, brüllt mir Michael ins Ohr, die brauchen Platz.

Hinter der Maschine machen die hydraulischen Ausbauschilde, die das Hangende stützen, selbsttätig einen Schritt nach vorn. Ich erinnere mich an die Geschichte, die Michael erzählt hat. Ein Kollege kannte sich nicht aus mit den automatischen Schilden. Der ist mit dem Fuß druntergeraten. Die Ärzte konnten den Fuß retten, früher wäre der amputiert worden, aber arbeiten kann der Mann jetzt natürlich nicht mehr.

Michael haut mir auf die Schulter, ich bleibe stehen und drehe mich um. Reicht schon, ruft er, wir sind ja nicht auf der Flucht. Der Walzenschrämlader schreitet weit hinter uns voran. In einigen Metern Entfernung unterhält sich Michael mit einem schwarz lackierten Kumpel. Nur die Augen blitzen weiß hinter der Schutzbrille, und wenn er lacht, die Zähne.

Unfassbar, rufe ich. Wenn du das unfassbar findest, dann komm doch mal wieder, wenn wir mit dem Kohlenhobel loslegen, ruft Michael.

Für den Hobelbetrieb kriegst du nicht nur Schienbeinschoner, da kriegst du auch Knieschoner. Im Streb kommst du an manchen Stellen nur auf allen vieren voran. Da merkst du wirklich, was es heißt, Bergmann zu sein. Und ganz kurz ist es mein Vater, der hier steht und diesen Satz zu mir sagt. Das Gesicht schwarz, nur das Funkeln seiner Augen. Jetzt weiß auch ich, wofür ich das alles mache.

Michael meldet uns über eines der Funkgeräte ab, und wir verlassen den Streb. Wir stapfen die Steigung hinauf. Mittlerweile sind auch meine Füße in den grob gestrickten Wollsocken nass. Wir setzen uns an einen Holztisch. Ich muss mich ausruhen. Michael bestellt telefonisch von hier unten Currywurst und Pommes für uns in der Kantine.

Für dich auch was, fragt er Michael, oder isst du zu Hause?

Ich esse zu Hause, sagt Michael.

Hier gibt es nicht nur ein Grubentelefon, hier gibt es auch einen schlagwettergeschützten Computer. Gehäuse und Tastatur sind aus Metall. Kannst ruhig den Helm ein bisschen lüften, sagt Michael, bist ja fertig wie ein Brötchen. Trink mal einen Schluck. Beide meiner Flaschen sind leer, also gibt er mir etwas von seinem Wasser ab. Es dauert noch eine halbe Stunde, bis der Zug abfährt in Richtung Schacht. Wir setzen uns auf eine Bank an den Gleisen. Hier wehen angenehm kühle Wetter. Wie findest du es bei uns hier unten, fragt Michael. Schön, oder. Ohne dass ich es gemerkt hätte, sind wir zum Du übergegangen.

Meine Eltern kommen von hier, sage ich. Mein Vater war Bergmann. Auf Robert Müser. Erst Kohlenhauer und dann im Streckenvortrieb, im Querschlag.

Wann war das, fragt Michael. In den Sechzigern, sage ich. Ich will endlich wissen, wie das war. Nur dann weiß ich, wer er war. Versteht man das? Unheimlich schwer, sich da reinzuversetzen. Wie das so war, vor fünfzig Jahren unter Tage. War auch vor meiner Zeit, sagt Michael. Da müsste man einen alten Bergmann auftreiben, der ein bisschen was erzählt. Aber von denen sind viele schon weg vom Fenster. Ich frage nach Hans Hartmann. Schulterzucken. Hans kommt direkt auf Platz zwei oder drei nach Michael. Könnten also viele alte Hanse gewesen sein.

Weg vom Fenster. Auch so ein Bergmannsausdruck. Alte Kumpel mit kaputter Lunge hingen den ganzen Tag auf einem Kissen im offenen Fenster, weil sie nicht genug Luft bekamen. Und irgendwann waren sie dann weg vom Fenster. Bergleute, die heute in den Vorruhestand gehen, müssen keine Angst mehr haben, eine Quarzstaublunge zu bekommen. Die Silikose als Berufskrankheit ist mit ihren Vätern und Großvätern ausgestorben. Michael, erzählt er mir jetzt, kommt aus keiner Bergarbeiterfamilie. Seine Eltern waren Köche. Nach der Schule hat er sich unter Tage umgesehen. Es hat ihm gut gefallen. Und dann hat er auf der Zeche angefangen. Hab's keinen Tag bereut, sagt er.

Passiert ist dir hier noch nie was, frage ich. Ist ja nicht ohne. Ich blicke verstohlen auf seine Hände. Bis auf einen fehlenden Finger gleichen sie den Händen meines Vaters. Groß, kräftig, plump. Werkzeugfortsätze. Nie, sagt er, in dreißig Jahren nicht. Kann immer was passieren, klar. Man sollte Respekt haben, aber Angst, nein, Angst nicht.

Respekt vor den Maschinen oder vor, ich suche nach dem richtigen Wort. Oder vor der Erde, in der ihr arbeitet? Berg, sagt der andere Michael von der anderen Seite. Das heißt Berg. Stimmt, ihr seid ja auch Bergleute, sage ich, und nicht Erdleute. Und nach einer Pause: Oder Erdmännchen. Alle kichern. Erdferkel, sagt Michael.

Der Berg, der ist unberechenbar. Macht, was er will. Hat man keinen Einfluss drauf. Und das darf man nie vergessen. Du musst Respekt davor haben. Das ist das Wichtigste.

Die Frühschicht ist zu Ende. Nach und nach trudeln die Kumpel aus dem Abbau und dem Streckenvortrieb an der Bahnstation ein und warten gemeinsam mit uns auf den Zug. Es bilden sich wechselnde Grüppchen kohlschwarzer Männer. Eine Stimmung wie nach der letzten Stunde auf dem Schulhof. Lebhafte Gespräche, viel Gelächter. Ein kleiner Mann mit kreisrundem Gesicht, der neben mir auf der Bank sitzt, bietet mir eine Prise Schnupftabak an. Ich lehne dankend ab. Dann setzt er die Unterhaltung mit seinen Kollegen in einer mir unbekannten Sprache fort. Unter

Tage wird der Schnurrbart noch mit Stolz getragen, denke ich. Vielleicht als Staubfänger.

Und dann mache ich es doch. Ich stelle die Frage, die ich die ganze Zeit für mich behalten habe. Dabei schwebt sie aber über allem hier, überdeutlich: über all diesen nicht mehr jungen Männern, dieser altmodischen Arbeits- und Lebensform, diesem ganzen dem Ende geweihten Bergwerk. Und was, wenn Schluss ist, frage ich Michael.

Da denke ich noch gar nicht dran, sagt er. Ich rechne zwar: noch zwei Jahre, drei Monate und eine Woche, dann gibt es eine Torte und einen warmen Händedruck. Aber was anschließend wird, weiß ich nicht. Ich werde erst mal die Küche renovieren, sagt Michael. Und für danach braucht man halt ein gutes Hobby. Habt ihr ein Hobby, frage ich.

Beide schütteln stumm den Kopf. Der Zug fährt ein. Die Männer der Mittagsschicht steigen aus den Wagen. Glück auf, Glück auf. Wir steigen ein.

Prise, fragt Michael. Ich lehne dankend ab.

In der Lampenstube verabschieden wir uns vom einen Michael. Ein Stockwerk höher: Ledergürtel ab. Jacke aus, Handschuhe und Schutzbrille in die Jackentaschen, Helm ab. Endlich. Ich sinke auf die Holzbank. Kann mich kaum bücken. Als ich die Verschlüsse der Schienbeinschoner öffne, gibt es ein helles Geräusch wie von Hagel: Die Plastikknöpfe der Verschlüsse springen ab und bleiben rund um meine Füße liegen. Ich ziehe mit letzter Kraft die Grubenstiefel aus und die mintgrünen Kauenlatschen an und schleppe mich Michael hinterher. Wir setzen uns an einen Tisch, auf dem aluminiumfolienbedeckte Teller bereitstehen, und essen mit kohlegrauen Händen Currywurst und lauwarme Pommes. Dazu trinken wir Zitronenlimonade und alkoholfreies Bier. Alkohol ist auf dem ganzen Zechengelände verboten. Wer trotzdem nach der Schicht ein Bier mit den Kollegen trinken will, kann das auf dem Parkplatz tun. Ohne die Führungen unter Tage, sagt Michael, würde ich es nicht aushalten. Ich kann ein, zwei Tage am Computer sitzen, dann muss ich wieder runter. Bin auch nur deshalb in die Öffentlichkeitsarbeit gegangen.

Der Stolz, die Sturheit, der Zusammenhalt der Bergleute. Sind denn hier alle wie mein Vater? Wird man so geboren und geht deshalb unter Tage? Oder bringt einen die Welt unter Tage erst in diese Form? Ist halt so, sagt Michael.

Duschen in der Besucherkaue. Ich seife mich mit Shampoo ein, streiche die Augensalbe wie vorgeschrieben auf die Wimpern. Trockne mich mit dem harten graubraunen Handtuch ab. Ich ziehe mich an und fühle mich fremd in der Kleidung, in der ich gekommen bin. Als hätte ich es doch im Blut. Ich lege meine Armbanduhr an, schalte das Mobiltelefon ein, stecke mir das Feuerzeug in die Hosentasche. Ich hänge meinen Püngel an einen Haken in der Kabine. Und dann erinnere ich mich erst, obwohl es schwer in meiner Tasche lag auf dem Weg zurück nach oben: mein Stück Kohle. Mittlerweile ist es kalt. Ich merke, wie fiebrig ich eigentlich bin: Morgen werde ich im Bett liegen und übermorgen auch. Eine Mandelentzündung wird der Arzt diagnostizieren, und ich werde froh sein, nicht vor meiner Fahrt in den Berg bei ihm gewesen zu sein, er hätte sie mir verboten, ganz sicher hätte er sie mir verboten.

Michael wartet in seinen Privatklamotten auf mich. Jogginghose, Polohemd, Turnschuhe. Die Freizeitkleidung meines Vaters. Ich habe ihn vor Augen, wie er nach der Schicht dasteht und nur noch nach Hause will. Ich bedanke mich feierlicher, als ich es wollte. Kräftiger Handschlag, stummes Nicken. Gleich fährt Michael wie jeden Abend eine Stunde nach Hause, zu seiner Frau und seinen Kindern, die in dem Alter, in dem er bereits unter Tage malochte, noch zur Schule gehen. Glück auf, sage ich, falls ich das denn sagen darf.

Wer mal unten war, gehört dazu, sagt er, Glück auf, Michael, mach's gut.

Bald endet die Epoche des Bergbaus in Deutschland: Dann wird auch auf der Zeche, die ich besucht habe, die Steinkohleförderung eingestellt. In der Folgezeit werden die untertägigen Maschinen zerlegt, verkauft oder, bei der derzeitigen Entwicklung des Kohlepreises auf dem Weltmarkt, im Hochofen eingeschmolzen. Das Personal wird auf das absolute Minimum reduziert. Schließlich beginnt die Ewigkeitsphase: das Abpumpen des Grubenwassers, das andernfalls das gesamte Ruhrgebiet in eine Seenplatte verwandeln würde. Die Instandhaltung der Tunnel und Schächte unter Tage. Auf dem Weg zurück zu meinem Hotel schlafe ich im Weißtaxi ein. Satzfetzen von unten im Ohr, mein Vater, der spricht, der eine oder der andere Michael, mir ist so, als würde ich den Kohlenstaub auf der Zunge schmecken, Glück auf, Glück auf, ich bin nicht mehr der, der ich war, der Berg hat mich anders gemacht, denke ich im Halbschlaf, schwitze ich in den Traum hinein, obwohl es mir doch im Blut lag, ob ich wollte oder nicht, vergiss nicht, das Stück Kohle abzubürsten, das werde ich tun in den nächsten zwei Tagen, obwohl ich eigentlich im Bett liegen sollte und schlafen. Der Steiger kommt. Glück auf.

III

ÜBER TAGE

Mein Vater schläft. Es ist vier Uhr früh. Er liegt ruhig auf dem Rücken, eine Hand auf seine Stirn gelegt, wie er es öfter im Schlaf macht. Auf dem Nachtschränkchen steht der Wecker, neben meinem Vater meine Mutter. Auch sie schläft, und das ist die Ausnahme in diesen Tagen, denn sie ist hochschwanger, wacht zwischendurch oft von schlechten Träumen auf und kann dann nicht wieder einschlafen.

Es ist jetzt schon fast ein Jahrzehnt her, dass meine Eltern nach Mündendorf gezogen sind. Mein Vater hat sofort Arbeit bei der Firma Soundso und Söhne gefunden, er malocht hart, von Montag bis Freitag steht er um vier Uhr dreißig auf.

Auch heute, noch bevor der Wecker klingelt. Das hat er sich über die Jahre so angewöhnt, das kriegt er nicht mehr raus. Nach drei Wochen Urlaub würde er vielleicht nicht mitten in der Nacht aufwachen, aber drei Wochen Urlaub am Stück hat er selten. Mein Vater steht auf, geht ins Badezimmer und rasiert sich. Er zieht seine Jeanshose und einen Pullover an, draußen ist es kalt, seine Arbeitskleidung zieht er in der Firma an. Jetzt steigt er leise die knackende Holztreppe nach unten, die gibt es erst seit einigen Wochen, überhaupt, sie wohnen ja erst wenige Monate hier, er hat gerade kein Gefühl mehr für die Zeit. Er schaltet das Radio ein, den Schlagersender, nimmt die Plastikschale von seinem Bütterchen, das meine Mutter ihm abends immer vorbereitet. Er stellt die Kaffeemaschine an, packt seine auch schon am Abend vorher gemachte Butterdose in seine Ledertasche, dazu die Thermoskanne. Als der Kaffee durchgelaufen ist, isst er ohne großen Hunger sein Brot, aber er muss es essen, sonst klappt er zusammen.

Mein Vater setzt sich ins Auto und steckt sich eine an. Die Fünf-Uhr-Nachrichten hört er schon während der Fahrt. Die Welt ist bekloppt, denkt er, hoffentlich halten der Ami und der Russe still, es ist das Jahr 1982. Richtig schwer fällt es meinem Vater nie, morgens so früh aufzustehen. Er macht es eben, weil es gemacht werden muss. Und heute, das muss man dazu sagen, ist sein letzter Arbeitstag, vorerst. Er hat sich zwei Wochen Urlaub genommen, denn wenn alles gut geht, dann soll sein dritter Sohn in zwei Tagen geboren werden. Er wird sich dann um die Kinder kümmern und den Haushalt machen, er hat keine Wahl, weil die Großeltern nicht in der Nähe sind, aber daran denkt er jetzt noch nicht, er ist immer nervös gewesen bei den Geburten, und das, obwohl er von sich sagen würde, dass ihn fast nichts nervös macht.

Mein Vater parkt sein Auto auf dem Gelände der Firma. Er fröstelt. Er ist froh, dass niemand gleichzeitig mit ihm ankommt. Das hat er immer noch nicht gerne: morgens viel zu reden. Überhaupt, das ganze dumme Gequatsche der Leute. Er ist froh, wenn er seine Ruhe hat. Das ist mit den Jahren nicht besser geworden, im Gegenteil. Immerhin, die Arbeit ist so laut, dass an eine Unterhaltung gar nicht zu denken ist. Er geht jetzt in die Umkleideräume, schiebt seine Tasche in den Spind und zieht sich um. Schutzbrille auf.

Ohrschützer drauf. Spind abschließen. In die Halle gehen, die Kollegen grüßen, man hebt kurz die Hand, Worte hätten keinen Sinn bei dem Hämmern und Dröhnen.

Mein Vater arbeitet. Er steht an der Schmiedepresse, mit der schweren Zange in der Hand. Er schmiedet Pleuelstangen für verschiedene Automarken. In der Halle ist es unglaublich laut und unglaublich heiß, im Sommer wie im Winter. Es müssen immer drei Mann an der Maschine stehen. Einer schmiedet, einer presst, einer macht Pause. Jedes Hämmern lässt den Boden vibrieren, steigt direkt in den Magen, alle paar Sekunden zittert alles, die Arbeit ist laut, heiß und schmutzig. Die Abläufe sind immer gleich: Es kommt ein glühendes Stück, mein Vater nimmt es mit der Zange, dann wird es geschmiedet. Erst wird es vorgeschmiedet, dann gedreht und auf den nächsten Block gelegt. Dann kommt der Hammer runter, das Teil wird nachgeschmiedet, dann ist es fertig. Mein Vater hat es seinen Söhnen, meinen Brüdern, einmal so erklärt, als sie nach seiner Arbeit gefragt haben: Ein rundes Stück Stahl wird platt geklopft, dann wird es abgekühlt, dann nimmt man es aus der Box, legt es in die Presse, und das fertige Teil wird ausgepresst. Wie bei Plätzchenteig. Da haben meine Brüder gelacht und gesagt: Wenn wir groß sind, werden wir Schmied. Überlegt euch das gut, hat mein Vater gedacht, die Maloche ist anstrengend und eintönig. Und die schwere Schmiedezange, dieses Sauding, geht auf die Gelenke.

Man kann die Maloche meines Vaters als Schmied nicht mit seiner Arbeit als Bergmann vergleichen. Er hat nicht mehr den langen Weg vor sich, bevor die Arbeit überhaupt losgeht. Es ist nicht mehr so dunkel wie im Berg manchmal, wenn der Strom ausfällt. Seit er am Schmiedehammer steht, ist er ein kleines Rädchen in diesem großen Industriegetriebe. Die Kollegen sind Kollegen, mehr aber auch nicht. Man redet selten über Privates. Man weiß schon voneinander, ob Kinder da sind oder nicht, man kriegt schon mit, wenn es einem Kollegen nicht gut geht oder wenn er Sorgen hat, aber nach der Schicht trennen sich die Wege. Manchmal, sehr selten, besucht mein Vater sonntags einen Kollegen, der hat Karnickelställe im Garten hinter seinem Haus. Dann trinken sie ein Bier und schauen den Tieren zu oder bauen ein wenig an den Ställen. Das ist dann aber auch die größte Nähe. Das Verfertigen von Pleuelstangen hat nichts Romantisches. Es ist ein Ackern im Akkord. Das ist es zwar bei den Kohlen im Berg auch gewesen, aber doch gibt es zwischen beiden Arbeiten einen Unterschied wie Tag und Nacht, wortwörtlich. Über Tage. Unter Tage.

Als mein Vater jetzt Pause macht und seine Butterbrote isst, da wird er doch unruhig. Hätte er vielleicht schon heute Urlaub nehmen sollen? Würde es nicht ohne ihn gehen? Seine Kollegen würden das verstehen. Natürlich würde es die Sache nicht einfacher machen, das Werk produziert gerade auf Hochtouren, und die Nachfrage der Automobilhersteller steigt unentwegt, aber er ist sonst immer da und fast nie krank und bringt ständig, was er bringen muss. Da hätten sie durchaus mal einige Tage auf ihn verzichten können. Jeder hätte das verstanden. Als mein Vater sich in den Gedanken hineinsteigert und wütend wird, fängt er sich wieder: Meine Mutter hat ja die Telefonnummer für den Fall der Fälle, dann wird es hinten klingeln, in dem kleinen Kabuff, dann wird man ihm Bescheid geben, und in weniger als zehn Minuten ist er bei ihr. Nicht so viel dran denken, beruhigt er sich, wird schon alles gut gehen.

Mein Telefon klingelte nicht mehr, und Post bekam ich auch keine. Aber Hartmann würde sich, davon war ich überzeugt, über meinen Bericht freuen. Ich setzte mich also an einem Abend hin und schrieb alles auf, was ich auf der Zeche gesehen und erlebt hatte. Ich erzählte von der Fahrt, von meinem Fieber, von dem Stück Kohle in der Hand, das noch ganz warm war, als ich es bekam. Ich betonte natürlich nachdrücklich, dass er mir das alles eingebrockt habe und ich es ausbaden müsse. Ich bedankte mich bei ihm mit einem Foto von mir in voller Montur. Mit Schutzbrille und Helm, aufgeregt in die Kamera starrend, denn erst nach dem Bild ging es in den Berg. Und dann bog ich die Wahrheit ein wenig zurecht, ich dachte, das bin ich dem alten Hartmann schuldig, ich erzählte ihm davon, dass es da unten noch etliche Leute gegeben hätte, die sich an ihn erinnerten. Ich packte alles in einen Umschlag, legte ihm zwei von mir selbst gedrehte Zigaretten dazu, und als ich den Brief in den Kasten warf, da war ich fest davon überzeugt, eine Antwort zu bekommen. Aber die Zeit verging. Und es kam nichts zurück. Erst viel später und anders, als ich es in dem Augenblick erwartet hatte, als ich mich hinsetzte und Hartmann haarklein beschrieb, was ich da unten gesehen hatte.

Wahrscheinlich schweigt er, wahrscheinlich läuft das Radio, wahrscheinlich hört er Schlager, wie sein Leben lang. Mein Vater sitzt am Küchentisch und hat den Kopf auf sei-

ıd gestützt. Er wartet. Er ist noch nicht so dick wie
ᵉren Jahren. Das kommt von der schweren körper-
lichen Arbeit, die das fette Essen und den Alkohol noch
aufwiegt. Er ist zweiundvierzig Jahre alt und malocht schon
seit fast drei Jahrzehnten. Das Telefon steht in der furnier-
ten Durchreiche, es ist das grüne Standardmodell mit Wähl-
scheibe, andere Geräte gibt es ja noch nicht. Mein Vater
wartet darauf, dass es klingelt, aber noch ruft niemand an.
Manche Dinge kann man nicht erzwingen, das hat er gelernt.

Als seine Jungs sich im Wohnzimmer zanken, wird mein
Vater wütend und schreit los, seine Stimme ist fest und laut
und donnernd, und tatsächlich ist es auf der Stelle still.
Mein Vater sagt nie viel, meist räuspert er sich vorher, weil
er lange nicht gesprochen hat. Er ist zurückhaltend und
kann sehr liebevoll sein, aber wenn er schlecht gelaunt ist
oder die Nerven verliert, dann fährt er furchtbar aus der
Haut, dann muss man sich in Sicherheit bringen.

Mein Vater wurde im Februar 1940 in Bochum geboren. Nicht mal drei Monate später begannen die Alliierten mit ihren Bombenangriffen auf das Ruhrgebiet. Es war
von strategischer Bedeutung für die Rüstungsindustrie,
die Kohle, der Stahl und so weiter. Allein in Werne, dem
Stadtteil meines Vaters, gab es fünf Zechen, in denen Steinkohle gefördert wurde, sie hießen Amalia, Heinrich Gus-
tav, Mansfeld, Robert Müser, Vollmond. Das also war seine Kindheit, Amalia, Vollmond und der Krieg. Von 1943
an flogen die alliierten Truppen flächendeckend schwers-
te Angriffe auf Bochum. Als kleines Kind sah mein Vater
seine Heimatstadt brennen, verloren Nachbarn ihre Häuser, starb einer seiner Brüder an giftigem Bleiwasser, das er

aus einem Bombentrichter getrunken hatte. Wenn er davon erzählte, dann nie in allen Details. Sprach er wirklich von Körperteilen, die er gesehen hatte, ich weiß es nicht mehr, auf jeden Fall von Hochbunkern, auf jeden Fall von den Geräuschen und auf jeden Fall von dem Mann, der rief, dass man die Kinder endlich von den Trümmern wegschaffen solle.

Jetzt schaut er auf die Küchenuhr, es ist schon Mittag. Man kann an kleinen Signalen erkennen, dass er sehr nervös ist, beispielsweise daran, wie oft er sich mit der Hand durchs Gesicht fährt. Trotzdem ist er gepflegt wie immer. Ein sauberes Poloshirt und eine Cordhose, Wangen und Kinn frisch rasiert, das Haar akkurat gescheitelt.

Mein Vater hatte noch ein Kindergesicht, als er seine Ausbildung begann. Er ging nicht lang zur Schule. Er wurde Bergmann. Das war Tradition in der Familie. Ich habe meinen Großvater nicht gekannt, aber ich stelle ihn mir ebenso wie meinen Vater immer in der Bergmannskluft vor, wie sie mit schmutzig-schwarzem Gesicht tief unter der Erde die Lohntüten füllten, die es damals noch gab, wie das Geld hinten und vorne nicht reichte, wie dieses schwere Leben aber doch immer weiterging, unter Tage und über Tage, ob man wollte oder nicht.

Bevor das große Zechensterben anfing, verließ mein Vater das Ruhrgebiet und kam hierher. Nach einem Unfall unter Tage, der ihm sein Bein ramponiert hatte. Man brauchte für seine Arbeit keine schriftliche Bewerbung und keine Zeugnisse. Als Bergmann hatte man alles gelernt, was man dafür können musste. Die Ausbildung war angesehen. Ein Bekannter hatte ihm erzählt, dass hier in Mündendorf tüchtige Leute gebraucht würden. Mein Vater meldete sich bei der Firma, für die er bis zur Rente arbeitete. Er sagte, er habe gehört, dass Arbeiter gebraucht würden. Das ist alles. Man stellte ihn ein, man gab ihm eine blaue Hose und eine blaue Jacke und eine Schmiedezange in die Hand, man erklärte ihm die Vorgänge, in der Fabrikhalle war es im Winter heiß und im Sommer unerträglich heiß.

Die Arbeit war anstrengend und eintönig. Er wurde Industrieschmied in einem Betrieb zur Herstellung von Autoteilen. Ich habe ihn als Kind einige Jahre später dort besucht und den Geruch und die Wärme und den Lärm nie wieder vergessen. Das Dröhnen im Bauch bei jedem Schlag des Schmiedehammers. Die Erschütterung, die bis tief in den Magen reichte. Und das alle paar Sekunden.

Mein Vater hat sich Urlaub genommen für die nächsten Tage. Er wird danach wieder einige Schichten brauchen, um sich an den unerbittlichen Rhythmus der Bänder und Maschinen zu gewöhnen, aber es geht natürlich nicht anders, es wird nicht hinterfragt.

Jetzt steht er am Herd und brät vielleicht Leberkäse und Spiegeleier, er versorgt meine beiden Brüder und kümmert sich um den Haushalt, so gut es geht. Er ist es nicht gewohnt, normalerweise kocht er nur am Wochenende. Sauerbraten, den er Tage vorher eingelegt hat. Gulasch mit Spätzle. Rouladen mit Gurken und Speck und dazu Kartoffeln. Den Rest der Zeit sind die Rollen klar verteilt. Er ist aufgeregt, wesentlich aufgeregter als die anderen Male, und zwischendurch weist er meine Brüder gereizt zurecht, wenn sie ungezogen sind. Vielleicht macht er sich direkt nach dem Essen auch ein Bier auf und setzt sich, der Kälte zum Trotz, auf die Terrasse, wo er seine Ruhe hat. Er ist bei den Geburten nie dabei. Er wartet, bis der Anruf aus dem Krankenhaus kommt, dann macht er sich gleich auf den Weg.

Es ist der November 1982, und meine Eltern erwarten ein Kind, erwarten ein Mädchen. Halbsätze sind bei mir hängen geblieben, du hast so komisch gelegen im Bauch, dass man es nicht genau sah, und was machst du, kaum auf der Welt, du pinkelst der Mutter auf den, wir hatten ja sogar schon rosa, solche Dinge. In den Geschichten, die man mir erzählt hat, ist man immer überrascht, dass ich ein Junge bin. Und immer bin ich viel zu klein. Und immer kommt ein strenger Winter.

Die Erzählungen meiner ersten Monate spielen in Kinderkliniken oder bei Ärzten. Ständig droht der Schnee das Leben komplett lahmzulegen, ständig stellt sich das Fahrzeug mit mir in den Armen meiner ängstlichen Mutter quer, ständig ist es so früh so kalt wie noch nie zuvor, und ständig bin ich ein viel zu krankes Kind in einer viel zu frostigen Welt.

Obwohl ich der Nachzügler bin, der ewige Kleine, ist die ganze Familie in Aufruhr, mehr als jemals zuvor. Denn zu diesem Zeitpunkt haben meine Eltern schon viel mitgemacht. Drei Jahre vor mir bekam meine Mutter ein Kind. Ein Mädchen, es starb kurz nach der Geburt. Meine Eltern reden nicht oft davon. Manchmal helfe ich meinem Vater an Allerheiligen, wenn er das Grab in Ordnung bringt. Und die Eltern erzählen mir irgendwann das, was ich nicht mehr aus meinem Kopf bekomme: dass ich nicht geplant war, dass sie mich nicht mehr gekriegt hätten, wenn die Schwester nicht gestorben wäre.

In meiner Heimatstadt Mündendorf wird im Jahr meiner Geburt der erste Geldautomat eingeweiht. Ein anonymer Säurespritzer treibt auf den Straßen sein Unwesen und brennt fremden Passanten Löcher in die Kleidung, eine Bürgerinitiative für atomare Abrüstung gründet sich, und am Sportplatz hält die Sichtung einer einen Meter langen schwarzen Schlange die Kleinstadt in Atem. Aus dem Wanderzirkus Knobbe brechen außerdem eine Handvoll Pfauen und zwei Zebras aus, die in den Sauerländer Wäldern verschwunden bleiben. Im hundertfünfundzwanzig Kilometer entfernten Bonn verliert Helmut Schmidt ein Misstrauensvotum, wird Helmut Kohl bald nach meiner Geburt Bundeskanzler. Ich komme also zum Beginn der bleischweren Jahre der Bonner Republik auf die Welt. Was für Aussichten.

Auf Fotos aus der Zeit schaut mein Vater griesgrämig in die Kameras, manchmal blitzt auch der Zorn auf, der in ihm schläft. Besonders wenn er getrunken hat. Vor allem aber zeigen die Fotos seine unglaubliche Schüchternheit und Zurückhaltung.

Meine Mutter hingegen sieht so übermächtig aus, wie sie damals war. Eine kräftige Person mit ebenso kräftiger Dauerwelle und kräftigen, überdimensionalen Brillengläsern. Man hat mich als Kind oft gefragt, ob das meine Großeltern seien.

Irgendwann am frühen Nachmittag kommt der Anruf. Alles ist gut gegangen. Es ist ein Junge. Wie bitte? Ein Junge? Na gut, ein Junge. Was macht mein Vater mit den Brüdern? Nimmt er sie mit und bringt sie ins Spielzimmer der Klinik? Drücken sie sich alle drei die Nase platt am Brutkasten, in den man mich zuerst gelegt hat? Ist er aufgeregt, ist er stolz? Manche Dinge würde ich ihn gern noch fragen.

In den ersten Monaten bin ich ein schwieriges Kind, meine Eltern haben Angst um mich: Ich laufe bei jeder Gelegenheit blau an. Ich schreie mich gewissermaßen weg. Ich stelle das Atmen ein. Man bringt mich zu Ärzten, aber keiner hat eine Idee. Ein uralter Kinderarzt, erzählt mir meine Mutter später, stellt eine einfache Diagnose: Trotz. Die einzig wirksame Medizin: ein Schlag auf den Hintern. Und es vergeht. Ich weiß nicht, ob da was dran ist, aber dieser Impuls, die Luft anhalten und blau anlaufen zu wollen – er ist wirklich von Anfang an da, er begleitet mich wie ein guter Bekannter, den ich nie aus den Augen verliere.

Die Familie ist also komplett. Erst jetzt fängt alles an. Mal bricht sich ein Kind den Fuß, mal gibt es eine leichte Gehirnerschütterung zu beklagen, Spielzeuge kommen ins Haus und landen im selben Augenblick wieder auf dem Müll, aus Kinderzimmern wird das Elternschlafzimmer, Tapete mit Bären wird zu Tapete mit Autos, wird zu Tapete mit Clowns, Grippen und Pubertäten prasseln auf das Reihenhaus nieder, schlechte Noten und Schulwechsel, erste Freundinnen und Verzweiflung. Und irgendwann später kommt die Tristesse. Aber in diesem November überwiegt die Freude. Ich bin auf der Welt, halbwegs gesund immerhin. Nun also der Reihe nach. Und von vorn.

Die Verzweiflung vor dem ersten Ton. Mein Professor schlägt unser Übungsheft an der markierten Stelle auf und sieht mir mein mulmiges Gefühl gleich an. Ich habe die Woche über nicht geübt, ich habe nur Musik gehört, wenn ich aus der Schule kam, und geträumt von meinem zukünftigen Leben als größter Posaunist aller Zeiten. Vielleicht hat es mit meinem Vater zu tun: Du spielst ja seit Wochen dasselbe Zeug, sagt er mir, und besser hört es sich auch noch nicht an. Er lacht und geht, und als wir beim Abendbrot sitzen und er merkt, wie bedröppelt ich bin, da sagt er zu mir: Na, komm, du wirst doch wohl noch einen Spaß verstehen. Und ich lache, ihm zuliebe, aber seine Bemerkung hat gesessen.

Ich mühe mich durch die erste Übung. Der Professor sagt nicht: gut. Der Professor sagt nicht: schlecht. Er steht einfach stumm neben mir und reagiert nicht.

Mittlerweile habe ich einige Vorspiele gehört von Posaunisten in meinem Alter, manchmal sind sie sogar jünger als ich. Einige von ihnen kommen aus Russland oder Asien, sie haben seit ihrer frühesten Kindheit nichts anderes im Kopf gehabt als die Musik, und diese Vorspiele sind wie eine Ohrfeige: Wie lang haben sie gearbeitet? Was haben sie alles geopfert? Wo könnte ich sein, hätte ich früher angefangen und nicht nur halbherzig. Halbherzig? Ich verscheuche den Gedanken und bleibe nicht lang bei den Vorspielen, unauffällig stehe ich auf und verlasse den Saal, nehme mir vor, ab jetzt hart genug zu arbeiten, ab jetzt wirklich was zu riskieren, ab jetzt nach der Schule stundenlang zu üben.

Unsere Stunde steht von Anfang an unter keinem guten Stern. Der Professor erwischt mich vor der Tür, ich habe mich mit einem Schlagzeuger des Musikschulorchesters angefreundet, der nachmittags manchmal schon früher kommt, um für sich zu üben. Ich habe angefangen, ihn zu bewundern, ein Junge in meinem Alter, aber eben aus dieser Großstadt im Ruhrgebiet, ein Junge, der eigentlich schon ein Mann ist, der schon Freundinnen hatte und sich in den Kneipen die Nächte um die Ohren schlägt, in allem das Gegenteil von mir. Als er mir nach einer Probe eine Zigarette anbietet, sage ich natürlich ja. Und fange gleich richtig zu rauchen an: nicht nur mit ihm, sondern auch allein in meinem Zimmer.

Das gehört zu dieser Zeit und zu diesem Leben, das habe ich schon öfter gehört, angeblich gibt es genug Kettenraucher in den großen Orchestern, angeblich ist das kein Problem mit der Luft. An diesem Nachmittag aber, der unter keinem guten Stern steht, an dem mein Stern zu sinken beginnt, da rauche ich mit dem Schlagzeuger vor der Tür, und der Professor kommt raus, um etwas aus seinem Auto zu holen. Ach so, sagt er, und der Schlagzeuger und ich lachen. Nur der Professor lacht nicht: Für ihn ist es egal, sagt er und zeigt auf meinen Kumpel, aber du, sagt er, und schüttelt den Kopf und geht wieder hinein, und ich lache noch kurz, aber dann merke ich, dass daran nichts Komisches ist, dass er es wirklich dumm findet, sein Schüler rauchend vor der Tür.

Vielleicht ist es schon ein letztes Aufbäumen: Als hätte ich nicht schon genug zu tun, belege ich zusätzlich einen Kurs in Gehörbildung und Harmonielehre, überzeuge ich meine Eltern davon, ein elektronisches Klavier anzuschaffen, besorge ich mir einen Lehrer, der mir die Grundzüge des Klavierspiels beibringt, damit es für die Aufnahmeprüfung an die Musikhochschule reicht. Aber überall ziehen sie die Augenbrauen hoch, wenn ich von meinen Plänen erzähle, ich bin schließlich kein Kind mehr und auch kein ganz junger Jugendlicher, ich werde in zwei Jahren die Schule verlassen – das ganze Pensum, in so kurzer Zeit? Nicht zu schaffen. Aber ich höre nicht hin, ich höre einfach nicht hin.

Lass gut sein, sagt der Professor nach meiner dritten

Übung, das hat keinen Sinn. Er regt sich nicht auf, er wird nicht wütend, er ist ganz sachlich – und das macht die Sache erst richtig schlimm. Glaubst du, ich höre nicht, dass du nicht geübt hast? Das kannst du ruhig machen, sagt er, aber dann spar dir und mir doch die Zeit. Ich will mich entschuldigen, aber ich bin wie gelähmt vor Schreck. Er steht nur da und wartet. Aber worauf? Nächste Woche, sagt er, hast du die drei Übungen drin. In Ordnung? Sicher, sage ich. Und weiß immer noch nicht, was ich jetzt machen soll, es sind ja gerade mal zehn Minuten unserer Stunde um. Pack bitte ein, sagt er, nächste Woche sehen wir uns wieder. Und ich murmele etwas, will noch nach der Orchesterprobe am Abend fragen, aber er dreht sich schon weg und beschäftigt sich mit anderen Dingen, also packe ich mein Instrument ein, bleibe an der Tür nochmals stehen, etwas erwartend, aber er sagt nur, ganz sachlich und freundlich: Bis dahin. Das ist es also, was mir niemals passieren sollte: Der berühmte Rauswurf des Professors. Von ihm haben mir schon einige seiner ehemaligen Schüler erzählt, nur habe ich geglaubt, dass mir das niemals geschieht, dass mir das niemals geschehen kann, erst recht nicht nach einigen mickrigen Tönen, für die ich anderthalb Stunden hingefahren bin und jetzt anderthalb Stunden zurückfahren werde.

Als ich drei Jahre alt bin, da ist unser Haus ein Schloss, in dem Könige wohnen müssen. So viel Platz, so viele Ecken zum Verstecken. So viele Schränke und Regale. So viele Zimmer. Ich wohne mit meinem Bruder zusammen. Er ist sechs Jahre älter als ich. Mein anderer Bruder hat ein eigenes Zimmer. Er ist neun Jahre älter. Ich erinnere mich, es ist ein

Sommertag, ich sitze allein im Sandkasten, höre das Rattern der Nähmaschine, meine Mutter ist da. Sie muss Sachen ändern. Sie hat damals gerade angefangen damit, sie ist Änderungsschneiderin für ein Versandhaus, das es heute schon lange nicht mehr gibt. Sie ist für Änderungen zuständig, wenn jemand etwas bestellt und die Kleidung nicht passt oder etwas kaputtgeht, dann kommt meine Mutter ins Spiel: Hosen kürzer machen. Hosen weiter machen. Hosen flicken. Den Reißverschluss einer Jacke austauschen. Noch dazu ist sie Sammelbestellerin, mir ist damals klar, dass sie bedeutend sein muss für das Versandhaus. Man kann zu ihr kommen und Waren bestellen. Sie bekommt dafür die Ware billiger. Oder günstigere Konditionen für die Ratenzahlungen, wie ich später erfahre.

Es gibt immer viel zu tun, manchmal sitzt sie von morgens bis abends an der Nähmaschine, sie hält ihre Versprechen immer ein: Schaffe ich bis morgen. Darauf kann man sich verlassen. Manchmal meckert sie über eine Dicke oder einen Blöden, den sie nicht ausstehen kann. Trotzdem macht sie ihre Arbeit gut. Niemals beschwert sich jemand.

Es ist ein sehr heißer Sommer, ich sitze im Sandkasten auf unserer Terrasse und weiß, dass meine Mutter da ist. Meine Brüder sind in der Schule. Nichts kann passieren.

Ich erinnere mich an das Planschbecken auf der Wiese, in das mein Vater an den heißesten Tagen mit dem Gartenschlauch kaltes Wasser füllt. Manchmal spritzt er mich damit nass und freut sich, wenn ich vor Schreck schreie. Am Ende schleppt er Eimer mit heißem Wasser aus dem Bad und kippt sie ins Becken, dann kann ich reinspringen. Aber vorsichtig, sagt er, sagt meine Mutter, sagen alle. Ein makelloser Tag. Und jetzt, plötzlich, ist da dieser unheimliche

Knall. Wie eine Druckwelle. Sofort bekomme ich panische Angst. Ich schnappe ja Fetzen auf aus den Gesprächen meiner Eltern am Abendbrottisch, der Ami, der Russe und so weiter. Alles zittert, die Fensterscheiben und ich auch. In dieser Zeit, wir sind ja in den Achtzigern, durchbrechen regelmäßig Düsenjäger die Schallmauer. Ich bekomme furchtbare Angst und rufe nach meiner Mutter, aber sie hört mich nicht, und dann traue ich mich nicht mehr, nach ihr zu rufen, ich konzentriere mich auf den Sand vor mir und lasse ihn durch meine Finger rieseln. Ich mache die Augen zu, dann wird es bestimmt besser. Und es wird besser. Es bleibt bei einer gewaltigen Erschütterung. Und die Welt geht nicht zugrunde, der Schmiedehammer im Tal schmiedet weiter, die Nachbarn nebenan schneiden weiter die Hecke, es ist gar nichts passiert, und bald zittere ich nicht mehr.

Ich bin drei Jahre alt und endlich gesund. Das alles weiß ich nur aus den Erzählungen, die Stunden beim Kinderarzt, der Husten, die Anfälle, das alles. Ich weiß noch, wie der Kinderarzt jede Woche ins Haus zum Abhören kommt in der schlimmen Zeit. Ich weiß noch, dass ich ihn mag. In der Woche sind die Tage gleich. Morgens ist mein Vater schon auf der Arbeit, wenn ich aufwache. Meine Mutter und ich bringen meinen Bruder in die Schule. Der Älteste ist da schon weg, er nimmt den Bus, er ist schon auf der Realschule. Dann gehen meine Mutter und ich auf den Markt, der ist dienstags und freitags, dann gehen wir noch in den kleinen Laden für Lebensmittel, davor steht ein Auto, in das ich steigen kann, um für fünfzig Pfennig einige Minuten zu fahren. Es gibt so ein Zuckergetränk in den Geschmacksrichtungen Kirsche und Waldmeister, kleine Plastikflaschen, den Verschluss muss man oben abdrehen, dann kann man es in einem Zug austrinken. Ich bekomme jeden Tag eine Flasche davon. Mittags sind wir wieder da. Meine Mutter kocht. Manchmal Wirsing mit fettigem Fleisch, manchmal Möhren, die sie dann zerstampft, oft auch Frikadellen.

In den Achtzigern laufen die Tage so: Zuerst kocht meine Mutter, zwischendurch telefoniert sie mit einer Freundin, manchmal mit ihrer Mutter, manchmal mit ihrer Schwester. Sie ist streitlustig. Nein, nein, höre ich oft, das mache ich nicht, ich bin doch nicht bekloppt. Und immer wieder: Nein.

Dann kommen meine Brüder nach Hause, essen und erzählen, was in der Schule los war. Meine Mutter fragt streng nach den Hausaufgaben. Sie lässt ihnen nicht viel durchgehen, sie kann böse werden, wenn sie ihr widersprechen oder zu laut sind. Gleich nach dem Essen machen meine Brüder sich wieder auf den Weg. Sie tragen Zeitungen aus, das Mündendorfer Tageblatt, das zu der Zeit noch mittags verteilt wird. Dann kommen sie wieder, sind erschöpft, gehen in ihre Zimmer und machen ihre Hausaufgaben. Dann hört man das Auto vorfahren, mein Vater steigt aus, meine Mutter macht ihm die Tür auf und geht zurück in die Küche, um das vorher gekochte Essen wieder aufzuwärmen. Mein Vater kommt rein, jeden Tag auf die gleiche Art, er stellt seine Tasche in die Küche, er sagt etwas wie: Na?, dann geht er in den Flur, hängt seine Jacke auf den Bügel und fragt meine Mutter: Was gibt's Neues. Ich gebe ihm einen Kuss auf die Wange. Während des Essens schweigt er, und meine Mutter erzählt. Welche Briefe gekommen sind, was sie vormittags gemacht hat, wovon sie im Radio gehört hat, das die ganze Zeit läuft. Ich mag es, beim Essen neben meinem Vater zu sitzen. Er riecht immer nach Duschgel, manchmal ist sein Haar sogar noch ein bisschen nass. Hat er seine Butterbrote nicht aufgegessen, dann bekomme ich die Reste aus seiner Butterdose, und auch die mag ich, sie riecht eigenartig, der Geruch von Fabrik mischt sich mit dem Duft des Brotbelags, meist Salami oder Leberwurst. Allerdings mag ich keine Butter, ich ekle mich davor, also muss meine Mutter das von meinem Vater nicht gegessene Brot auseinanderklappen und mit einem Messer so gut wie möglich die Butter herunterkratzen. Manchmal, und das sind Festtage, bringt mein Vater was vom Wagen mit, der zur Mittagszeit auf das Gelände der Fabrik fährt. Für die Arbeiter der Spätschicht oder für diejenigen, die nicht zu Hause essen wollen. Dann sitzt er da, seine Tasche neben sich, und holt feierlich ein in Aluschale und mit Deckel eingepacktes Stück Hähnchen hervor, das ich essen darf. Ich bekomme das Hähnchen, und weil ich die Knochen und die Haut nicht mag, isst meine Mutter die Reste. Nach dem Essen geht mein Vater ins Bett. Man weiß sogar als Dreijähriger, dass man ihn jetzt nicht stören darf. Wir alle wissen das. Toben mein Bruder und ich manchmal zu sehr in unserem Zimmer, dann wacht er auf, dann stampft er wortlos rüber und steht mit Zornesfalte und zitternden Lippen in der Tür. Mehr nicht. Er sagt kein Wort, er steht einfach nur da in all seiner Mächtigkeit, und wir spielen leise weiter, ganz leise, bis wir hören, dass er seinen Mittagsschlaf beendet und aufsteht und ins Badezimmer geht.

Danach trinken meine Eltern eine Tasse Kaffee und fahren zum Einkaufen. Oft nehmen sie uns alle mit. Ich glaube, aber das ist schwer zu rekonstruieren, wir fahren immer zu Terra. Die Einkaufsoase, darüber wird noch zu sprechen sein, öffnet ja erst einige Jahre später. Während die Eltern die tagtäglich anfallenden Einkäufe erledigen, stehen wir bei den Spielzeugen und bei den Süßigkeiten, betteln wir, und meistens bin ich es, der etwas bekommt. Damals schon. Meine Brüder haben es nicht leicht. Das weiß ich natürlich noch nicht, das werde ich erst später erfahren, viel später.

Am Abend sitzen wir vor dem Fernseher. Es gibt drei Programme. Wir schauen die Mainzelmännchen. Mein Vater trinkt eine Flasche Bier. Meine Mutter damals schon Cola. Sie rauchen beide. Er sitzt im Sessel, sie auf dem Sofa neben ihm. Später dann, bei der Tagesschau, von der ich die ersten Meldungen immer noch mitbekomme, muss ich ins Bett. Aber was heißt das schon? Meine Mutter bringt mich nach oben, sie versucht gar nicht erst, mich in mein Bett zu legen. Sie lässt mich ins Bett der Eltern, wo ich in der Mitte liege, und sie legt sich neben mich, weil ich sonst nicht einschlafen kann. Es dauert eine ganze Weile, bis ich bemerke, dass sie gar nicht da ist, dass sie einfach nur abwartet, bis sie mein gleichmäßiges Atmen hört, dass sie dann eine Puppe auf das Bett legt und meine Hand in die Haare der Puppe greifen, um mich glauben zu lassen, dass meine Mutter es ist, die noch da liegt. Manchmal, sehr selten, geht das gut. Wenn ich besonders müde bin und erschöpft, dann schlafe ich durch. Meistens aber merke ich, dass es nicht meine Mutter ist, die dort neben mir liegt. Ich stehe auf, ich gehe an das gusseiserne Tor an der Treppe, das sie dort haben anbringen lassen, damit die Kinder nicht schlaftrunken runterfallen, ich rufe. Und meine Mutter kommt sofort, der routinierte Ablauf der Abende, ich gehe mit ihr die Treppe herunter, zurück ins Wohnzimmer, lege mich aufs Sofa, bekomme ein Kissen und werde zugedeckt. Bis meine Eltern ins Bett gehen, liege ich so, manchmal wache ich vom Qualm der letzten Zigaretten und vom Deutschlandlied im Fernsehen auf, das ist damals noch so zum Sendeschluss. In den Nächten schlafe ich meistens tief und fest, wenn ich zwischen den Eltern liege. Irgendwann in dieser Zeit ziehen in einer Nacht läufige Katzen durch die Straße, ich schrecke hoch, das Geschrei geht mir durch Mark und Bein, ich denke, es sind Kinder, ich denke, es stimmt da draußen was nicht, während meine Mutter sachte atmet und mein Vater leise schnarcht, ich sage nichts, ich unternehme nichts, mir bricht der Schweiß aus. Einmal, und das ist immerhin ein Anhaltspunkt für meine Angst, da vertausche ich schlaftrunken die Türen. Meine Mutter ist gerade weg und geht nach unten ins Wohnzimmer, da bemerke ich den Schwindel mit der Puppe, wie so oft, da stehe ich auf und will auch nach unten, aber anstatt durch die Schlafzimmertür und zum gusseisernen Tor gehe ich zielstrebig zum Kleiderschrank, öffne die Tür, schließe die Tür, die sich dabei verkantet, und dann sitze ich fest. Ich sitze da und weine und wimmere und rufe. Aber was sollen die Eltern tun, sie sind im Wohnzimmer und glauben, dass ich schlafe, sie können mich gar nicht hören, weil der Fernseher läuft, es dauert vielleicht zehn Minuten, bis meine Brüder was von meinem Jammern mitbekommen, und dann holt mich meine Mutter, und dann spotten meine Eltern zärtlich über mich und decken mich besonders liebevoll zu, und auch ich lächele, aber in Wahrheit habe ich Angst. Wenn es einmal passiert, dann kann es auch ein zweites Mal passieren. Und ein drittes Mal.

Ich bin vier Jahre alt. Ich gehe seit einiger Zeit in den Kindergarten. Ich habe vor allem Angst. Und ich bin jähzornig. Ich habe einen Sprachfehler, ich sage Tirche anstatt Kirche, was von einer Logopädin schnell beseitigt wird, ansonsten bin ich nicht mehr so oft krank wie früher. Und doch hat meine Mutter ständig Angst um mich. Je mehr Angst sie hat, desto mehr liebt sie. Krallt sie sich fest. Machen wir uns an dieser Stelle nichts vor, wir befinden uns gerade so halbwegs in der Perspektive eines Vierjährigen, dem das alles nicht klar ist und auch nicht klar sein muss. Aber er hat ein gutes Gespür, jetzt schon, und was er mitbekommt, das ist: Mutter liebt sehr. Mutter hat sehr viel Angst. Also hat auch er Angst. Vielleicht sogar, dass die Mutter nicht mehr lieben könnte. So oder so ähnlich, wir können natürlich nur munter darüber spekulieren, muss es damals gewesen sein, fest steht: Diese krude Mischung aus sehr viel Angst und sehr viel Liebe hat Konsequenzen. Beispielsweise im Kindergarten. Meine Kindergartenbesuche sind ein kompliziertes Ritual. Alles muss seine genaue Abfolge haben. Alles muss sicher sein, und zwar so, wie ich mir das vorstelle. Meine Mutter bringt mich an der Hand in den Kindergarten. Sie wartet an der Garderobe, bis ich meine Jacke aufgehängt habe. Ich flüstere ihr ins Ohr: Hab dich lieb, hab dich lieb, und du läufst rum. Hab dich lieb, hab dich lieb, und du läufst rum. Es ist ein komischer Pakt, aber die Kindergärtnerinnen spielen mit, weil sie meine Reaktionen fürchten: Jeden Morgen muss mir meine Mutter versprechen, während der Zeit im Kindergarten immer um das Gebäude herumzulaufen, wieder und wieder, in Rufweite zu bleiben, wenn was sein sollte, ich beharre darauf, und als ich älter werde und die Kindergärtnerinnen frage, warum ich meine

Mutter denn niemals draußen sähe, da sagen sie, dass sie sich gerade auf der anderen Seite des Gebäudes auf einer Bank ausruhe, dass ich ausgerechnet immer dann nicht hinschaute, wenn sie auf ihrer Runde an den Fenstern vorbeiläuft, dass sie meine Mutter aber bei jeder einzelnen Umrundung sähen, mach dir keine Sorgen. Ich glaube ihnen. Wie sehr sich alle bemühen, die Konstrukte aus Sicherheit vor mir aufrechtzuerhalten. Denn sie wissen alle, was sonst passiert. Meine Wutanfälle sind bezähmbar, sind bestrafbar, wer ausflippt, der muss in die Ecke und bekommt ein Puzzle, mit dem er sich allein beschäftigen muss. Nicht aber unter Kontrolle zu bringen, ist meine Panik. Und die kommt, wenn sie kommt. Ich trinke Kakao, immer. Stellt man mir stattdessen aus Versehen Milch hin, und mir wird gleich schlecht, wenn ich Milch trinken muss, dann sage ich nicht, das möchte ich, dann sage ich nicht, das möchte ich nicht, sondern ich erbreche. Ähnlich ist es, wenn ein Kind Geburtstag hat und Kuchen mitbringt. Ich will keinen Kuchen von anderen Kindern, ich will keinen Kuchen von anderen Müttern, ich ekele mich davor, aber wenn mir aus Versehen ein Stück hingelegt wird, dann würge ich kurz daran, und dann erbreche ich. Es passiert sicher mindestens einmal in der Woche, und die Ruhe, mit der die Kindergärtnerinnen all das hinnehmen, ist kaum zu verstehen. In einem Herbst, ausgerechnet beim Erntedankgottesdienst, den die Kindergartenkinder mit einem Lied oder was auch immer mitgestalten, machen die Kindergärtnerinnen einen kapitalen Fehler. Ich soll in der ersten Reihe sitzen, wie alle Kinder. Ich will das nicht. Und auch meine Mutter widerspricht. Die Kindergärtnerinnen widersprechen ihr. Und so weiter. Sie streiten in der Kirche. Und ich merke schon, dass mir übel wird, aber ich sage nicht, was ich will, und was ich nicht will. Also sitze ich in der ersten Reihe, zwischen den anderen Kindern, da ist doch nichts dabei. Und gerade als der Pfarrer den Gottesdienst eröffnet hat, da ist es nicht mehr aufzuhalten, ich kotze in hohem Bogen auf den Teppich vor dem Altar. Und auf mich selbst. Meine Mutter ist zur Stelle, der Küster rollt gleich den Teppich ein, die Frau des Pfarrers eilt nach Hause und holt frische Anziehsachen für mich, ich bin rechtzeitig wieder da, und die Kindergartenkinder singen ein Lied, oder was weiß ich, und danach sitze ich neben meiner Mutter, bis der Gottesdienst vorbei ist.

Ich bin fünf Jahre alt. Im nächsten Jahr komme ich in die Schule. Ich mache an den Wochenenden Waldspaziergänge mit meinem Vater. Er erzählt mir von Wildschweinen, von Rehen, von Greifvögeln und dann von Zebras und Pfauen, die es hier geben soll, weil die vor einigen Jahren aus dem Zirkus ausgebrochen sind. Manchmal läuft er ein Stück vor, ich muss warten, und dann kommt er wieder, und wir gehen weiter, und dann bleibt er stehen und sagt: Ich hab mal gehört, hier ist ein Schatz vergraben. Und ich glaube ihm nicht, damals schon macht er viele Witze und bringt mich zum Lachen damit, aber er sagt, na, grab doch mal. Und ich wühle kurz im Waldboden und finde eine Mark. Und als ich weitergraben will, da sagt mein Vater, lass das sein, einen Schatz findet man nicht so oft. Und danach gehen wir in die Wirtschaft an den Schrebergärten, und mein Vater trinkt zwei Biere und manchmal auch einen Schnaps, und ich bekomme eine Flasche Limonade. Frühschoppen am Sonntag. Wenn wir Nachbarn treffen, dann grüßt er, wie geht's, gut geht es, er spricht nicht gern, er spricht nicht viel, jedenfalls nicht mit fremden Leuten. Manchmal, nicht oft, dann bekommt er diesen Blick. Wenn man ihn wütend macht. Und dazu reicht, je nach Laune, schon ein falscher Satz oder ein Wort zu viel. Wenn er getrunken hat, dann geht das besonders leicht. Und dann rastet er aus, aber er schlägt nicht, es gibt keine Ohrfeige, an die ich mich erinnern könnte, doch er setzt sich in Bewegung, mit seinem massigen und muskulösen Körper, er verfolgt mich und meine Brüder, und wir müssen die Treppe raufrennen oder uns unter dem Wohnzimmertisch verstecken, und wenn er dann so wütend und schnaubend dasteht und mit dem Fuß nach uns stochert, dann ist es schon wieder vorbei, dann muss man die Klappe halten für die nächsten Minuten, dann ist der Zorn vergessen. Aber er ist da, und er kann wiederkommen. Das wissen wir.

Und im Sommer wird gegrillt, fast jeden Abend, und ich spiele mit meinen Brüdern Fußball auf der kleinen Wiese über dem Gärtchen, aber wir müssen aufpassen, mein Vater wird fuchsteufelswild, wenn unser Ball zu den Nachbarn fliegt, und im Winter fahren wir Schlitten auf der Kuhwiese nebenan, auf der im Schnee aber keine Kühe stehen. Und an den Wochenenden gehe ich an den Händen meiner Brüder zum Bauern, der hat sein Gehöft oben am Wald, ich darf mir die Schweine angucken und sie manchmal streicheln, ich muss mich aber vor dem Hund in Acht nehmen, der beißt und muss eingesperrt werden, wenn wir kommen. Wir geben unsere Blechkanne ab und bekommen sie mit warmer Milch gefüllt zurück, außerdem zwanzig Eier, jede Woche. Und wir bekommen nach dem Bezahlen ein Bonbon von der alten Magd oder vom Bauern, und dann schlendern wir zurück, und manchmal darf ich die Milchkanne tragen, und ich stelle mir immer vor, wie schön es wäre, diese Milch einfach zu mögen und zu trinken, aber es ist nun mal nicht so.

Der Sommer geht bald zu Ende, und ich erinnere mich noch an diesen Abend, es ist ein Sonntag, mein Vater sitzt rauchend im Sessel und trinkt seinen Rotwein, das macht er nur sonntags, und meine Mutter ist gerade in der Küche und macht Brote fürs Abendessen, der Fernseher läuft, und es kommt die Tagesschau, und ich kann meinen Blick nicht abwenden, und es sagt auch niemand was zu den Bildern: Auf einer Militärbasis in Süddeutschland ist bei einer Flugschau ein Unglück passiert. Die Düsenflugzeuge haben sich in der Luft berührt, und eins davon ist in die Zuschauermenge gekracht, und das brennende Kerosin ist überall. Ich sehe das Bild eines Mannes, dessen Rücken verbrannt ist. Ich sage nichts davon, kein Wort, aber ich nehme es mit ins Bett, es ist ein Sonntag, und in der Nacht habe ich schlechte Träume, ich sage davon nichts, ich fürchte mich die ganze Nacht, ich bin unheimlich müde, als ich an der Hand meiner Mutter in den Kindergarten gehe und hoffe, so sehr hoffe, dass wirklich nur ein Ruf von mir reicht, damit sie sofort da ist, damit sie mich beschützt.

Und natürlich stehe ich doch rechtzeitig auf der Matte. Und natürlich habe ich wieder Frühstück dabei. Und natürlich jubelt meine Mutter, als ich in die Küche komme. Sie freut sich. Was willst du denn schon wieder hier, sagt sie, woanders kriegst du wohl keinen Kaffee. Kann sein, sage ich, dafür bist du ja noch da. Pah, sagt sie, so was sagst du über deine arme, alte Mutter? Sie ist gut drauf, das merke ich gleich. Sie freut sich auf ihre Gruppe, streitet das aber natürlich vehement ab. Der Pflegedienst war schon da, sie sitzt am Tisch mit frisch gewaschenen Haaren, so verqualmt, wie die Küche ist, muss sie schon eine ganze Weile hier warten. Bald kommt das Taxi und bringt sie zu jener Gruppe, in der es für meine Mutter eindeutig zu viele alte Leute gibt. Dort machen sie Spiele, dort singen sie zusammen, dort unternehmen sie oft einen Ausflug in die Stadt. Es tut ihr gut. Es ist ihre Abwechslung.

Fährst du denn heute schon wieder weg, fragt sie. Bis morgen bin ich noch da, sage ich. So kurz nur, sagt sie. Das weißt du doch, sage ich, ich muss arbeiten. Aber so weit weg, sagt sie, kannst du dir nicht hier was suchen? Hier gibt es doch auch Arbeit. Das stimmt natürlich, sage ich, aber ich wohne nicht mehr hier. Aber du hast gesagt, sagt sie, dass du irgendwann wiederkommst. Ich sage nichts und schiebe ihr die Tüte mit den Backwaren hin, und zum Glück vergisst sie das Gespräch ausnahmsweise, blättert in der Tageszeitung und zeigt mir die Fotos im Lokalteil. Kennst du den noch? Kennst du die noch? Die werden auch alle immer älter. Hab ich dir eigentlich schon erzählt, sagt sie, um mir dann zu berichten, wer von wo weggezogen und wer wann woran gestorben ist. In diesen Dingen ist ihr Gedächtnis zuverlässig. Und dann kommt schon das Taxi, meine Mutter sieht es durch das Fenster und springt sofort auf, sie geht in den Flur, zieht sich ihre Jacke an und fragt: Bist du denn nachher noch da? Ich komme heute Abend. Ganz bestimmt, fragt sie. Versprochen, sage ich. Dann bringst du mir Ente vom Chinesen vorbei, sagt sie. Weiß nicht, ob ich das schaffe, sage ich. Du hast mir das aber versprochen, sagt sie, und was soll ich dazu sagen außer: Na gut, wenn es so ist, dann habe ich dir das eben versprochen.

Meine Mutter ist weg, und im Haus ist es ganz still. Nur der Schmiedehammer im Tal hämmert, seit der längst weggezogene Nachbar mir davon erzählt hat, stört er mich zwar nicht, aber ich höre ihn doch dann und wann. Natürlich bleibt die Industrie in Mündendorf nicht von den Krisen verschont, aber in diesem Punkt muss ich meiner Mutter schon zwangsläufig zustimmen, Arbeit gibt es hier auch.

Die Schuhe mutwillig anbehalten. Schubladen öffnen und in uralten Ordnern blättern. Das Geschirr nicht abspülen. Den Staubsauger im Schrank lassen. Die Fenster aufreißen. Und wieder den Lottoschein des Vaters anschauen, der in der Brieftasche liegt, und dessen Zahlen seit Jahren niemand mehr gespielt hat: 9, 14, 22, 23, 38, 44, Zusatzzahl 29.

Ich gehe zu Fuß. Ich laufe mich müde, obwohl ich es schon bin, im Kopf zumindest. Ich stehe vor meinem alten Gymnasium und warte eine Weile, aber ich kenne keinen der Lehrer mehr, die das Gebäude verlassen. Ein Klassenkamerad von mir unterrichtet jetzt hier, habe ich gelesen. Wir haben den Kontakt nicht gehalten. Ich gehe weiter. Nochmals vorbei am Ollen Otto und an der Stadtbücherei. Das alles verschwindet doch nicht. Das alles kannst du immer sehen, wenn du hier bist. Aber wer weiß. Wehmut kündigt sich an. Das ist immer so, wenn das Bergfest überstanden ist. Ich laufe weiter. Und dann passiert, was noch nie vorher passiert ist: Ich entdecke meine Mutter. Komplett losgelöst von mir. Sie sitzt mit ihrer Gruppe in der Eisdiele und hat schon wieder einen großen Amarenabecher vor sich. Es ist anrührend, sie so zu sehen, wie ich sie sonst nie sehe. Ihre lebhafte Gestik. Ihre häufige Entrüstung. Ihre Ungeduld. Fragt sie gerade wirklich, warum man da drin nicht rauchen darf? Zieht sie sich tatsächlich ihre Jacke an, um allein vor die Tür zu gehen?

Irgendwann werde ich länger bleiben, nehme ich mir vor. Irgendwann werde ich all die Geister vertreiben und einige Wochen hier verbringen, ohne Panik, einfach so. Aber wo anfangen mit der Austreibung der Gespenster und wo aufhören? Wie etwas verändern, wenn die Panik schon in das Fundament dieses Gebäudes in meinem Kopf eingegossen ist?

Ein letztes Mal, und das stimmt in dem Fall wörtlich, durch die Einkaufsoase laufen. Es ist fast nichts mehr übrig. Ich denke an das Lager und den Karneval, an die T-Shirts der Konservendosenhersteller und an die Geburtstagstorten und daran, dass dieses banale Kaufhaus nun mal eine Institution war, etwas, das aus der Familiengeschichte einfach nicht wegzudenken ist. Letzter Rundgang durch den Konsumklotz. Und ich muss lächeln, als ich sehe, wie das Wasser von der Decke in die Eimer tropft. Wasser gibt es jedenfalls genug. Aber trotzdem trocknet die Oase aus.

Wie würde sich all das anfühlen, wenn ich geblieben wäre? Wo würde ich leben, wie würde ich leben? Wäre es wirklich schlechter? Wäre es nicht nur anders? Würde ich mir nicht viel Ärger ersparen, wenn ich es wirklich täte? Schwache Momente. Die gehören dazu. Ich gehe zurück zu meinem Bruder, niemand ist im Haus, ich lege mich auf mein Gästebett und schlafe sofort ein, die letzte Nacht war zwar besser als die Nacht davor, aber kaputt bin ich trotzdem. Kaputt wie ein Hund, fällt mir ein, die Stimme meines Vaters. Ich bin gerade dabei, über die Gedanken an meinen Vater einzuschlafen, da klingelt der Paketbote, ich gehe zur Tür und bin überrascht, es ist ein alter Bekannter, mit dem ich hier und jetzt überhaupt nicht gerechnet hätte. Wir freuen uns, einander nach all den Jahren zu sehen. Immer noch Schlagzeug, frage ich ihn. Aber klar! Solange es geht. Und du, immer noch Posaune? Schon lange nicht mehr, sage ich, das ist seit vielen Jahren vorbei. Wir verabschieden uns. Komm doch mal wieder zu einem unserer Konzerte, sagt er, wir würden uns alle freuen. Bin ja so selten hier, sage ich. Aber beim nächsten Mal versuch ich es.

Die Müdigkeit vor dem ersten Ton. Ich bin nicht bei der Sache. Mit den Gedanken woanders. Reiß dich zusammen, sage ich mir. Versuch es. Aber ich bin nicht richtig hier. Ich spiele runter, was vor mir auf dem Blatt steht. Der Musikzug ist nur noch eine lästige Pflicht, die mich Zeit kostet, eine Probe in der Woche und Auftritte an Samstagen und Sonntagen. Wofür mache ich das? Die Proben für unser großes Konzert haben begonnen. Dort werde ich ein Solo mit dem Musikzug spielen dürfen. Volkstümliche Fantasie über ein Motiv von Wolfgang Amadeus Mozart. Mein ehemaliger Lehrer hat es vorgeschlagen, obwohl er selbst noch nie allein gespielt hat. Er ist stolz auf mich, bin ich doch sein erster Schüler gewesen und noch dazu bei diesem Professor, bei dem es, das zumindest glauben alle im Musikzug, so gut läuft, dass er ständig von mir schwärmt und mich andauernd lobt.

Die Tür zum Saal öffnet sich. Die Scheinwerfer blenden mich, als ich an meinen Platz gehe. Der Dirigent gibt mir die Hand. Gleichmäßiger Applaus des Publikums, der erst verebbt, als ich konzentriert auf der Bühne stehe. Der Dirigent hebt die Hand. Energisch setze ich mein Instrument an. Ich brauche keine Noten. Das große Sinfonieorchester und ich sind ein eingespieltes Team am Ende einer langen Tournee. New York, Paris, Tokio.

Ich habe nichts mehr beim Musikzug verloren, denke ich. Ich bin müde, denke ich. Ich langweile mich, denke ich. Zum dritten Mal hintereinander müssen wir jetzt den Anfang eines langsamen Stücks spielen, eine irische Weise aus dem County Derry. Etwas passt dem Dirigenten nicht in den Kram. Was machst du denn da die ganze Zeit, fragt er und meint mich. Nichts, sage ich, ich spiele, was da steht. So, sagt er und ist gereizt, und ich bin es auch, na, dann spiel doch wirklich mal, was da steht. Und ich spiele und merke, dass ich mich verlesen und in der Tonart geirrt habe. Auch große Meister irren manchmal, sagt der Dirigent, und jetzt lacht der Musikzug, und ich werde wütend, würde am liebsten das Scheißinstrument auf den Boden werfen und den Scheißprobenraum sofort verlassen, aber ich flüstere nur etwas wie: Du kannst mich mal, und nur mein ehemaliger Lehrer neben mir hört es und gibt mir einen Stoß in die Seite. Na gut, von vorne, sagt der Dirigent und lacht schon wieder, als wäre die Sache damit aus der Welt. Ist sie aber nicht.

Das Stabsmusikkorps steht in Reih und Glied. Wir spielen den Großen Zapfenstreich zur Verabschiedung des Bundespräsidenten. Der Platz wird von Fackellicht beleuchtet. Ich trage eine prächtige Uniform, wie alle Musikerinnen und Musiker. Kameras filmen uns ab. Der Staatsakt wird im Fernsehen übertragen. Meine Eltern können mich sehen.

Das Solo mit dem Musikzug läuft schon gut. Manchmal hängt das Orchester, manchmal hänge ich, aber wir hangeln uns zusammen durch. Noch sind es einige Wochen, und wäre da nicht meine Wut auf den Dirigenten, ich könnte diesen Moment sogar genießen. Da bin ich, da gehöre ich hin. Genügt das denn nicht? Ist es nicht schon Herausforderung genug, ein vernünftiger Marschmusiker zu sein, der noch dazu ein Solo mit Orchester bekommt? Warum muss ich es unbedingt allen zeigen? Ich will nach der Probe mit niemandem reden. Hast du gut gemacht, sagt mein ehemaliger Lehrer, ich bedanke mich. Tut mir leid, sagt der Dirigent, aber du musst dich doch auch auf andere Sachen konzentrieren, war nicht so gemeint. Ist in Ordnung, sage ich.

Der Orchestergraben während der Vorstellung eines Musicals. Ich mache die Arbeit jetzt seit einigen Monaten, aber die Monotonie, vor der mich alle gewarnt haben, ist noch nicht eingekehrt. Nicht selten spiele ich zweimal am Tag dieselben Stücke. Und der Applaus gehört denen oben auf der Bühne. Aber das ist mir egal. Es hat vielleicht nicht gereicht für die großen Sinfonieorchester, aber ich bin Musiker und lebe von dem, was ich tue. Das wollte ich doch, denke ich, nachdem sich zum zweiten Mal an diesem Tag der Dirigent bei uns bedankt, nachdem wir müde und routiniert unsere Instrumente forttragen und auch der nächste Tag keine Überraschungen bereithalten wird.

Ich rede auch nicht mit meinen Eltern nach der Probe mit dem Musikzug. Was ist dir denn für eine Laus über die Leber gelaufen, fragt mein Vater, klappt was nicht mit deinem Solo. Doch, sage ich, ich bin nur unheimlich müde. Dann ist ja gut, sagt er. Als ich allein in meinem Zimmer bin, lege ich eine CD von Jens Anderson ein. Ich krieche in mein Bett, und mir kommen die Tränen. Ich fange an zu weinen.

Ich werde nicht weiter Marschmusik machen. Ich werde nicht weiter ins Ruhrgebiet zu meinem Professor fahren. Ich werde mit der Musik aufhören, das weiß ich an diesem Abend ganz genau. Die eine Welt habe ich schon verlassen. Für die andere Welt bin ich nicht gut genug. Doch dann kommen die letzten Takte, die Jens Anderson mit einem berühmten Orchester spielt, eine Aufnahme aus New York, aus Paris, aus Tokio.

Und dann kommen die letzten Takte, die ich mit einem berühmten Orchester spiele. In New York, in Paris, in Tokio. Schon in den letzten Ton bricht der Jubel des Publikums ein. Erschöpft und verschwitzt stehe ich da und verbeuge mich wieder und wieder. Die Menschen feiern mich, klatschen ausdauernd, stehen auf. Der Dirigent umarmt mich überschwänglich, und den Blumenstrauß, den ich bekomme, verschenke ich gleich weiter an das Orchester, das mache ich immer so, und immer noch freuen sich alle über die kleine Geste von mir.

Als ich sechs Jahre alt bin, da ist unser Haus groß und prächtig wie eine Villa. Es müssen reiche Menschen sein, die dort leben. Alles ist hell, und alles gehört mir. Bis auf die Waschküche, bis auf den Keller, bis auf das Zimmer, das auf die Terrasse geht. Kann man nicht ein Haus bauen ohne Räume, vor denen man sich fürchtet? Mein ältester Bruder bekommt sein erstes Moped, und er zieht von seinem Zimmer in das Zimmer unten im Keller. Ich bekomme ein eigenes Bett, in dem ich nicht schlafe, ich bekomme eine eigene Tapete mit Clowns und Luftballons, die einfach über die blau gestreifte Tapete übertapeziert wird. Wenn ich spiele, dann ist die Tür zu meinem Zimmer offen. Ich halte es nicht aus, wenn sie geschlossen ist.

Meine Eltern sind beim Einkaufen, meine Brüder sind beim Fußball, sie lassen mich eine Stunde allein, zum ersten Mal vielleicht, und es ist mir nicht so unbehaglich, wie ich es erwartet hatte. Ich schaue das Kinderprogramm im Fernsehen. Es gibt einen Moderator, und es gibt das gelbe Ding mit der verzerrten Stimme, das über den Fernsehbildschirm fliegt. Sie sind lustig. Aber warum gibt es in diesem Studio keine Fenster? Und wo schläft das gelbe Ding, wenn es schlafen muss? Jedenfalls werden in diesem Kinderprogramm auch kurze Filme gezeigt. An diesem Nachmittag ist es ein Puppenspiel. Es heißt *Frau Not*. Ich halte mir gleich die Augen zu, aber ich kann auch nicht wegsehen, nach jemandem rufen kann ich schon gar nicht, ich bin allein. Die Geschichte, wie ich sie damals verstehe: Eine alte Frau mit Kopftuch kommt zu einer Familie. Die Familie hat ein Haus auf dem Land oder in einer kleinen Stadt, wie wir es haben. Die Frau sieht schlimm aus und garstig. Sie öffnet ihre Tasche und lässt die Mäuse heraus, die alles zernagen, was ihnen vor die Zähne kommt. Und dann macht sie dieses fiese Geräusch, wieder und wieder, und schwingt ihre Tasche, und alles, was sie damit berührt, wird verwüstet, sie läuft durch die Zimmer, irgendwann fliegt sie sogar wie ein Geist, und die Familie versteckt sich in einer Ecke, und als alles in Schutt und Asche liegt, da lässt Frau Not die Mäuse wieder zurück in ihre Tasche, fällt auf das übrig gebliebene Bett und schläft ein, während die Eltern und die Kinder vor ihr zittern. Am nächsten Morgen verschwindet sie mit einem grausamen Lachen und wirft der Familie nur einen Galgenstrick hin. Wo auch immer diese Frau Not auftaucht, hinterlässt sie Entsetzen, Armut und blanke Angst. Sie treibt sogar einen König in den Wahnsinn und in den Tod, dessen Kutsche am Ende nicht mehr von Pferden gezogen wird, sondern von Mäusen. Und dann ist der Film vorbei, und mir ist der Schweiß ausgebrochen, ich kaue auf meinen Nägeln, was ich sonst nie tue, ich begreife nicht, warum keiner was sagt, warum keiner was erklärt nach dem Ende des Films. Ich starre auf den Fernseher, und mein Puls rast. Ich werde mich viele Jahre lang vor Frau Not fürchten, ich werde unter Betten und Schränke schauen, egal wo ich bin. Ob sie nicht schon da liegt und ihre Tasche öffnet? Ich werde sie manchmal ihr Geräusch machen oder lachen hören in der Nacht, ich werde wieder und wieder von ihr träumen, und ein bisschen besser wird es erst, als ich ihr in meiner Fantasie einen Alltag gebe, einen Platz einräume, als würde sie zu unserer Familie gehören, und als wäre es nur ihr lästiger Beruf, ab und zu die Not zu sein: Fahren wir in die Stadt, dann fährt Frau Not mit und ist eigentlich ganz nett, wenn man sie in Frieden lässt. Und beginnt unser Urlaub an der Nordsee, dann packt auch Frau Not ihre Tasche und macht Ferien. Ich erzähle nie ein Wort von diesem Nachmittag. Erst viele Jahre später suche ich nach dem, was mir jahrelang als Kind die Seele schwer macht – und werde schnell fündig: Frau Not ist ein Puppenspiel aus der Tschechoslowakei, gedreht noch in sozialistischen Zeiten von einer berühmten Filmemacherin, und in der Tat soll man sich gruseln als Kind, aber es gibt ja eine Erlösung, die mir damals natürlich komplett entgeht: Mit Fleiß und harter Arbeit vertreibt nämlich die Familie, zu der die Not am Anfang kommt, das böse Gespenst. Ist man nur redlich und nicht faul, dann verschwindet die Not so schnell, wie sie gekommen ist.

Woher kommt die Angst? Nicht die Angst vor der ¹
lichkeit, die ist harmlos, es gibt in dieser Kindheit
einen einzigen Anlass zur Sorge, nicht eine Situation, in der
etwas passieren könnte, es gibt noch nicht einmal diesen
einen Unfall, selbst erlebt oder wenigstens gesehen, es gibt
nicht den einen komischen Vorfall, ein Betrunkener rastet
aus, man sieht eine Schlägerei mit eigenen Augen, und so
weiter. Woher hat schon ein Kind diese Neigung, immer die
größtmögliche Katastrophe zu erahnen? Warum stelle ich
mir vor, dass die Dinge schlecht ausgehen müssen, dass alles
andere nur ein Aufschub ist bis zum wirklichen und unaus-
weichlichen Unglück? Wie kann ein Kind so eine Fantasie
haben, solche Fühler für das mögliche Unglück? Und wie
kann es für sich behalten, was es ahnt?

Im Sommer komme ich in die Schule, und alles ändert
sich: Ich fühle mich groß. Meine Mutter muss mir nicht
mehr versprechen, um das Gebäude herumzulaufen. Ich
muss nicht mehr kotzen. Und ich habe meine Strategien:
Wenn die Angst zu groß wird, dann spiele ich den Clown.
Er war ein freundlicher, oft recht impulsiver Schüler, steht
im ersten Zeugnis. Zur Belohnung fahren meine Eltern mit
mir nach der Einschulung in eine Zoohandlung. Ich suche
mir einen blauen Wellensittich und einen Käfig aus, wir kaufen einen Spiegel und einen Plastikvogel und Futternäpfe
und ein Badehäuschen. Der Wellensittich fasst schnell Vertrauen zu uns. Er lässt sich auf dem Finger durch das Haus
tragen. Er fliegt nicht mal davon, wenn man mit ihm kurz
auf die Terrasse tritt. Er fixiert sich auf meine Mutter, und
wenn sie auf dem Sofa liegt und schläft, dann kommt der
Wellensittich angeflogen, landet auf ihr und ruht sich auch
aus. Wenn ich allein bin, dann quäle ich das Tier. Es macht

mir kein schlechtes Gewissen damals, das kommt erst viel später, ich glaube, ich spiele mit dem Vogel und er mit mir. Ich setze ihn in den Kühlschrank, und wenn ich nach einigen Minuten die Tür wieder öffne, dann ist er aufgeplustert und sieht mich freundlich an. Ich lasse ihn in seine Futterdose traben und schließe sie. Sein Vertrauen in mich ist dennoch ungebrochen. Ich habe nicht viele Freunde in der Zeit, allen will ich den Wellensittich zeigen, auf den ich stolz bin. Meine Eltern mögen es nicht, wenn Fremde im Haus sind. Aber sie lassen mich machen. Der Wellensittich ist die große Sensation für mich. Einmal, und das soll mein großer Tag werden, darf ich den Wellensittich mit in die Schule bringen. Meine Mutter hat Bücher ausgeliehen und mit mir das gesammelte Wissen über Wellensittiche zusammengetragen. Ich weiß alles über sie. Doch am Abend vor dem großen Triumph werde ich krank, bekomme ich Fieber, fällt der Besuch mit dem Vogel in der Schule aus. Ich weine. Stattdessen darf ich später meinen kleinen Vortrag halten und Fotos des Vogels zeigen. Dann wird der Vogel sehr schnell immer älter und dicker und dicker, und irgendwann stirbt er. Es ist das erste Mal, dass ich den Tod erlebe. An einem frühen Abend will ich den Vogel aus dem Käfig nehmen, und er bleibt auf meinem Finger sitzen, ist aber seltsam taumelig, dann kippt er einfach von meinem Finger herunter und fällt auf den Boden, so, wie er ist, ich nehme ihn in die Hand, er atmet noch einmal oder zweimal, oder bilde ich mir das nur ein, er ist tot, seine Füße werden noch kälter, als sie es ohnehin schon immer waren. Ich weine. Ich trauere. Seine Federn werden feucht von meinen Tränen. Wir legen ihn in eine Dose, es ist eine hellblaue Dose, die mit Gänsen bedruckt ist, wir kleiden sie mit Watte aus, und als wir den Vogel am nächsten

Morgen nochmals anschauen, da sind seine Augen schon ganz eingefallen. Ich flüstere ihm einige letzte Worte zum Abschied zu. Mein Vater gräbt mit mir ein Loch im Garten, wir legen die blaue Dose mit dem blauen Wellensittichleichnam hinein, mein Vater schüttet an sich genug Erde drauf, und das Loch ist tief genug, trotzdem müssen in der Nacht andere Tiere kommen, am nächsten Morgen ist das Loch wieder aufgegraben, und die Schachtel liegt umgestoßen da, und der Vogel ist für immer verschwunden. Einige Wochen nach dem Tod des ersten Wellensittichs kommt ein gelber Vogel ins Haus, der aber nie so zutraulich wird wie das allererste Tier. Wellensittich wird auf Wellensittich folgen. Und alle werden immer den gleichen Namen bekommen. Wie in einer Adelsdynastie.

Woher kommt die Traurigkeit? Nein, Traurigkeit ist das falsche Wort, es ist Mitleid. Mit allem, was lebt, mit allem, was leidet. Es reicht, dass ich einen Zeichentrickfilm sehe, in dem ein Mann mit seiner Falle eine Maus einfängt – und ich breche in Tränen aus und beruhige mich nicht, minutenlang. Kann ein kleines Kind schon so viel fühlen? Wo ist die Unbeschwertheit? Warum ist da so viel Unbehagen? Weshalb reicht ein kleiner Anstoß, um jedes Gefühl von Geborgenheit zu vernichten? Um alles ins Wanken zu bringen?

An Heiligabend gehe ich mit meiner Mutter und meinen Brüdern in den Nachmittagsgottesdienst, während mein Vater in der Küche bleibt und sich um die Weihnachtsgans kümmert. Es gibt außergewöhnlich viele Fotos von diesem Heiligabend, in den Jahren danach haben wir nicht mehr so viele Bilder gemacht, ich kann gar nicht sagen, warum es so ein besonderes Fest ist, vielleicht weil ich mich wirklich bewusst an alle Details erinnere, vielleicht weil ich, als sich zur Bescherung die Wohnzimmertür öffnet, ganz kurz das Christkind in der Ecke des Wohnzimmers lächeln sehe, bis es gleich wieder verschwunden ist, während zu alledem *Stille Nacht* erklingt, eine Aufnahme der Regensburger Domspatzen, die einmal im Jahr auf den ansonsten nie benutzten Plattenspieler gelegt wird. Ich denke viel über dieses Weihnachtsfest nach: Einerseits kann ich mich mit meinen sechs Jahren erstmals an alles erinnern, wie die Gans im Ofen riecht, wie mein Vater Schnaps für Schnaps trinkt und friedlich ist, wie er es nur an Weihnachten sein kann, wie ich verstehe, dass meine Eltern die Eltern sind, die sich besonders mögen an diesen Tagen, wie ich länger aufbleiben darf als sonst und meinem Vater auch spät am Abend noch in der Küche gegenübersitze, da sind sogar meine Brüder schon in ihren Zimmern und meine Mutter vor dem Fernseher, und wie er zum ersten Mal anfängt, mir Geschichten zu erzählen, natürlich nicht die schlimmen Geschichten aus seiner Kindheit, von denen er später berichtet, aber er redet von der Arbeit und davon, dass es früher an Weihnachten nicht so viel gab, und davon, wie man damals dennoch schön feierte, und wie gut er es findet, dass es heute so ist, wie es ist, ja, mein Vater spricht erstmals an diesem Heiligabend auf eine andere Art zu mir, nicht wie zu einem Erwachsenen, aber wohl wie zu jemandem, bei dem er weiß, dass seine Worte ihn erreichen.

Einige Fotos dieses Abends habe ich bis heute: Da sitzt dieser zu dem Zeitpunkt schon immens fette Wellensittich, mein allererstes Haustier, auf der Modelleisenbahn, die ich geschenkt bekommen habe, und fährt im Kreis. Auf einem anderen Bild hockt er auf der Schulter meiner Mutter, sie trägt ihre Weihnachtssachen, die sie immer nur an Heilig-abend anzieht und am Hochzeitstag, wenn sie mit meinem Vater allein in das Chinarestaurant fährt und sie zwei Stunden für sich haben, die einzigen zwei Stunden im Jahr, in denen sie allein etwas unternehmen, aber zurück zu diesem Foto vom Heiligabend, sie sitzt also da am Weihnachtstisch, und der Sittich auf ihrer Schulter frisst von der Gänsekeule, die ihm hingehalten wird. Dieser Heiligabend wird nie wiederholbar sein, das Weihnachtsfest, an dem das Christkind in der Ecke sitzt, von dem ich bis heute nicht weiß, ob es die erste und letzte manifeste Einbildung meiner Kindheit ist oder einfach meine Mutter, die ich in dem Augenblick tatsächlich für das Christkind halte.

Woher kommt die Gier? Man muss immer besser sein als andere. Man muss immer aufpassen, dass einem nichts weggenommen wird. Man muss immer schneller sein, sonst gehört man zu den Verlierern. Denn was ich von meiner Mutter lerne, obwohl sie es nicht ein einziges Mal ausspricht: dass wir immer die Verlierer sind. Die Benachteiligten. Dass man um alles, restlos alles, ständig kämpfen muss. Dass man es übertreiben muss, um überhaupt was abzukriegen. Dass man nach drei Brötchen verlangen soll, wenn man eigentlich nur eins haben möchte. Man ist gierig, man ist kämpferisch, ständig bereit, sich zu verteidigen, und bevor man sich verteidigen muss, greift man besser selbst an. So ist das, wenn man zu den Verlierern gehört. Wenn man zumindest das diffuse Gefühl hat, zu den Verlierern zu gehören.

Ich bin immer noch sechs Jahre alt, da eröffnet die Einkaufsoase. Ein Kaufhaus, das damals in der Kleinstadt für großes Aufsehen sorgt. Am ersten Tag fahren meine Eltern allein hin, weil sie selbst erst in Ruhe schauen wollen. Es gibt alles an einem Ort. Die Lebensmittel und die Kleidung, die Haushaltswaren und die Elektrogeräte. Es gibt eine Käsetheke und eine Fleischtheke und, so erzählt es mir meine Mutter nach ihrer Rückkehr an jenem Tag, ein ganzes Regal mit Nudeln, alle möglichen Sorten Nudeln, unvorstellbar viele Nudeln, und das ist nur eine einzelne Reihe. Die Einkaufsoase wird der tagtägliche Fixpunkt der familiären Unternehmungen. Man fährt bequem auf das Parkdeck, und der Aufzug bringt einen direkt in die Oase. Die Oase bietet eine Art von Stabilität. Egal wie komisch die Welt ist, egal wie groß die Sorgen sind, es gibt die Oase und zugleich ständig täglich anzuschaffende Dinge, es gibt die Konstante in Form eines Konsumtempels. Und die Einkaufsoase tut damals alles, um ihre Bedeutung im Leben einer Familie wie meiner noch zu erhöhen: An Geburtstagen bekommt das Geburtstagskind, wenn es sich an der Information meldet, eine kleine Torte geschenkt, und der Name wird über das Lautsprechersystem ausgerufen. An Karneval gibt es Präsente diverser Firmen, kleine Produktproben, für die Kinder wird ein bunter Nachmittag veranstaltet, ich verkleide mich in diesem Jahr als Biene Maja, meine Mutter näht das Kostüm, und es gibt eine Polonaise durch die Lagerräume der Einkaufsoase. Was sind das für Erinnerungen, was sind das für Geschichten? Das alles kommt zurück und war Jahrzehnte verschüttet, ich erinnere mich daran, wie meine Mutter in den Bastelladen geht und tagelang an meinem Bienenkostüm sitzt, wie sie die Fühler anbringt und Filz aufklebt, und das alles nur für diesen Nachmittag in einem neu eröffneten Kaufhaus in der kleinen Stadt. Bei einem unserer ersten Besuche, und diese Erinnerung vergeht nie, weil ich sie mit mir herumtrage, schenken mir meine Eltern ein Schmetterlingsnetz, ein grüner Plastikstiel mit einem ebenfalls aus Plastikmaschen bestehenden Netz am oberen Ende, ich probiere es gleich am nächsten Tag aus, ich bin aufgeregt, als ich hinter einem Pfauenauge herrenne, aber erwische es nicht, ich stolpere, ich falle hin und schlage mir das Knie furchtbar auf, es dauert lange, bis die Wunde verheilt, es bleibt eine ganz kleine und graudunkle Narbe, die ich bis heute habe, die mich immer an die Einkaufsoase und das Schmetterlingsnetz erinnert, selbst jetzt, da es durch das Dach der Oase tropft und niemand weiß, was mit dem renovierungsbedürftigen Betonbau geschehen wird.

Ich bin sieben Jahre alt. Ich fürchte mich manchmal vor meiner Mutter und vor meinem Vater, aber auf ganz verschiedene Weise. Mein Vater ist die meiste Zeit ruhig, oft sitzt er in kurzen Hosen und im Unterhemd auf der Terrasse und trinkt nach der Arbeit eine Flasche Bier, wir lassen uns in Ruhe. Natürlich, er kann unberechenbar sein. Aber wenn er mal einen seiner Wutanfälle bekommt, dann bin ich meistens schneller. Meine Mutter jedoch, die kann aus der Haut fahren, die kann sagen, ich hab dich nicht mehr lieb, wenn du dieses oder jenes jetzt machst, das kommt nicht oft vor, aber es kann passieren. Sie kontrolliert, was sie nur kontrollieren kann, es ist unmöglich, etwas vor ihr zu verheimlichen, denn wenn man ihr die Schulhefte mit den Ermahnungen der Lehrerin nicht selber zeigt, dann schaut sie in einem unbeobachteten Moment in den Tornister und in die Hefte, und dann gibt es ein Donnerwetter, sie hat alles im Griff, sie hat die Macht.

Mein Vater im Unterhemd, meine Mutter im Küchenkittel. So ist es damals und in den folgenden Jahren. Niemand weiß, warum meine Mutter angefangen hat, diese Kittel zu tragen, denn sie sind damals längst nicht mehr in Mode. Sie tut es jedenfalls im Haus jeden Tag, in allen Farben und Variationen, die Mutter im Kittel und mit großer Brille, der Vater im geringelten Polohemd und mit düsterem Blick, auch, wenn er gar nicht düster ist, das also sind die Eltern. Meine Mutter kämpft für ihre Kinder. Aber sie übertreibt es. Damals, als ich sieben Jahre alt bin, mischt sie sich in einen Schulstreit ein und wird beim Abholen eines Mittags sofort ausfallend gegen eine andere Mutter, die sich noch nicht mal erklären kann. Und während jene andere Mutter es mit ruhigen Argumenten versucht, schimpft meine Mutter los, nimmt mich in Schutz, wo es nichts in Schutz zu nehmen gibt, und es fallen böse Worte und schlimme Worte, und am Ende muss meine Mutter deshalb sogar zu einem Schiedsmann und fünfzig Mark bezahlen wegen ihrer Beleidigungen.

Nachbarn oder Freunde kommen so gut wie nie zu Besuch. Manchmal Verwandte aus dem Ruhrgebiet, wenn es einen besonderen Anlass gibt. Dann sind die Eltern aber schon Tage vorher in Aufruhr, sie putzen das Haus, sie waschen die Gardinen, sie kaufen neue Tischtücher, und alles nur für diese ein, zwei Stunden, in denen Schwarzwälder Kirschtorte gegessen und Kaffee getrunken und geraucht wird. Sie wollen einen guten Eindruck machen. Und doch, es gibt Freunde, aber sie sind weit weg. Über eine in der Kleinstadt organisierte Aktion bekommen meine Eltern die Adresse einer Familie aus Brandenburg. Wir schicken ihnen Pakete mit Lebensmitteln in die DDR. Sie schicken uns Drechselarbeiten und Spielzeuge zurück. Einmal besuchen wir sie, tatsächlich, es ist die weiteste Reise, die wir jemals gemeinsam unternehmen werden, ich habe nur dunkle Erinnerungen an die Transitautobahn und an die unfreundlichen Grenzer, die keinen Spaß verstehen und auf der Rückfahrt unsere Wäsche durchwühlen. Ich weiß noch, wie der letzte Abend verläuft, unsere Freunde wohnen auf einem Hof in einem Dorf, und ich liege wieder auf der Küchenbank am Abend, zur Irritation jener Freunde, bei denen wir wohnen, aber sie sagen nichts. Mein Vater und der Vater der Brandenburger Familie zechen bis zum frühen Morgen, und als wir mit unserem Auto wieder zurück in den Westen fahren, da ist mein Vater noch ziemlich angetrunken, und auf den ersten Metern fährt er fast in den Graben, bis er sich fängt und auf die Straße konzentriert. Meine Mutter schreit ihn die erste halbe Stunde lang an, er will nur Kaffee und Zigaretten und Wasser, gegen die Sauferei muss man ansaufen, sagt er, aber meine Mutter will seine Späße nicht hören und malt sich schon aus, wie es sein wird, wenn die Volkspolizei ihn erwischt, wie die Familie zerrissen wird und in der DDR festsitzt, und das alles nur, weil mein Vater sich nicht beherrschen kann und zu viel von diesem Ostfusel trinken musste, es ist überraschend, dass mein Vater all das über sich ergehen lässt, wenn die Eltern streiten, dann bleibt er zwar lange Zeit ruhig, aber wenn er losschreit, dann wird meine Mutter ganz still, entweder weil sie beleidigt ist oder weil sie schlichtweg Angst hat, dann prallt eine große Macht auf eine andere große Macht. Kalter Krieg, der aber immer nur wenige Tage andauert. Als wir aus der DDR wegfahren, da dauert es bis zur Grenze, bis meine Mutter sich beruhigt. Und sie bläut uns ein, kein Wort von den ganzen Dingen zu sagen, die wir im Kofferraum haben, und die Grenzer wollen sie vielleicht nicht finden oder stellen sich wirklich nicht sonderlich geschickt an, irgendwann jedenfalls lassen sie uns wieder fahren, und erst dann hört meine Mutter auf mit ihren Vorwürfen, da ist mein Vater längst schon wieder nüchtern.

Woher kommt die Einsamkeit? Sie sitzt so tief in mir drin, sie arbeitet schon in den allerersten Sandkastengedanken, an die ich mich erinnere. Man gehört nicht dazu. Man ist auf sich gestellt. Man kann sich nie sicher sein. Da ist die Einsamkeit und natürlich die Furcht vor noch größerer Einsamkeit. Als würde das ganze Leben nur unter Vorbehalt funktionieren, als könnte jederzeit jemand kommen und sagen: Das ist jetzt vorbei. Gib mir das Haus. Gib mir die Familie. Leider ist jetzt alles weg, und du kannst sehen, wo du bleibst. Zum ersten Mal fällt mir ein, dass wir auch das waren damals: kauzig. Wir machen uns das Leben im Grunde genommen selbst schwer mit all dem Misstrauen, mit all dem Unwohlsein. Wir sind nicht reich. Wir sind auch nicht richtig arm. Wir sind nicht richtig isoliert. Wir sind nicht richtig gesellig. Wir gehören irgendwie dazu. Wir gehören nirgendwo dazu. Niemand rümpft die Nase über uns. Aber die Eltern fürchten das. Sätze, die für immer bleiben: Die sind was Besseres. Mit denen können wir nicht mithalten. Pass auf, wie du dich benimmst, pass auf, was du sagst. Wir sind eine kinderreiche Arbeiterfamilie, davon gibt es doch viele in diesem Mündendorf zur damaligen Zeit, was macht uns, was macht mich so einsam?

An den Wochenenden unternimmt mein Vater mit mir Ausflüge, er bekommt immer mit, wo gerade eine Geflügelausstellung oder eine Kaninchenausstellung stattfindet, dorthin fährt er mit mir, und wir gehen durch die Reihen der Schützenhallen und schauen uns die schönsten und größten und bemerkenswertesten Tiere an, und dann kaufe ich Lose an einem Losstand und gewinne Blumentöpfe oder eine Ziertaube aus Stoff, die ich gleich nach unserer Rückkehr nach Hause meiner Mutter schenke. Es gibt auch noch die Feuerwehrfeste, zu denen wir gehen, dann essen wir eine Bratwurst, ich bekomme eine Limonade, und mein Vater trinkt sein Bier, wir hören der Blaskapelle zu, und ich darf auf ein Feuerwehrauto klettern, wir bewundern die geschickten Übungen der Feuerwehrleute, ich würde ja Feuerwehrmann werden wollen, aber neben Frau Not und Einbrechern im Allgemeinen fürchte ich in diesen Jahren nichts so sehr wie das Feuer. Aber ich sage nichts davon. Ich spreche selten von meiner Angst.

Woher kommt die Scham? Ich ziehe mich beim Schwimmunterricht nicht mit den anderen Kindern um. Ich geniere mich, ich warte beim Schulsport, bis alle anderen Kinder ihre Sportkleidung angezogen haben und die Umkleidekabine leer ist. Ich schäme mich für alles, was ich tue oder nicht tue. Nichts ist selbstverständlich für mich, und das schon als kleines Kind. Wie fängt so etwas an?

Ich bin acht Jahre alt. Es ist Hochsommer, und beim Fest des Schützenvereins ist gerade ein neuer König ermittelt worden. Ein Umzug findet statt, an der Spitze das neue Königspaar, dahinter der Hofstaat und das Tambourcorps und dahinter die Delegationen der anderen Schützenvereine, von denen es viele gibt in Mündendorf. Ich darf auch mitmarschieren, ich trage eine dunkle Stoffhose, ein weißes Hemd und einen Schützenhut, ich habe eine Kindertrommel umgehängt, auf die ich schlagen darf, ich nehme das alles natürlich sehr ernst, und dann schlage ich einmal zu fest, und das Fell der nicht besonders stabilen Trommel reißt, und ich traue mich nicht, etwas zu sagen, und den Rest des Weges ist mir schlecht, weil ich die Bestrafung fürchte. Was hast du da wieder gemacht?

Woher kommt die Schuld? Ich fürchte diese Augenblicke so sehr, dass ich manchmal sogar lüge und in Kauf nehme, dass die Lüge viel schlimmer ist als das, was ich damit zu kaschieren versuche. Woher kommt dieses Schuldgefühl, von dem mir übel wird? Was ist es, was mir ständig ein schlechtes Gewissen macht? Was mir bis heute keine Ruhe lässt? Wieso ist meine Mutter damals schon so geschickt im Verbiegen der Wahrheit, obwohl jene Wahrheit viel harmloser, viel ungefährlicher, viel einfacher zu handhaben wäre als eine Konstruktion aus Lügen, die nur dafür gemacht zu sein scheint aufzufliegen? Man ist zwar ständig schuldig, aber man gibt die eigene Schuld niemals zu, man windet sich, bis keiner mehr fragt.

Es gibt also die Schützenvereine und die Umzüge. Viele der Nachbarn verbringen ihre ganze Freizeit im Schützenverein. Mein Vater natürlich nicht. Unvorstellbar, schon damals, dass er sich aktiv am Schützenleben beteiligen könnte. Unvorstellbar, dass er an der Spitze dieses Zugs als frisch gekrönter König marschiert. Willst du denn nicht mal König sein, frage ich ihn damals irgendwann. Im Leben nicht, sagt er, ich mache mich doch nicht zum Affen. Nur manchmal geht er für einige Biere zum Frühschoppen, wenn im Schützenverein was los ist. Mich nimmt er mit. An einem Sonntag sind wir im kleinen Vereinsheim.

Mein Vater trinkt und redet ein wenig mit den Leuten aus der Nachbarschaft, während ich Unsinn mache. Ja, ich bin wirklich ein Clown. Aus dem ängstlichen und ständig kotzenden Kind ist eine Nervensäge geworden. Ich will im Mittelpunkt stehen. Ich ärgere gern andere Leute. Und dann, ich weiß nicht, wo mein Vater da gerade ist, das Ganze dauert ja auch nur wenige Minuten, wenn überhaupt, dann habe ich eine besonders große Klappe, und einer der Schützenbrüder sagt zu mir, lachend: Wenn du jetzt nicht ruhig bist, dann reiße ich dir die Zunge raus. Und als ich nicht aufhöre zu palavern, da schnappt er mich, immer noch lachend, und legt mich übers Knie, ich hab es dir ja gesagt, und dann fasst er mit seiner ekligen, rissigen Hand in meinen Mund und zieht an meiner Zunge, und er lacht, und alle drum herum lachen, nach wenigen Sekunden ist es schon vorbei, und mein Vater kommt rein und hat nichts mitbekommen, ich weiß nicht, ob es überhaupt jemand mitbekommen hat, aber ich zittere, als wir nach Hause gehen, ich höre den Geschichten gar nicht zu, die mein Vater über die Wildschweine dort im Wald erzählt und darüber, dass man besser immer einen Stock dabeihaben sollte, nur für den Fall der Fälle, ich fühle meine Zunge und schmecke immer noch die rauchige Hand des Trinkers, aber er hatte mich ja gewarnt, was habe ich da wieder gemacht, ich bin einfach selbst schuld daran.

Ich bin neun Jahre alt. Es ist ein kalter Tag, und wir wollen ins Ruhrgebiet fahren zur Familie meines Vaters, aber ich will unbedingt noch einmal mit dem Fahrrad den Bürgersteig hochfahren und wieder runter. Vielleicht ist das der Versuch auszubrechen. Nicht an Strafen denken. Es einfach

tun. Grundlos. Ich kann mich noch genau an das Gefühl erinnern, aber es gab damals keine Worte dafür, und es gibt
heute keine, wenn ich es zu beschreiben versuchen sollte, dann würde ich sagen, dass es darum ging, etwas Un-
mögliches zu tun, etwas auszuprobieren, vor dem ich mich
fürchte, und vor den Strafen dafür noch mehr, aber in diesem Moment, da bin ich gerade vielleicht fünfzig, vielleicht
hundert Meter mit meinem Kinderfahrrad den Bürgersteig
hochgefahren, in diesem Moment gibt es keine Zweifel, ich
werde etwas Großes tun. Ich drehe also das Fahrrad um,
und ich fahre los, ich fahre schnell und immer schneller und
schneller, ich denke gar nicht ans Bremsen, und mit voller Wucht und mit vollem Tempo und mit voller Absicht
pralle ich gegen das Mäuerchen auf dem Nachbargrund-
stück, das Fahrrad fliegt im hohen Bogen davon, und ich
lande auf dem Kopf, ich habe das Geräusch noch im Ohr,
ganz dunkel, und ganz dunkel wird es dann auch bei mir,
es ist das einzige Mal in meinem Leben, dass ich das Be-
wusstsein verliere, ich wache auf dem Sofa wieder auf und
höre die aufgeregten Fragen meiner Eltern, hat ihn denn
keiner gesehen, was hat der denn gemacht, wie kann das
denn passieren? Sie fahren mit mir ins Krankenhaus, eine
Gehirnerschütterung wird diagnostiziert, und der Arzt rät
dazu, mich für zwei Tage zur Beobachtung stationär auf-
zunehmen, aber gleich ruft meine Mutter: Nein, der Junge
kommt mit mir. Der bleibt nicht hier. Und ich muss mich
auf dem Sofa auskurieren, und meine Eltern sind nicht böse
auf mich, im Gegenteil, sie glauben an einen dummen Unfall, und ich werde verwöhnt mit Geschenken, und auch
meine Brüder müssen alles für mich tun, und an meinem
ersten Gehirnerschütterungsnachmittag, da ist mir schon

nicht mehr schlecht, da geht es mir schon wieder gut, bringen meine Eltern aus der Einkaufsoase ein Geschenk mit, auf das ich lange stolz bin: Zirkuspferde aus Plastik. Nein, es sind keine Pferde, es sind, geschmückt mit Federn, Zirkuszebras, die meine Eltern mir schenken.

In diesem Herbst liege ich an einem Abend in meinem Bett, das geht jetzt, den ersten Teil der Nacht schlafe ich in meinem eigenen Bett, und wenn ich aufwache, krieche ich zwischen meinen Vater und meine Mutter. Die Eltern haben mir erzählt, dass bald die Freunde aus Brandenburg zu Besuch kommen werden, sie freuen sich darauf, was selten der Fall ist, wenn Gäste kommen. Meine Eltern sind aufgeregt wie selten, als sie an diesem Abend vor dem Fernseher sitzen, es ist von einer Mauer die Rede, die bald weg sein wird, sogar meine Mutter trinkt eine Flasche Bier, was sie sonst nie tut. Und in den Nachrichten ist von der Wiedervereinigung die Rede und davon, dass nun alles eins ist. Ich verstehe nicht, was das alles zu bedeuten hat, aber ich begreife immerhin, dass die Zeiten jetzt anders sind, dass sie besser werden als alles, was vorher war. Viel später als sonst gehe ich an diesem Abend ins Bett, und etwas ist anders, ich werde noch viele Jahre später an dieses Gefühl beim Einschlafen denken, etwas geschieht da draußen in der Welt, etwas Einmaliges, und wir sind nicht außen vor, wir feiern es, wir gehören dazu, zumindest diesmal.

Irgendwann fand ich einen schwarz umrandeten Briefumschlag in der Post. Ich hatte im ersten Moment keine Idee, um wen es gehen könnte. Obwohl es naheliegend war. Und als ich den Umschlag aufriss und die Trauerkarte auspackte, da war mir alles klar. Nach einem erfüllten Leben ist. Nach langer, schwerer Krankheit. Unser Onkel im Alter von. Von Beileidsbekundungen bitten wir. Anstelle von Blumen wird um eine Spende für den Knappenverein. Hans Hartmann. Der Sauhund hatte sich vom Acker gemacht, bevor er mir eine letzte Nachricht zukommen lassen konnte. Ich war zwar sehr traurig, aber geschockt war ich nicht. Ich glaube, Hartmann hatte mir ja wirklich alles gesagt. Und ich ihm. Aber so wenig, wie ich an Astrologie glaube, so wenig glaube ich an Wundergeschichten wie diese: Bevor er starb, musste er den Sohn seines ehemals besten Freundes noch auf den rechten Weg bringen, und als dann seine Mission erfüllt war, konnte er, mit sich und der Welt im Reinen, jene Welt glücklichen Herzens hinter sich lassen. Wahrscheinlich war das alles ein Zufall gewesen. Zufällig hatte Hartmann mich im Radio gehört, zufällig hatte er, bevor er so krank wurde, dass er dazu nicht mehr in der Lage war, meine Telefonnummer herausgefunden und mich ganz tief in diese Vergangenheit gezogen, von der ich nichts hatte wissen wollen. Zufällig hatte seine Kraft gerade noch dazu gereicht, diese Führung für mich zu organisieren. Ich legte es mir schön zurecht, während ich allein in meiner Wohnung saß und an Hartmann dachte. Aber so richtig ließ es mir doch keine Ruhe, ich fand anhand des Namens und der Adresse schließlich die Nummer eines seiner Neffen heraus und rief an. Ich sprach ihm mein Beileid aus, und zu meiner Überraschung kannte er mich und meine Geschichte schon. Er erzählte mir, wie Hartmann alles darangesetzt hatte, die Dinge so zu arrangieren, wie sie dann gelaufen waren. Er erzählte mir, wie er kaum noch Luft bekam, als er alle Hebel in Bewegung setzte und mit seiner ehemaligen Zeche telefonierte. Wie er sich freute, als der Neffe ihm den Umschlag von mir ins Krankenhaus brachte, wie er heimlich auf einer Bank vor dem Krankenhaus noch einen Zug von der Zigarette nahm, mehr schaffte er damals nicht, wie er auf keinen Fall wollte, dass sein Neffe eine Antwort an mich formuliert, weil er das noch selbst in die Hand nehmen würde, wie er nicht mehr dazu kam. Er schlief ganz ruhig ein, nachdem er einige Wochen lang vor sich hin gedämmert hatte. Ganz ruhig und zum Ende der Nachtschicht, wie sein Neffe mir sagte. Und lachte, und ich lachte auch. Darf ich Sie noch was fragen, sagte Hartmanns Neffe am Ende des Telefonats zu mir. Hat er Ihnen eigentlich erzählt, dass er mal im Knast war? Na ja, sage ich, ich habe ihn danach gefragt, weil meine Eltern es mir erzählt haben. Der Neffe lachte wieder. Mir hat er das auch weismachen wollen. Aber ich habe mich erkundigt. Es stimmt nicht, es stimmt einfach nicht. Wirklich nicht, fragte ich. Er war einmal kurz davor, aber dann haben sie ihn seine Geldstrafe abstottern lassen, und er hat mit der Sauferei aufgehört und ist wieder auf den Pütt gegangen. So geht diese Geschichte, nur wenn Sie es ganz genau wissen wollen. Ich lächelte. Sauhund bleibt Sauhund. Na dann, sagte ich. Alles Gute, sagte sein Neffe. Glück auf, sagte ich und wusste nicht, woher das plötzlich kam. Glück auf, sagte sein Neffe nach kurzem Zögern. Und ich kramte gleich in meinen Fotos und musste nicht lange suchen, bis ich auf das Bild stieß, das ich bis heute immer noch gern anschaue: Hans und Jupp, Geburtstag 1962.

Als ich zehn Jahre alt bin, da schrumpft unser Haus über Nacht. Niemandem außer mir fällt das auf. Jedes Zimmer, jeder Flur, jede Ecke wird kleiner. Wir wohnen in einem ganz normalen Haus, umgeben von anderen ganz normalen Häusern. Es gibt Menschen, die wohnen in Villen, die wohnen in Schlössern. Das tun wir nicht. Und das Haus muss erst wie von Geisterhand in einer Nacht schrumpfen, damit ich das verstehe. Ich werde manchmal zu Geburtstagen anderer Kinder eingeladen. Ich lerne die Eltern kennen und manchmal auch die Großeltern. Und immer bemühe ich mich darum aufzufallen, immer bemühe ich mich darum, mich bei fremden Vätern und Müttern einzuschmeicheln, zu glänzen. Oft funktioniert es nicht, denn ich bin und bleibe der Clown, die Nervensäge, derjenige, der sich im falschen Moment die falschen Sätze erlaubt, derjenige, der immer etwas zu früh abgeholt wird von seinen Eltern, derjenige, der nicht mitmacht, wenn in einer Jugendherberge übernachtet wird, weil er Bedenken hat und diese Bedenken von der Mutter dankbar aufgegriffen werden. Ich erlebe andere Väter, ich erlebe andere Mütter. Sie haben Hobbys. Sie gestalten ihre Freizeit. Sie sind in Vereinen, sie treffen sich in Kegelclubs, sie gehen zu Dia-Abenden oder Konzerten, manche gar zu Theateraufführungen in der Aula des Gymnasiums, was mir damals ein völliges Rätsel ist. Meine Eltern haben keine Hobbys und keinen Kegelclub und kein Konzert-Abo. Sie wollen das auch gar nicht. In der Woche fahren sie jeden Tag in die Einkaufsoase und an den Wochenenden manchmal ins Ruhrgebiet, obwohl ihnen das inzwischen zu groß und die Fahrerei zu viel ist, die ganzen Leute, der ganze Trubel. Meine Mutter sitzt an ihren Nähmaschinen und strickt an den Abenden vor dem Fernseher. Sie hat einige wenige Freundinnen, bei denen sie manchmal Kaffee trinkt. Mein Vater arbeitet in der Woche, und freitags kauft er sich eine Kiste Bier und eine Flasche Korn. Die trinkt er am Wochenende, allein in der Küche, während er das Essen für den Sonntag vorbereitet. Der Samstag ist sein heiliger Tag. Manchmal sitze ich stundenlang bei ihm und sehe ihm bei den Vorbereitungen zu. Manchmal ist sein Schnapsglas leer, und er ist abgelenkt, dann fülle ich ihm Wasser hinein, und er trinkt und schüttelt sich und ruft: Du Sauhund. Dazu laufen Schlager und Oldies, immerzu, ich kenne Heintje, ich kenne Heino, ich kenne die Wildecker Herzbuben, ich kann ihre Texte irgendwann auswendig, Lieder in Dauerschleife und ohne Ende. Die einzige wirkliche Freizeitbeschäftigung meines Vaters ist der Garten: Immer baut er an, baut er aus, reißt er ein und errichtet neu, immer fällt ihm etwas ein, was noch zu tun ist. Er fängt an, sobald es draußen nicht mehr zu kalt ist, er hört auf, wenn man schon eine Jacke braucht, um länger auf der Terrasse zu sitzen. Ab und zu, sehr selten, kommt ein Arbeitskollege zu Besuch, ich weiß nicht, ob er sogar ein Freund wird, aber auf jeden Fall so etwas in der Art. Er hat eine geheime Quelle und besorgt meinem Vater billige Zigaretten aus Polen, die bringt er ihm dann in einer Plastiktüte mit, und mein Vater gibt ihm Geld, und sie trinken eine Flasche Bier zusammen. Seine riesigen, rissigen Hände. An einem Tag, da kommt der Arbeitskollege ohne Zigaretten und mit geröteten Augen zu uns, seine Frau ist gestorben. Wortlos holt mein Vater zwei Flaschen Bier und die Pulle Schnaps, obwohl es mitten in der Woche ist, und dann sitzen die beiden Männer einander schweigend gegenüber und ich dazwischen, bis mich mein Vater auf mein Zimmer schickt, später wird er mir erzählen, dass er nicht wusste, was er machen sollte, dass er gern geholfen hätte, aber was sollst du da tun, ein Kerl wie ein Baum, und dann sitzt er da mit dem Arsch voll Tränen.

Keine exotischen Hobbys, keine besonderen Sammelleidenschaften, kein Bedürfnis nach weiten Reisen. Vielleicht sind die Kinder das einzige Hobby der Eltern. Wir spielen alle drei Fußball im Fußballverein, ich bin ein schlechter Torwart in der dritten Mannschaft, wir verlieren ein Spiel nach dem anderen, mein Vater bringt mich zum Training und zu den Spielen und holt mich auch wieder ab. Er hält sich am Rand, er wartet im Auto, er macht Spaziergänge währenddessen, wenn der Spielort zu weit entfernt ist, um zwischendurch nach Hause zu fahren. Manchmal steht er schüchtern am Rand des Ascheplatzes, auf das Eisengeländer gelehnt, und schaut den Spielen zu, bei denen ich viel zu viele Tore zulasse. Mein ältester Bruder hat jetzt seinen Führerschein. An manchen Samstagen nimmt er mich mit, und wir fahren ins Ruhrgebiet, wir gehen ins Stadion. Vor dem Spiel warten wir auf die Busse mit den jeweiligen Bundesligamannschaften, ich lasse mir Autogramme geben und bin ehrfürchtig, wenn ich die Fußballer sehe, die ich sonst nur aus dem Fernsehen kenne. An einem Spieltag, ich weiß gar nicht genau, warum, da nimmt mich Otto Rehhagel auf den Arm, der ist damals Trainer von Werder Bremen, und ich habe ihm, wenn ich mich richtig erinnere, eine Frage gestellt wie: Sind Sie aufgeregt als Trainer vor so einem Spiel? Wir werden fotografiert und gefilmt. Die ganze Familie fragt mich später, wie es war. Die ganze Familie wartet am Abend darauf, ob sie es nicht in der Sportschau senden, ob ich nicht zu sehen bin. Sie senden es nicht. Aber ich bin noch tagelang beeindruckt, ich vergesse nicht, wie er gerochen hat, er muss ein gutes Mundwasser haben, so will ich auch riechen und höre nicht auf zu quengeln, bis meine Eltern mir aus der Einkaufsoase irgendein Mundwasser mitbringen, das ich auf der Stelle benutze, und auf der Stelle laufe ich zu meinem Vater und hauche ihn an, und er tut beeindruckt und sagt: Donnerwetter, du riechst wie Otto Rehhagel. Mein ältester Bruder zieht aus dem Haus aus und in seine erste eigene Wohnung ganz in der Nähe der Eltern. Er arbeitet als Zerspanungsmechaniker in einem Industriebetrieb und will weiter in der Hierarchie der Firma aufsteigen. Mein anderer Bruder macht da gerade seine Ausbildung, er wird Handwerker und trägt jetzt einen Blaumann wie mein Vater. Er zieht ins Kellerzimmer, jetzt steht das erste Mal ein Raum in unserem Haus leer. Vielleicht schrumpft es auch deshalb damals plötzlich und über Nacht, damit die Leere nicht sofort ins Auge fällt.

Ich bin elf Jahre alt. Es gibt so viel zu tun bei der Firma Soundso und Söhne, dass mein Vater jetzt auch Nachtschichten machen muss. Schon Monate vor der ersten Schicht ist meine Mutter alarmiert und panisch: Sie will nachts nicht allein sein, aber was soll man daran ändern? In all den Jahren zuvor ist mein Vater ein einziges Mal über Nacht nicht dagewesen, er musste zu einer Schulung nach Ingolstadt, und meine Mutter machte sich verrückt und tat kaum ein Auge zu.

Jetzt, da der Vater regelmäßig auf Nachtschicht ist, muss ich also nicht nur mich beruhigen, sondern auch meine Mutter. Ich gehe zwar aufs Gymnasium, aber ich bin noch sehr klein. Körperlich ohnehin, aber auch seelisch im Vergleich mit den anderen Kindern: Sie haben nicht meine Angst. Sie haben nicht meine Mutter. Sie haben nicht den Vater auf Nachtschicht. Oder sie sprechen nicht davon, wer weiß. Abends sitzen meine Mutter und ich vor dem Fernseher. Nicht immer ist das die richtige Ablenkung. Ich erinnere mich, wie sie damals, in den ersten Wochen der Nachtschicht meines Vaters, mit mir Aktenzeichen XY schaut, wo es von Mördern, Einbrechern und schlechten Menschen nur so wimmelt. Und die laufen alle noch da draußen herum, sagt meine Mutter, es ist ein falscher Satz zur falschen Zeit. Sie fängt an, die Tür zum Keller abzusichern. Mit abenteuerlichen Konstruktionen aus Blumenkübelhaltern und anderen Gegenständen. Wenn einer kommt, sagt sie, dann hören wir es wenigstens, und bis der oben ist, haben wir längst die Schlafzimmertür abgeschlossen und stehen am Fenster, und irgendwer wird dann schon hören, dass wir rufen. In dieser Zeit geschieht etwas, das sämtliche Gewohnheiten und Vorlieben von jetzt auf gleich verändert. Etwas, das bis heute das Leben meiner Mutter und auch meines prägt. Das Kabelfernsehen kommt ins Haus. Und mit ihm eine nie gedachte Fülle an Welt, an Zerstreuung, an Abenteuern. Als zum ersten Mal Privatfernsehen über den Bildschirm flimmert, da steht meine Mutter lächelnd und fasziniert da und beißt sich auf die Lippen, und mein Vater hat die Hände in die Hüften gestemmt, blickt auf die bunten Farben vor sich und sagt: Das ist wirklich mal ein Ding.

Ich bin zwölf Jahre alt. Im Sommer fahren wir immer an denselben Kurort an der Nordsee. Unsere Ferienwohnung liegt nicht im Ort und nicht direkt am Strand, sondern in einem kleinen Dorf in der Nähe, wo es nur Bauern gibt und ein Haus mit Wohnungen für Kurgäste, von wo aus man eine Viertelstunde zum Meer mit dem Fahrrad fährt. Mein Bruder kommt damals noch ein letztes Mal mit. Man merkt, dass es ihn fortzieht. Und meine Mutter wehrt sich dagegen, sie lässt sich immer neue Maßnahmen einfallen, um ihn zu schikanieren, um ihn noch mehr an sich zu binden. Aber es ist gut, diesen letzten gemeinsamen Urlaub mit ihm zu haben: Langsam bin ich alt genug, dass er auch wirklich was mit mir anfangen kann. Wir lassen zusammen Drachen steigen am Deich. Wir spielen zusammen Fußball oder Federball. Und meine Eltern lassen uns in Ruhe. Aber niemals sprechen wir über die Angst, niemals erzählt er mir davon, wie zurückgesetzt er sich fühlt, weil sich alles nur um mich dreht, weil ich immer alles bekomme und er eigentlich nur da ist, um sich auch um mich zu sorgen, nie spricht er diese Wut aus, die sich über Jahre ansammeln muss, wer würde das ertragen, nie sagt er was davon, er nimmt es alles hin und sehnt, spüre ich, den Auszug herbei, den meine Mutter nur erdulden kann, wie sie auch nur die erste Freundin meines Bruders erduldet und ihre Beziehung mit allen Mitteln torpediert. Die letzten gemeinsamen Ferien also, und alles ist wie immer: Die Eltern unternehmen mit uns Ausflüge in kleine Städte an der Küste. Wir essen frittierte Tintenfischringe und Pommes an verschiedenen Fischbuden. Mein Vater geht zum Angeln, stundenlang, und manchmal fängt er einen kleinen Aal, den er dann häutet und ausnimmt und abends neben dem Fleisch und den Würstchen auf dem Grill zubereitet. Es gibt dort an der Nordsee ein Naturkundemuseum, in das gehe ich jeden Tag. Der Eintritt kostet nur eine Mark oder zwei Mark, wieder und wieder schaue

ich mir die ausgestopften Tiere an, wieder und wieder lese
ich die Geschichte des Wattenmeers auf den Schautafeln,
wieder und wieder bewundere ich die Buddelschiffe und
die Kunstfertigkeit der Seeleute. Am Ende des Urlaubs, an
dem ich es geschafft habe, jeden einzelnen Tag in das kleine Museum zu gehen, überreicht mir die Frau an der Kasse
eine handgefertigte Dauerkarte auf Lebenszeit, ab jetzt darf
ich also immer umsonst ins Museum und die Robben und
Möwen und Relikte betrachten, die das Meer hinterlassen
hat. Doch es ist eine trügerische Eintrittskarte: Im Jahr danach ist das Museum geschlossen, es wird renoviert, und
wieder ein Jahr später, da ist eine andere Frau an der Kasse, das Museum ist zwar größer, ich erkenne es nicht mehr
wieder, und natürlich erkennt mich auch die Frau nicht
wieder und will meine Eintrittskarte auf Lebenszeit nicht
akzeptieren, nachdem ich ihr unsicher meine ganze lange
Geschichte erzählt habe, da lässt sie mich ein Mal umsonst
hinein, aber die Eintrittskarte auf Lebenszeit verliert in diesem Moment ihre Gültigkeit.

Ich bin dreizehn Jahre alt. Auf den Freizeiten und Klas-
senfahrten, die ich mitmache, haben die Gleichaltrigen
jetzt ihren ersten Freund, ihre erste Freundin. Ich stelle mir
nur vor, wie es sein könnte. Ich verliebe mich unglücklich,
einmal, aber wenn es einmal passieren kann, dann kann es
auch noch ein zweites Mal passieren. Und ein drittes Mal.
So ist es dann auch. Manchmal ist mir alles peinlich. Es
ist nicht die Pubertätspeinlichkeit, die zum üblichen Programm gehört, es ist mehr, und es hat mit den Fragen zu
tun, die mir nicht aus dem Kopf gehen: Warum haben wir
so wenig Kontakt mit den Nachbarn? Wie muss es sein,

an jedem Wochenende im Tennisverein zu spielen? verleugne ich meinen Vater manchmal, indem ich te, er habe irgendeine Arbeit im Büro, sei irgendwas heres in einer Firma? Ich hole mir Bücher aus der Leihbücherei, die niemand anders liest. Ich greife blind ins Regal, die hohe Literatur, auf meinem Bett liegend überblättere ich dann Seiten oder lege die Bücher gleich wieder weg, vor allem geht es ja darum, sie überhaupt auszuleihen, mit dem Gefühl an die Theke der Stadtbücherei zu treten, besonders zu sein, mit dem mächtigen Stapel an Büchern, die man unmöglich innerhalb der eingeräumten Frist alle lesen kann. Und an meinem Geburtstag gehe ich nur in die Stadtbücherei, weil ich weiß, dass die Bibliothekarinnen mir gratulieren werden, weil der Computer ihnen das Ereignis anzeigt.

Zum ersten Mal erzählt mir mein Vater davon, dass ihm seine Arbeit keinen Spaß mehr macht, es ist am Tag, als er eigentlich Mittagsschicht hat, aber wegen eines Streiks der IG Metall schon früher nach Hause kann. Er beteiligt sich nicht an der Aktion, sondern ist froh über seinen freien Tag. Er macht sich ein Bier auf und sitzt auf der Terrasse, und er sagt Dinge wie: Anders als du hatte ich keine Wahl. In deinem Alter, da fing die Malocherei schon an. Und er sagt: Die Rückenpiene macht mich kaputt. Ich fresse die Tabletten nicht wie meine Alten, die haben die wie Bonbons gelutscht, aber es reicht schon so. Der Vater ist zerbrechlich, der Vater ist nicht ewig, sein Körper ist nicht nur kurzzeitig erschöpft, er wird irgendwann nicht mehr weiterkönnen, das begreife ich damals. Bei meiner Mutter hatte ich das zu dieser Zeit längst schon verstanden, ich kenne sie im Grunde nicht anders: Sie hat chronisches Asthma, sie wird dauernd an den Tropf gehängt, wenn sie ihre Anfälle hat, sie hat in jeder Hosentasche ein Kortisonspray gegen die Atemnot. Die Lungenkrankheit verschwindet schlagartig, als sie später dann einfach umfällt und zu einer anderen Mutter wird. Da braucht sie keinen Tropf und kein Asthmaspray mehr, damals aber, in all ihrer Stärke, ist es ihr Körper, der sie zerbrechlich macht. Obwohl es ihr oft nicht gut geht, nimmt meine Mutter für halbe Tage eine Arbeit an. Du bist alt genug, sagt sie zu mir, um auch mal allein zu bleiben. Außerdem kann ich sie immer besuchen. Sie arbeitet in der Zweigstelle einer kleinen Reinigung in der Parallelstraße. Dort ist sie für die Annahme der Kleidungsstücke zuständig, die mehrmals in der Woche abgeholt und in der Nachbarstadt gereinigt werden. Sie muss Verschmutzungen und Flecken begutachten und entscheiden, welche Maßnahmen zu ergreifen sind, und was es kostet. Neben dem Hauptraum der Reinigung, in welchem sich die Kleidungsstücke auf Ständern oder auf Ablagen stapeln, gibt es ein Kabuff, dort sitzt sie, wenn nichts zu tun ist, dort besuche ich sie, wenn ich Zeit habe. Sie löst die meiste Zeit Kreuzworträtsel und blättert durch ihre Illustrierten, manchmal geht sie vor die Tür, um eine Zigarette zu rauchen. Auch dann, wenn es einer dieser Tage ist, an denen sie ohnehin schlecht Luft bekommt.

Ich bin vierzehn Jahre alt. Mein Bruder, derjenige, bei dem ich heute noch schlafe, wenn ich in Mündendorf zu Besuch bin, zieht aus. Bis auf mich sind alle Kinder aus dem Haus. Meine Eltern überlegen, ob sie es nicht verkaufen und gegen eine kleinere Wohnung für uns drei eintauschen sollen. Andererseits, sagt mein Vater, habe ich mich dafür nicht krummgelegt, um es jetzt zu verscherbeln. Es gibt diese

Ideen, aber sie verschwinden oft so schnell, wie sie gekommen sind. Mein Vater fährt zur Kur, um abzunehmen und sich um seinen Rücken zu kümmern, meine Mutter und ich sind einige Wochen allein. Ich schlafe mit ihr im Bett. Sie fürchtet sich nicht, wenn ich da bin. Und ich fürchte mich nicht, wenn sie da ist. Klammheimlich, ohne es ihr zu sagen, bin ich es nun, der an den Abenden abenteuerliche Konstruktionen unter die Kellertür bastelt. Damit wir wenigstens am Getöse der herabfallenden Dinge hören, wenn es jemand versucht.

Ich fange an, in der Einkaufsoase zu arbeiten. Es ist mehr oder weniger erlaubt, es sind nur wenige Stunden in der Woche, und niemand sagt etwas. Ich räume Konservendosen für eine Firma ein, wenn die Lieferung kommt, ich werde pro Dose bezahlt. Später übernehme ich dann auch noch einen Teigwarenhersteller und einen Produzenten von Hygieneartikeln. Für die Arbeit als Regalauffüller kommt man eigentlich einmal oder zweimal in der Woche in die Einkaufsoase, aber ich bin jeden Tag da. Ich freunde mich mit den festen Angestellten an, einige von ihnen haben ja gerade ihre Ausbildung angefangen und sind in meinem Alter. Ich treibe mich im Lager herum und fühle mich, im Vergleich zur Kundschaft, privilegiert, weil ich dazugehöre. Ich mag es, wenn ich gerade abgelaufene Lebensmittel entdecke oder allzu zerbeulte Dosen, damit kann ich zum Lagerverwalter gehen, er unterschreibt mit einem Filzstift auf den Artikeln, und ich kann sie nach Hause bringen. Manchmal einen ganzen Rucksack voll mit Erbsensuppe oder Honig, dessen Mindesthaltbarkeitsdatum abgelaufen ist, mit Fertiggerichten oder Gemüsetöpfen. Und wenn meine Eltern sich besonders freuen, wenn sie sagen, das essen wir gleich heute Abend, das ist genau das, was wir gebraucht haben, dann hat es einen Sinn, was ich da tue, dann bin ich stolz. Vom Geld, das ich verdiene, und es ist gar nicht wenig, kaufe ich mir einen besseren Computer und immer mehr Computerspiele. Ich versuche es noch mit einigen Sportarten, wieder Fußball, was ich vorher aufgegeben hatte, dann Handball, dann Judo, aber die Scham ist zu groß, vielleicht auch meine Disziplin zu klein.

Ich bin vierzehn Jahre alt, da beginnt meine große Zeit. Mein Vater liest es in der Lokalzeitung und erzählt es mir an einem Abend wie beiläufig, und meine Mutter ist begeistert, wo sie sonst so schwer zu begeistern ist, wenn es um neue Dinge geht, die noch dazu Geld kosten könnten: Der Musikzug Mündendorf sucht Nachwuchs. Interessierte sind ganz herzlich eingeladen, mit ihren Eltern am Dienstag ab 18 Uhr in den Raum 324 der Hauptschule am Feld zu kommen. Instrumente zum Ausprobieren stehen bereit. Meine Eltern fahren mit mir hin, immer schon habe ich die Musikerinnen und Musiker bewundert, die bei Schützenfesten auf der Straße spielen dürfen und bei besonders wichtigen Anlässen auf dem Rathausplatz den Großen Zapfenstreich aufführen. Noch an Ort und Stelle wird die Entscheidung getroffen, und ich kann die Posaune mitnehmen. Und dann geht es also los.

Ich übe gleich jeden Tag. Ich spiele Tonleitern rauf und runter. Und wenn ich nicht mit meinem Instrument beschäftigt bin, dann fahre ich in die Einkaufsoase, dort gibt es einen Wühltisch, auf dem CDs im Viererpack verkauft werden: Best of Beethoven. Best of Brahms. Best of Mozart. Alte Aufnahmen, unbekannte Orchester. Ich kaufe sie,

sie kosten fast nichts, bald türmen sich in meinem Zimmer die CDs, bald höre ich auf dem Weg in die Schule die Sechste von Beethoven und auf dem Nachhauseweg ein bisschen Wagner. Vorspiel zu *Tristan und Isolde*. In der Stadtbücherei durchforste ich die Medienbestände, ich leihe mir alles aus, was ich in die Finger bekomme, zwischen einer Aufnahme von Xenakis und den erfolgreichsten Musicals der Welt mache ich keinen Unterschied, ich sauge alles in mich auf. Und meine Mutter erzählt, was bei uns los ist, ich belausche sie, wie sie zu ihrer Freundin sagt: Der Junge wird mir unheimlich. Ich mache etwas, das noch niemand vorher in dieser Familie gemacht hat. Ich werde leisten, wovon niemand bislang auch nur träumen konnte. Zu Weihnachten bekomme ich von meinen Eltern eine CD, die sie über ein Mitglied des Musikvereins organisiert haben: Aufnahmen eines japanischen Blasorchesters der Spitzenklasse, ich höre sie wieder und wieder und wieder, das erste Stück, ich werde es niemals vergessen, ist die Ouvertüre zu *Candide*, ich benutze die CD so oft, dass sie irgendwann ganz zerkratzt ist und beim Abspielen springt, nur die Ouvertüre funktioniert noch tadellos, bis zum Schluss kann ich sie mir anhören, dann wird die CD vom Gerät nicht mehr als solche erkannt.

Schon nach einigen Wochen darf ich zu den ersten Orchesterproben kommen. Der Schlagzeuger ist Paketbote. Ein Tubist steht in der Fabrik an der Maschine. Die Klarinettistin ist Krankenpflegerin und kann deshalb nur jede zweite Woche. Das Flügelhorn muss manchmal ersetzt werden, weil es auf Montage in Zentralasien ist. Auch die Hörner, die Flöten und die Trompeten haben Wechselschichten. Ich habe gerade meine ersten Proben hinter mir und bin Feuer und Flamme, ich will alles erleben, was der Musikzug zu bieten hat, ich will dabei sein, wenn es draußen wärmer wird, Wochenende für Wochenende und immer in einem anderen Dorf, immer in einer anderen Stadt: Ich will Marschmusik spielen.

Am Abend komme ich zurück ins Haus. Der Fernseher dröhnt wie eh und je. Meine Mutter bekommt nicht mit, wie ich die Haustür öffne. Ich gehe also zuerst in die Küche und richte einen Teller für sie an: Ente mit Pommes. K5. Eigentlich ein Kinderteller, aber genau das, was sie immer haben möchte. Ihr Leibgericht. Ich packe die frittierten Fleischstücke aus der Plastikschale, schiebe die pappigen Pommes daneben, lege ihr eine Gabel dazu und komme ins Wohnzimmer. Sie schaut gar nicht auf den Fernseher, sondern betrachtet das Buddelschiff in ihren Händen. Sie hat es sich von der Schrankwand geholt, mein Bruder und ich haben es ihr in einem Nordseeurlaub geschenkt, und jetzt schaut sie es sich an und streicht den Staub vom Glas, in welchem das Schiff auf einem stilisierten Meer schwimmt. Viele Dinge hat sie sich von den Regalen geholt, das tut sie manchmal, und dann ist sie ganz vertieft: Es ist ihre Art, sich zu erinnern.

Sie bemerkt mich erst, als ich mit dem Teller vor ihr stehe: Was machst du denn hier, bist du denn bekloppt, mich so zu erschrecken? Guck mal, was ich dir mitgebracht habe. Aha, aha, sagt sie, hast wohl ein schlechtes Gewissen gehabt! Sie nimmt mir den Teller ab und fängt sofort an zu essen. Danke, sagt sie, während sie die Entenstücke kaut und sich eine Pommes nach der anderen in den Mund schiebt, das ist aber wirklich lieb von dir! Neben ihr liegt das gerahmte Hochzeitsfoto, das sie von der Wand genommen hat. Ich nehme es in die Hand: Wir waren schön damals, oder? Und wie, sage ich, und so jung. Ach, sagt meine Mutter, wir hatten es schon schön. Nachdem sie genug gegessen hat, schiebt sie den Teller auf den Wohnzimmertisch und zeigt mir das Modell der alten Grubenlampe, das ich lange nicht mehr gesehen habe. Manchmal, als wäre es notwendig, damit nichts verlorengeht, holt sie die untersten Dinge nach oben. Gräbt Schicht für Schicht aus, was dieses Reihenhaus noch in sich birgt. Erinnerung um Erinnerung. Das waren Zeiten mit den Kohlen damals, sagt sie. Das kann ich mir vorstellen, sage ich.

Wir sitzen noch eine Weile nebeneinander. Meine Mutter zeigt mir Fotos, die sie irgendwo entdeckt hat, Bilder einer langen Ehe, dann tauchen wir Kinder auf, dann verschwinden wir wieder, und zuletzt bleibt das letzte gemeinsame Foto von meiner Mutter und meinem Vater, graues Nieselwetter an der Nordseeküste, unsere Vermieterin hat sie fotografiert, bei der wir jeden einzelnen Urlaub verbracht haben. Ach, sagt sie jetzt, ach.

Wie war es denn heute in der Gruppe, frage ich, um sie abzulenken. Langweilig, sagt sie gleich. Wir haben auf dem Stuhl gesessen und nichts gemacht. Ihr habt bis zum Nachmittag nichts gemacht, frage ich. Kaffee getrunken, das war aber auch alles, sagt meine Mutter. Wart ihr nicht in der Eisdiele? Heute? Nein. Da waren wir gestern, aber ich doch nicht! Ach so, sage ich und weiß, dass jedes Nachbohren nur unnötigen Streit verursachen würde, ich dachte, ihr würdet das manchmal machen. Ach, sagt sie, ich weiß doch auch nicht, warum ich da noch hingehe. Und ich wiederum weiß, wie sehr sie sich am Morgen gefreut hat, als das Taxi vor der Tür stand.

Ach, sag mal, fährst du denn morgen schon wieder? Ja, sage ich, das weißt du doch. Du bleibst ja immer nur so kurz, sagt sie. Es geht nicht anders, sage ich. Irgendwann, sagt sie, machen wir mal wieder eine Reise zusammen. Weißt du noch, wie schön das war?

Kommst du denn morgen noch? Bringst du mir Brötchen mit? Das geht nicht, sage ich, mein Zug fährt ja so früh, weil ich wieder arbeiten muss. Ach so, sagt sie, und ich bin fast enttäuscht oder gerührt, weil sie so milde reagiert, da kann man natürlich nichts machen. Und als sie schon auf ihrem Bett sitzt in ihrem Schlafanzug und ihre Brille abgenommen hat, die sie seit ihrer Laserbehandlung nicht mehr braucht, da kommen mir tatsächlich fast die Tränen. Aber wenn ich weine, dann weint sie auch.

Du kommst ja wieder, sage ich mir. Ich komme ja wieder, sage ich ihr. Aber hast du auch genug zu essen, fragt sie. Ja, sage ich. Und passt du auch immer gut auf dich auf? Und rufst du mich an, wenn du morgen angekommen bist? Und schickst du mir mal die Telefonnummer von Bechen? Du hast mir das versprochen! Ja, sage ich, und jetzt schlafen wir alle. Sie umarmt mich. Pass auf dich auf, mein Junge. Und schließ die Tür schön ab, ja!? Mach ich, sage ich, pass du auch auf dich auf.

Ich habe mir vorgenommen, es nicht zu tun. Aber dann fällt mir ein, dass ich ja den Müll vom asiatischen Essen gleich draußen wegwerfen kann, und wenn ich schon dabei bin, dann ist es nicht weit zu den Herdplatten und zum Wasserkocher und zu den Aschenbechern, in denen wie üblich keine Restglut mehr glimmt. Tür zuziehen. Doppelt abschließen. Daran denken, den Schlüssel dem Bruder hinzulegen. Noch einmal schlafen. Wegfahren, mutwillig. Nicht die Wahl haben.

Ich bin fünfzehn Jahre alt. Unser Haus ist wie ein alter Mensch. Es wird mit den Jahren immer kleiner, gebeugter, gebrechlicher. Und es ist ja schön und gut, aber es ist eben in der Mitte eingezwängt zwischen zwei Eckhäusern, und die sind besser gestrichen, mit mehr Fenstern ausgestattet, mit großzügigeren Gärten versehen. Warum fällt mir das überhaupt jetzt auf? Wie muss es wohl erst sein, in der Stadt zu wohnen? Wie muss es erst sein, sich in den Zimmern einer Wohnung auf zwei Etagen zu verirren? Und wie fühlt man sich als Besitzer einer herrschaftlichen Villa? Ich stelle mir damals vor, wie mein Erfolg nicht aufzuhalten ist. Schon während des Studiums klopfen diese und jene Philharmoniker bei mir an, ich kann nicht immer zusagen, ich muss mein Studium konzentriert fortsetzen, meine Kenntnisse verfeinern, mir Zeit nehmen, bevor ich als Virtuose von Amerika bis Asien brilliere, bevor ich auf meiner Posaune spiele, was noch nie zuvor jemand auf diesem Instrument zustande gebracht hat. Ich stelle mir vor, wie ich nach einer anstrengenden Tournee durch viele Länder Europas zurück in meine riesige, lichtdurchflutete Wohnung komme und morgens ausschlafe, um dann in einem weißen Bademantel die Post der vergangenen Wochen durchzugehen, um dann später ein wenig Ordnung zu schaffen, weil meine Eltern ihren Besuch für diesen Tag angekündigt haben.

Ich habe eine Uniformjacke mit blitzenden Knöpfen, darunter ein Hemd mit passender Krawatte, dazu eine Mütze, die aber nur beim Marschieren zu tragen ist. So komme ich zu unserem ersten Auftritt auf ein Schützenfest. Ich bin eine Stunde zu früh da, ich trinke eine Limonade und warte auf die anderen Musiker, die nach und nach eintreffen. Zuerst spielen wir im Halbkreis sitzend vor dem Schützenheim, während mehrere Männer ihr Gewehr auf den Vogel aus Holz anlegen. Das Zepter fällt. Tusch. Der Apfel fällt. Tusch. Die Krone fällt. Tusch. Der linke Flügel fällt. Tusch. Der rechte Flügel fällt. Tusch. Fehlt noch der Rumpf. Auf den Bierbänken um uns herum sitzen viele Leute, die ich kenne: Nachbarn, Bekannte, Eltern von Mitschülern. Sie klopfen mir zwischen den Stücken anerkennend auf die Schulter. Ich rücke gewissenhaft jedes einzelne Blatt auf dem Notenständer zurecht, ich konzentriere mich, um keinen Einsatz zu verpassen. Nicht immer komme ich mit, nicht immer kann ich die Polkas, Märsche oder Medleys der Lieder von Udo Jürgens schon spielen, dann tue ich nur so, als ob. Und ich glaube, es merkt wirklich niemand. So ein Tag mit Marschmusik ist anstrengender, als man ihn sich vorstellen würde. Man braucht Kraft, man muss sich konzentrieren. Als der Vogel gerade unten und ein neuer Schützenkönig gefunden ist, müssen wir eilig einen Marsch zu seinen Ehren spielen, dann unser Konzert beenden, die Notenständer einklappen, die Blätter wegräumen, die Marschtasche zur Hand nehmen, die Jacken anziehen (es ist sehr warm an diesem Tag) und uns bereit machen. Der König präsentiert sich auf einem kleinen Umzug seinem Volk, um den Hals sein Kranz aus Laub. Heißt also: Ein uniformierter Mann, der mit seinem Gewehr ein Stück Holz von der Stange geballert hat, läuft mit anderen Männern in Uniform durch die Nachbarschaft, und die Menschen winken und jubeln ihm zu, und er jubelt und winkt zurück, und dahinter laufen wiederum Frauen und Männer mit Musikinstrumenten, die Märsche spielen wie *Preußens Gloria* oder den *Geschwindmarsch*. So vergeht dieser Tag.

So vergeht der Sommer. Ich kaufe weiter Viererpacks. Ich kaufe ein »Best of« nach dem anderen. Ich unternehme mit meiner Mutter einen organisierten Ausflug zu einem Musical im Ruhrgebiet. Morgens sammelt der Reisebus uns ein, nachmittags ist die Aufführung, danach reist die ganze Gruppe wieder zurück. Auf der Rückfahrt beurteile ich fachmännisch, was das Orchester gut gemacht hat und was nicht, wo ich Schwächen gesehen habe und wo Stärken. Es ist egal. Es ist lächerlich. Ich habe keine Ahnung, wovon ich da rede. Vor Weihnachten komme ich auf die Idee, meine Posaune mit in die Schule zu nehmen und in der Pausenhalle einige Lieder zu spielen. Alle Welt amüsiert sich über mich. Ein Musiklehrer fasst sich ein Herz, will mir Mut machen, sagt: Nächstes Jahr machst du aber mit im Schulorchester. Ich habe keine Ahnung, was ich da tue. Ich bin schon längst woanders. Ich lerne seit Monaten ein Musikinstrument. Ich spiele seit Monaten im Musikzug mit, die zweite oder dritte Stimme bei Militärmärschen oder bei Schlagern oder bei Kompositionen, die extra für Blechbläser geschrieben worden sind. So weit, so gut. Meine eigene Version der Geschichte aber klingt so: Ich habe die notwendige Leidenschaft und das notwendige Talent. Ich kann mittlerweile Noten lesen, ich kann zur Marschmusik mitmarschieren, ich lerne schneller und fleißiger und besser als alle, ich konnte viele Schritte überspringen. Ich werde in einem Theaterorchester spielen oder gleich bei den Philharmonikern in der Hauptstadt anfangen. Ich werde sein.

Ja, das ist es, was ich denke, jeden einzelnen Tag, ich werde sein, in einer großen Wohnung, in einer großen Stadt, auf eigenen Beinen, mit einer eigenen Familie, mit eigenem Geld, einem eigenen Auto, mit eigenen Bewunderern, das alles werde ich sein, und dabei vergesse ich das Wichtige, das Wesentliche, das wirklich Notwendige, nämlich jenes ganz Banale: Ich bin. Ein Junge, der gerade angefangen hat, im Musikzug seiner Kleinstadt ein Musikinstrument zu lernen und Marschmusik zu spielen.

Ich bin sechzehn Jahre alt. Mein Vater stellt seinen Rentenantrag. Je früher, desto besser, sagt er. Meine Mutter hat die Idee, ihren Führerschein zu machen. Und beide gemeinsam planen sie plötzlich wieder Reisen, jetzt, da nur noch ich übrig bin und auch allein zu Hause bleiben kann, sie denken darüber nach, nochmals nach Innsbruck zu fahren, sie denken darüber nach, sich endlich auf einem Fiaker durch Wien kutschieren zu lassen, sie denken darüber nach, zum nächsten oder übernächsten Hochzeitstag endlich ein größeres Fest zu veranstalten, in einer Wirtschaft etwas außerhalb und nicht bei uns im Haus, mein Vater scheint nichts dagegen zu haben, er wird immer weicher, er wird immer offener, und auch meine Mutter büßt nach und nach ein wenig von ihrer Bitterkeit ein. Sie beendet nach und nach ihre Streitigkeiten mit den Freundinnen meiner Brüder. Sie macht sich sogar Gedanken darüber, dass auch ich eines Tages ausziehen werde, sagt dann aber gleich, dass sie daran dann doch noch nicht denken will.

Bevor ich siebzehn Jahre alt werde, sitze ich mit meinem Vater an einem Samstag in der Küche. Ich sehe zu, wie er das Essen für den nächsten Tag vorbereitet. Er schafft seine

Kiste Bier am Wochenende nicht mehr, auch vom Schnaps bleibt oft die Hälfte übrig. Er wird langsamer. Er wird sanfter. Er regt sich nicht mehr so oft auf. Er breitet das Rindfleisch auf einem Holzbrett aus, bestreicht es mit Senf, legt Speck hinein und in Streifen geschnittene Gurken, dann würzt er es und rollt das Stück Fleisch zusammen und sticht Metallspieße hindurch. Ich frage ihn nach dem Rezept für die Rouladen, aber es gibt kein bestimmtes, er erzählt mir, dass er sie schon damals für meine Mutter gekocht hat, als sie gerade in ihrer ersten eigenen Wohnung wohnten. Immer alles auf Pump, sagt er, sogar die Rouladen, sogar die Zigaretten, sogar der Schnaps. Ja, jetzt spricht er auf Augenhöhe mit mir. Willst du eine, sagt er, aber ich rauche noch nicht und lehne die Zigarette ab. Du fängst bestimmt noch an, sagt er und lacht. Ich will es zwar nicht hoffen, sagt er, aber du bist nun mal auch so einer. Zwischendurch schaut er nach der Hühnersuppe, der erste Gang für den nächsten Tag. Das Sonntagsessen kocht er jede Woche immer noch selbst, ganz egal, ob er müde ist oder krank, ob er große Lust dazu hat oder gar keine. Und früher hatte er gern seine Ruhe, das ändert sich jetzt nach und nach, er scheint glücklich zu sein, dass ich ihm Gesellschaft leiste. Wenn er nicht von den alten Zeiten erzählt, dann spricht er von bemerkenswerten Dingen, die er irgendwo gelesen oder im Fernsehen entdeckt hat: über den Vogel des Jahres. Darüber, dass auf dem Mond die Erde aufgeht, logischerweise, dass sie allerdings fünfzigmal heller leuchtet als der vollste Vollmond bei uns auf der Erde. Das alles erzählt er, während er Roulade um Roulade zubereitet und anbrät, er kommt auch mal wieder auf den Zirkus Knobbe, der im Jahr meiner Geburt abgebrannt ist, er erzählt davon, dass er einige Pfauen schon entdeckt habe und manchmal sogar ein Zebra, dass es angeblich auf dem aufgegebenen Friedhof oben am Waldrand eine ganze Wellensittichkolonie geben soll, eine richtige Plage, aber dass die Leute auch viel Blödsinn erzählten, wenn der Tag lang ist. Ich mag diese Samstage, ich mag diese Geschichten, ich mag die Art, wie mein Vater erzählt, ich bin sogar manchmal mit ihm unter Tage, in seinen Berichten zumindest, aber ich verstehe natürlich nicht, was er sagt, wenn er das Hangende erwähnt oder das Liegende, ich frage auch nicht nach, ich habe ja nur meine Musik im Kopf und will ganz nach oben damit, und was interessiert es mich da schon, wie es unten bei den Kohlen aussieht? Seltsam ist nur an diesem Samstag, bevor ich siebzehn Jahre alt werde, dass er mir diese eine Geschichte erzählt. Er hat einen Artikel darüber in der Tageszeitung gelesen, es ging um Astronomie, und es wurde Charon erwähnt, der größte Mond vom Pluto, der damals noch ein richtiger Planet ist. Und dann wird erklärt, woher der Mond Charon seinen Namen hat, und das lässt meinem Vater keine Ruhe mehr: dass es da, wenn man dran ist, also, wenn man an der Reihe ist, dass es dort diesen Fluss des Vergessens gibt, und dass da so eine grimmige Type sitzt, der man noch was bezahlen muss, damit sie einen in einem wackeligen Kahn über den Fluss bringt. Ich weiß ja nicht, aber sollte das so sein, sagt mein Vater, dann wäre mir das unheimlich. Ich kann mich nicht erinnern, dass mein Vater vorher jemals so gesprochen hätte. Als ich siebzehn Jahre alt werde, da hat er noch ziemlich genau neun Jahre zu leben. In diesen Jahren denke ich oft daran, was er mir damals erzählt hat, als er die Rouladen für den Sonntag vorbereitete. Denn erst ganz langsam, kaum sichtbar, Stück für Stück, da setzt der Verfall ein, man kann ihn kaum mitbekommen, im

Nachhinein ist natürlich alles klar, in diesen Augenblicken aber kann ich kaum erahnen, dass mein Vater nicht mehr gut dran ist. Er beißt die Zähne zusammen und lässt sich nichts anmerken, er weiß ja immer noch, wofür er das alles macht. Aber als es ihm dann später wirklich immer schlechter geht und er nichts mehr kaschieren kann, da ist es fast ein Trost, wenn ich an seine Worte denke. Es gibt kein großes Glück oder Unglück, damals schon nicht, es gibt keine großen Worte oder großen Geständnisse oder großen Wünsche. Es gibt nur dieses Haus und nur diese Küche und die Tatsache, dass mein Vater an sämtlichen Samstagen in meiner Erinnerung am Küchentisch sitzt und Bier trinkt und Schnaps trinkt und Rouladen vorbereitet oder Sauerbraten, und dass er mir an einem dieser Samstage, als würde er mich auf etwas vorbereiten, was mich in gar nicht so ferner Zukunft erwartet, vom Fährmann Charon erzählt, den ich bis dahin nicht kannte. Ich stelle es mir in den Jahren danach immer wieder vor, erst recht, als es meinem Vater immer schlechter geht und er irgendwann tatsächlich verschwindet: wie er an einem Samstag am Ufer steht, wie er den Fährmann mit Zigaretten bezahlt anstatt mit einer Münze auf der Zunge, wie sie schweigend noch eine Zigarette rauchen, wie sie sich dann im übernächtigten Einverständnis zunicken, wie der Fährmann das Boot abstößt, wie er es über den schwarzen Fluss steuert und wie die Ruderschläge den schleppenden Rhythmus einer Küchenuhr imitieren, jetzt, jetzt, jetzt.

Das Herz wird mir schwer, wie immer. Die letzte Nacht in Mündendorf. Was schlimmer ist als die Angst davor, hierherzukommen: die bodenlose Traurigkeit, wenn ich wieder wegfahre. Meine Mutter weiß, das habe ich gesehen, als ich gerade das Haus verlassen habe, dass sie mit mir in nächster Zeit nicht mehr auf den Markt gehen, nicht mehr in der Eisdiele sitzen, nicht mehr Mensch-ärgere-dich-nicht spielen wird. Aber wie sollte es auch anders sein? Wieder in das Haus ziehen? In drei Zimmern leben, eins zum Wohnen, eins zum Arbeiten, eins zum Schlafen? Ich stelle mir ja manchmal in ganz schwachen Momenten vor, wie es wäre, unser Haus von Grund auf zu sanieren. Neue Holzböden auszusuchen und die Fenster zu ersetzen. Aber das ist, das ist mir auch klar, wenn die allzu traurige Traurigkeit vergeht, doch alles reiner Unsinn. Die Geschichte dieses Hauses ist auserzählt. Kann man ein Mittelreihenhaus eigentlich abreißen lassen, ohne dass die beiden Gebäude links und rechts davon beeinträchtigt werden?

Mein Bruder lacht, als ich ihm diese Frage stelle. Wir sind oft albern, es ist das beste Mittel gegen die Schwere. Wir trinken eine Flasche Bier zusammen, da sind die Neffen und meine Schwägerin schon im Bett. Und auch mein Bruder, ich weiß es genau, wird um halb fünf aufstehen müssen, er könnte zwar auch später, aber je früher er im Büro ist, desto früher kann er wieder nach Hause. Mein Bruder war zuerst Handwerker und arbeitet mittlerweile als Ingenieur. Er hat dieses eigene Haus und seine eigene Familie. Und doch hat er eben auch noch meine Mutter und das andere Haus. Er wirft es mir nicht vor, jedenfalls seltener, als ich es umgekehrt tun würde, dass ich in der Ferne bin und mich nicht um alles kümmern muss. Er weiß auch nicht, was wird, wenn es meiner Mutter schlechter gehen sollte. Wir alle sind ratlos, was das angeht.

Wir trinken Bier und albern herum wie eh und je. Wir

haben uns immer gut verstanden, so richtig eigentlich erst nach dem Tod unseres Vaters. Ich bewundere meinen Bruder für das, was er tut. Für das, was er geschafft hat. Ein Haus haben. Eine Familie haben. Eine Arbeit haben. Er ähnelt meinem Vater, aber das ist eine andere Geschichte, außerdem weist er das bei jeder Gelegenheit weit von sich. Erinnerst du dich eigentlich noch an die Großeltern, frage ich ihn jetzt. Warum willst du das wissen, fragt er. Es fiel mir nur so ein, sage ich. An den Vater unseres Vaters also, der auch Bergmann war. Danke für die ausführliche Erklärung, sagt mein Bruder. Sehr gern, sage ich. Also, lass mich überlegen, sagt mein Bruder. Ich weiß noch, ich war klein und habe immer eine Kinderschokolade und ein Fünf-Mark-Stück bekommen. Und es gab diese Dose, diese Zigarettendose, die öffnete man, und dann gab es so ein mechanisches Vögelchen, das pickte eine Zigarette heraus und reichte sie nach draußen. Mehr weiß ich auch nicht mehr, sagt er.

Und ich frage weiter, wir reden zwar viel, aber selten über Vergangenes. Man hat schon gemerkt, sagt mein Bruder, dass wir als Familie anders waren als andere. Alles war sehr einfach. Und wir waren nicht wenige Kinder. Gut, wir hatten ein Haus. Aber wir waren auch oft bei der Bank. Unterm Strich gesehen, sehr oft.

Wir stoßen an und trinken einen Schluck Bier.

Angst hatte ich nicht vor Papa, sagt mein Bruder. Ich war ja immer schneller. Stoffhose, Hosenträger, Unterhemd. Sein Ruhrpottsmoking, an den erinnere ich mich, sagt mein Bruder. Einmal, sagt er, da habe ich ihn in Hochform erlebt. Das war, als du gerade geboren worden warst. Da stand er mit mir im Aufzug vom Krankenhaus, wir hatten dich gerade besucht, und da war noch ein Kerl, der rauchte. Und ich musste husten. Und eine Krankenschwester sagte zu diesem Kerl, er solle seine Zigarette bitte ausmachen. Sehr höflich. Und der Kerl rauchte einfach weiter. Da sagte unser Vater: Du Arschloch. Mach die Scheißzigarette aus. Und ging auf den Kerl zu. Mit geballten Fäusten. Im engen Aufzug. Und dann hat der Kerl die Zigarette ausgemacht.

Was meinst du, sage ich, wird in einigen Jahren noch sein? Wenn es das Haus nicht mehr gibt? Was bleibt uns dann noch? Wenn alles weg ist außer den Fotos und außer diesen Geschichten.

Mein Bruder schluckt. Ich schlucke auch. Und dann trinken wir noch einen Schluck Bier. Es geht irgendwie alles verloren, an was man so geglaubt hat, sagt mein Bruder. Was einem vorgelebt wurde. Aber das war auch ein Irrsinn, sagt er, wenn man dem erst entflohen ist und sein eigenes Leben lebt: Materielle Dinge zählten nicht so. Oder anders, die Frage war immer: zwölf oder achtzehn Raten? Wir hatten alle drei Jahre ein anderes Auto. Bis es vom TÜV wieder aus dem Verkehr gezogen wurde. Die Marken? Ein alter Ford Taunus. Ein alter blauer Datsun. Ein alter Opel Rekord. Ein alter Ford Sierra. Und zum Schluss ein Opel Vectra. Reicht doch auch, oder?

Wir machen uns eine letzte Flasche Bier auf, während wir in der Küche seines Hauses sitzen, die nichts gemeinsam hat mit der Küche in unserem Haus. Sie ist größer und aufgeräumter. Und vor allem wird in ihr nicht geraucht. Mein Bruder hat noch nie eine Zigarette angerührt. So eine Familie, sagt er jetzt, wird es nicht mehr geben. Jedenfalls nicht in Deutschland. Wir müssen beide lachen.

Und das Haus, sage ich. Und Mama, sage ich. Du fährst morgen wieder weg, sagt er, ich bleibe hier. Ich weiß, sage ich. Und ich weiß nicht, was ich noch dazu sagen soll. Ich weiß, dass es schwer ist, dass er Unterstützung gebrauchen könnte, dass ich öfter da sein müsste, dass alles an ihm hängen bleibt. Wir schweigen. Vielleicht können wir das Haus ja noch aufwerten, bevor wir es verkaufen, sagt mein Bruder jetzt, rettet unser Gespräch und lächelt, wie ich es von meinem Vater kenne. Da ist ja öfters mal Tapete auf Tapete tapeziert worden. Und auf Tapete Tapete Tapete Tapete Tapete. Wenn wir das vorher alles von der Wand reißen, haben wir in jedem Zimmer drei Quadratmeter mehr.

In diesem Sinne, sage ich, und wir trinken unsere Biere aus und müssen ins Bett. Wir telefonieren demnächst, sage ich zu ihm, weil wir uns am nächsten Morgen nicht mehr sehen werden. Machen wir so, sagt er. Schön, dass du da warst. Bis bald, sage ich. Bis bald, sagt er. Und ich will noch was sagen, zum Beispiel, dass ich weiß, was es heißt, nur eine Straße entfernt von diesem Haus und von dieser Geschichte zu leben, die gerade dabei ist, sich zu Ende zu erzählen, dass ich weiß, dass ich immer derjenige bin, der wegfährt, während er immer derjenige ist, der bleibt, aber dann fällt mir nichts ein. Wortlos lege ich mich im Zimmer meines Neffen auf das Gästebett und betrachte unser Sonnensystem, wie es an der Decke schwebt und sich nachts manchmal ganz sachte in einem Luftzug bewegt.

Die Stille vor dem ersten Ton. In der ersten Probe nach meinem Solo mit dem Musikzug treffe ich mich mit dem Dirigenten. Ich bin extra früher gekommen und habe auch ihn gebeten, eine Viertelstunde eher da zu sein. Er hat gute Laune, das Konzert war ein voller Erfolg, eine der besten Leistungen in der Geschichte des Musikzugs. Das schrieb die Zeitung in Mündendorf, das sagten alle, die uns gehört hatten. Nachher wird er sich bei allen bedanken, die so hart gearbeitet haben, und das alles neben der Arbeit und neben der Schule, er wird sagen, wie stolz er auf uns alle ist, aber das werde ich schon nicht mehr mitbekommen, und das ist gut so – ich würde es nicht aushalten, ich würde wahrscheinlich in Tränen ausbrechen, und niemand würde verstehen, warum es so ist. Der Dirigent setzt sich auf einen Stuhl und schiebt mir auch einen hin, er lächelt und gratuliert mir, wir haben uns seit dem Abend unseres Konzerts nicht mehr gesehen. Doch gleich merkt er, dass etwas mit mir nicht stimmt. Warst du nicht zufrieden, fragt er. Das mit dem ersten Ton hat doch kein Mensch gemerkt, noch nicht mal ich so richtig, Das ist es nicht, sage ich. Ich hole tief Luft. Und dann bricht es aus mir heraus. All die Sätze, die ich auswendig gelernt habe in den Tagen vorher. Ich rede langsam und konzentriert, und der Dirigent starrt mich an: Ich kann das nicht mehr, sage ich, ständig auf Festen spielen, sage ich. Das versaut mir den Ansatz, sage ich. Ich komme nicht mehr zum Üben, mir ist das alles zu viel, und ich muss doch vorankommen, wenn ich Musiker werden will, sage ich. Mir tut das auch leid, sage ich, wirklich. Mir auch, sagt der Dirigent nur, mir auch, nestelt nach seinen Zigaretten und steckt sich eine an, obwohl im Probenraum des Musikzugs sonst nie geraucht wird. Er öffnet ein Fenster, lehnt sich hinaus und schaut mich nicht mehr an. Das war es dann also, fragt er, du bleibst jetzt gar nicht hier. Mein Vater wartet unten im Auto, sage ich. Der

Dirigent schüttelt den Kopf, unmerklich. Und ich dachte, sagt er noch, die Marschmusik wäre dein Ding. Ich geh lieber los, sage ich, und mehr bringe ich nicht heraus. Behalt die Klamotten, sagt er, wenigstens bis Neujahr, lass es dir durch den Kopf gehen, du weißt ja, wo wir sind. Als ich gehe, kommen mir meine ersten Kolleginnen und Kollegen mit ihren Instrumenten entgegen. Wo willst du denn hin? Hast du was vergessen? Hast du gut gemacht übrigens! Falsche Richtung, wir fangen doch gleich erst an. Als ich im Auto sitze und mein Vater den Motor anlässt, will ich ihn für einen Augenblick bitten, doch allein nach Hause zu fahren, aber dann setzen wir uns in Bewegung. Ob das alles so richtig ist, fragt mein Vater. Ob das alles so richtig ist?

Ich bin siebzehn Jahre alt. Unser Haus ist klein und bescheiden und zu eng für mich geworden. Bald ist Weihnachten, vorher werde ich mit dem Schulorchester ein Konzert spielen. Wir werden *Der Stern von Bethlehem* aufführen, und meine Eltern werden im Publikum sitzen. Mein Vater geht bald in Rente und wird noch mehr Zeit haben, sich um den Garten zu kümmern. Er hat Pläne für die Neugestaltung der Terrasse. Er will die Fassade des Hauses endlich streichen lassen. Meine Mutter ist dabei, ihren Führerschein zu machen. Sie übt gewissenhaft dafür, hat nur bei den Fahrten oft Angst und häufig Kopfschmerzen, wenn ihr wieder eine Fahrstunde bevorsteht.

Ich bin nicht siebzehn Jahre alt. Ich mache nicht, was die anderen aus meiner Stufe machen. Natürlich gehe ich auf ihre Partys, natürlich bin ich irgendwie dabei. Aber ich tanze nicht, sondern schaue nur zu. Ich rauche kein Gras, sondern stehe nur lachend daneben. Ich verziehe mich nicht später am Abend mit einem Mädchen in eine schummerige Ecke, ich sehe den ersten Umarmungen der anderen immer nur zu. Ich bin also dabei, aber passiv, ich beobachte das Leben vom Rand aus.

Meine Mutter bleibt stark. Zu stark. Das ist mir klar geworden, ohne dass mir ein Ausweg einfiele. Da ist die über alles liebende Mutter, die immer noch kämpft, wenn es darauf ankommt. Die alles tut, damit es mir gut geht. Da ist aber auch die Mutter, die nichts erlaubt. Die Mutter, die alles fürchtet. Die Mutter, die nur das Beste will. Die Mutter, die nichts zulässt, was ihren Ansichten widerspricht. Die Mutter, die ihre Flügel ausbreitet und über das Nest legt, in dem sich die Jungen nur in engen Grenzen rühren dürfen, ohne über den Rand des Nestes zu schauen.

Ich bin siebzehn Jahre alt. Meine Eltern haben sich damit abgefunden, dass aus mir ein Taugenichts wird, ein Musiker, der sich mehr schlecht als recht über Wasser halten kann. Sie wissen nicht, sie ahnen nicht, dass ich schon dabei bin, mich von dem Plan zu verabschieden. Ich habe nur eine große Klappe. Dabei weiß ich eigentlich gar nicht, was Musik wirklich bedeutet. Und der Marschmusik, das ist das Schlimmste, habe ich da schon abgeschworen. Mein Professor wiederum hat mir zu verstehen gegeben, dass ich mir überlegen soll, ob ich im nächsten Jahr überhaupt noch weitermachen möchte. Entweder oder. Ich werde das Konzert spielen, die Weihnachtskantate von Rheinberger, und danach werde ich mich entscheiden, vielleicht hänge ich die Posaune an den Nagel, verkaufe sie wieder an den Musikzug, sage es meinen Eltern in einem günstigen Moment, vielleicht werden sie ja sogar erleichtert sein, vielleicht sage ich meiner Mutter, dass ich so nicht weitermachen kann, vielleicht wird es ein lang anhaltendes Donnerwetter geben, vielleicht wird sie es aber auch einfach schlucken, vielleicht werde ich nächstes Jahr woanders sein, gedanklich zumindest, es liegt etwas in der Luft, es fühlt sich so an, als ob sich die Dinge veränderten, und es scheint so, als würde alles eine gute Wendung nehmen, also keine Angst, was soll schon passieren?

Ich bin nicht siebzehn Jahre alt. Ich habe Angst im Dunkeln und vor Einbrechern. Von der Arbeit bringt mir mein Vater immer wieder Ohrstöpsel mit, die benutze ich, damit ich nicht ständig Furcht habe vor einem Knacken in der Heizung oder vor einer Katze, die draußen auf der Terrasse in der Nacht einen Blumentopf umwirft. An einem Abend soll ich Werkzeug aus dem Schuppen im Garten holen für meinen Vater. Ich will nicht gehen. Warum, fragt er, du fauler Hund. Wenn du nichts siehst, dann nimm doch eine Taschenlampe mit. Ich zögere mit meinem Geständnis. Aber als er den Kopf schüttelt und sich aufregen will, könnte sein, dass er richtig böse wird, da sage ich es ihm doch: Ich habe Angst im Dunkeln. Er lacht kurz, aber dann merkt er, dass ich nicht spaße. Es ist doch erst sechs Uhr, Junge, was soll denn das? Wovor hast du denn so eine Bange? Er holt selbst das Werkzeug aus dem Schuppen, kommt wieder, steckt sich eine Zigarette an und sagt: Komm mal mit. Und er geht mit mir nach draußen, nimmt den Schlüssel mit und zieht die Tür zu. Laufen wir ein Stück, sagt er. Und wir gehen die Treppen hoch bis zum Waldrand. Obwohl mein

Vater dabei ist, fange ich an zu zittern, aber ich verstecke es vor ihm. Hier ist doch nichts, sagt er. Hör mal, da ist das Käuzchen, das tut dir nichts. Das ist Wind, der rauscht in den Bäumen, der tut dir auch nichts. Und sonst ist es nur ruhig, und das hat auch noch niemandem geschadet. Ja, sage ich zu ihm, ich weiß. Wir gehen die Steintreppen hinunter zurück zum Haus, und als er die Tür aufschließt, da sage ich zu ihm: Danke. Und er brummt nur: Hör auf, dich für irgendwas zu bedanken, hör lieber auf, dir im Dunkeln in die Buchse zu machen. Und ich muss immer wenigstens lächeln, wenn ich danach ein Käuzchen schreien höre.

Ich bin siebzehn Jahre alt. Ich will ausbrechen. Zum ersten Mal denke ich meine letzten Jahre wirklich als etwas Vergangenes: Da war der Bauer, bei dem wir samstags Milch holten. Da war der Kartoffelkerl mit seiner Klingel. Da war der Bäcker mit seinem Lieferwagen, bei dem ich immer ein Teilchen geschenkt bekam. Das Hähnchen in der Aluminiumschale. Die ungegessenen Brote, die ich essen durfte. Die Kuhwiese, das Schreien der Katzen in der Nacht, mein Kotzen auf den Teppich vor dem Altar, meine Arbeit in der Einkaufsoase, die Berge von Büchern, die ich mir ausgeliehen und nie gelesen habe, dieser eine Geburtstag, den ich allein verbrachte und an dem ich nachmittags extra in die Stadtbücherei fuhr, weil ich mal mitbekommen hatte, dass sie den Geburtstagskindern gratulierten, wenn sie das Datum auf der Benutzerkarte überprüften, das alles ist so gewesen, das alles habe ich nie in der Vergangenheit gedacht, aber das tue ich jetzt, und es liegt etwas in der Luft, und ich weiß nicht, was es ist.

Ich bin siebzehn Jahre alt. Das Weihnachtskonzert ist vorbei. Das Publikum in der Kirche jubelt. Meine Eltern sind stolz, verdammt stolz auf mich. Unser letzter Wellensittich fliegt durch die offene Tür in Richtung Wald und erfriert in der bitterkalten Nacht. Ich bin in der Schule, wir haben Nachmittagssport, den ich hasse, man fängt morgens an und bleibt über Mittag dort, und wenn der Bus zurück nach Hause fährt, dann ist es schon wieder dunkel. Ich sitze nun also in diesem Bus. Ich habe keine Idee davon, dass sich gleich alles ändern wird. Schlagartig. Dass ich anfangen werde zu rauchen. Dass mein Vater und ich das von meiner Mutter für mich dort hingestellte Essen in der Mikrowelle erst Wochen später entdecken werden. Dass ich in die Kneipe gehen werde, mit Freunden aus der Schule, zum ersten Mal in meinem Leben. Dass ich woanders übernachten und ein Mädchen küssen werde. Dass ich Gras rauche und mich gut fühle, und dass ich Gras rauche und Panik bekomme. Dass ich innerhalb von Monaten alles tun werde, was vorher absolut undenkbar war. Dass ich nachhole, was mir in den letzten Jahren entgangen ist. Dass ich alles tun werde, was mich schuldig macht. Und schuldiger und schuldiger und schuldiger. Dass ich mit meinem Vater aneinandergerate, es passiert einmal und ein zweites Mal und ein drittes Mal, und wir werden so oft mit zusammengepressten Lippen und geballten Fäusten voreinander stehen, bis er nicht mehr da ist. Das alles weiß ich noch nicht, als sich die Türen des Schulbusses öffnen. Ich bin siebzehn Jahre alt und noch nicht erwachsen, als ich die letzten fünfzig Meter zu unserem Mittelreihenhaus laufe, zu unserem Haus, dem ich manchmal Unrecht tue, weil ich es zu klein und zu schlicht finde, obwohl ich es doch früher für ein Anwesen hielt, in dem nur Könige wohnen können. Ich sehe, wie mein Bruder die Tür öffnet. Ich verstehe nicht, was für ein Gesicht er macht. Und als ich es verstehe, da bin ich erwachsen. Von jetzt auf gleich. Komm schnell rein, sagt er nur, es ist was Schlimmes mit Mama.

Ich sitze in einem Fast-Food-Restaurant in einer Großstadt im Ruhrgebiet. Ich höre Musik über meine Kopfhörer, esse Pommes, blättere in meinen Noten, trinke Kaffee, obwohl es draußen schon Abend wird. Mein Instrument steht neben mir. Ich werde es nie wieder anrühren. Meine Noten liegen auf dem Tisch, ich betrachte sie wie etwas Fremdes, ich betrachte sie wie ein Buch in einer Sprache, die ich ein bisschen verstehe, aber nie richtig gelernt habe. Ich werde den letzten Zug nehmen, wie immer, wenn ich bei der Probe des Musikschulorchesters im Ruhrgebiet bin, mein Vater wird mit seiner Zigarette am Bahnsteig stehen und nicht viel fragen, wie immer, wenn er mich nach diesen langen Tagen abholt. Nur ist diesmal nichts wie immer. Es ist vorbei. Endgültig vorbei.

Vielleicht, so fing der Professor seine Rede an, bleibst du doch besser bei der Marschmusik. Du übst nicht richtig, du rauchst. Du willst zu den Sternen, dabei kannst du nicht mal richtig laufen. Sie haben ja recht, sagte ich. Ich weiß. Wenn ich es dir nicht sage, sagte der Professor, dann sagt es dir niemand. Du nimmst deine Sachen, sagte der Professor, und fährst nach Hause. Du bist ein guter Kerl, aber hier ist nicht der richtige Platz für dich. Du bist mir hoffentlich nicht böse, dass ich dir das so direkt sage. Bin ich nicht, sagte ich, ich habe ja damit gerechnet. Und das Orchester?, frage ich. Der Professor presst die Lippen zusammen, überlegt kurz, dann schüttelt er den Kopf: Das hat doch keinen Sinn. Wenn ich dich nicht mehr unterrichte, dann wäre es Quatsch, wenn du nur für die Proben kommen würdest. Bei euch gibt es doch auch ganz gute Orchester. Natürlich fiel ich nicht aus allen Wolken. Es hatte sich angekündigt. Der Professor hatte mich gewarnt. Und doch war ich schockiert, als er mich endgültig vor die Tür setzte, nicht als Warnschuss wie damals, sondern für immer. Das war es dann wohl, sagte ich. Du musst nicht aufhören mit der Musik, sagte er, nur das hier ist nichts für dich. Alles Gute, du kannst dich ja mal melden. Ihnen auch alles Gute, sagte ich und nahm meinen Koffer mit dem Instrument in die Hand. Die Posaune kam mir plötzlich bleischwer vor, ich war mir sicher, dass ich es nicht schaffen würde, sie bis vor die Tür der Musikschule zu tragen.

Das war es also. Ich bestelle mir noch eine Cola und nehme meine Kopfhörer dafür gar nicht ab. Jens Anderson spielt Nikolai Rimski-Korsakow. Die Noten liegen auf dem Tisch des Fast-Food-Restaurants, ich lese eine Weile mit, ich habe es nie geschafft, das Stück auch nur ansatzweise vernünftig zu spielen. Manchmal klang es so, als würde jemand versuchen, einige Motive aus einem Stück von Rimski-Korsakow auf der Posaune nachzuspielen – mehr aber auch nicht. Ich schüttele den Kopf über mich selbst. Innerhalb kürzester Zeit hat sich alles in Luft aufgelöst, an das ich mich geklammert habe: Den Musikzug habe ich freiwillig verlassen. Und von meinem Professor bin ich nun also verlassen worden. Fühlt sich so vielleicht Liebeskummer an? Mein Zug zurück nach Mündendorf geht in einer Viertelstunde. Ich habe unglaubliche Lust auf eine Zigarette, also stelle ich die Musik mitten im Stück ab, trinke meine Cola aus und trage mein Instrument nach draußen auf den Bahnhofsvorplatz dieser Großstadt im Ruhrgebiet. Meine Noten liegen noch auf dem Tisch des Fast-Food-Restaurants. Ich denke darüber nach, sie zu holen, während ich rauche. Aber dann drücke ich die Zigarette aus, lasse die Noten einfach liegen, nehme den Koffer mit meinem Instrument und gehe davon.

Diesmal wird es nicht so schlimm, sage ich mir. Ich könnte ein Taxi nehmen, doch die frische Luft tut mir gut. Ich weiß, dass ich mich so oder so erkälten werde. Dass der Preis für die drei Tage hier mindestens zwei durchschwitzte Nächte dort sein werden. Das ist immer so, wenn ich Mündendorf verlasse, und die Klimaanlagen in den Zügen tragen ihren Teil dazu bei. Es ist ein ganzes Stück zum Bahnhof. Aber mein Gepäck ist nicht schwer, ich war ja nur drei Nächte hier. In der Nacht hatte ich einen Traum: Ich bin mit meiner Mutter am Flughafen, und sie glaubt mir natürlich nicht, dass die Dinger wirklich fliegen können, sie ist aufgeregt, aber sie macht es natürlich trotzdem mit. Wahrscheinlich, denke ich im Traum, wird sie später sagen, dass sie nie wieder fliegen werde, nie wieder, aber sie wird es genießen, insgeheim. Ich wache an der Stelle auf, an der ein Steward an unseren Sitzen vorbeikommt und sie einen Kaffee und Cola gleichzeitig bestellt. Ihre Zigaretten, und das amüsiert mich im Traum, habe ich ihr vorher schon weggenommen. Der Wecker unterbricht die Szene. Ich schaue auf das Sonnensystem und muss mich sputen, wenn ich den Weg zu Fuß schaffen will.

Im Mittelgebirge ist es neblig. Es wird so ein Tag, an dem sich die Sonne nicht durchsetzen kann. Hier regnet es oft. Hier ist das Klima anders. Ich atme tief ein, ich atme tief aus. Die Luft, die nur so und genau so da riecht, wo du herkommst. Ich höre den Schmiedehammer schmiedehämmern. Ich frage mich, ob meine Neffen ihn auch schon hören, oder ob er noch ganz selbstverständlich für sie ist. Der Zug wird durchs Ruhrgebiet fahren, und ich stelle mir die Frühschicht vor, die gut einen Kilometer unter mir dann schon am Malochen ist. Ich wäre gern jetzt dort und nicht hier, ich hätte gern jetzt ein warmes Stück Kohle in der Hand. Meine Finger sind nämlich eiskalt. Und das liegt nicht am Wetter. Diesmal wird es nicht so schlimm, sage ich mir, während ich einen Zahn zulege, weil ich den Zug keinesfalls verpassen will, du hast getan, was du tun konntest. Unzählige Töchter und Söhne fahren gerade von ihren Familien weg. Oder von dem, was noch davon übrig ist. Von Orten, die sie Heimat nennen. Die gehen ja auch nicht gleich ein.

Ich beeile mich sehr, ich schwitze. Ich bin ganz schwer und will nicht weg. Ich bin ganz leicht und froh, es hinter mich gebracht zu haben. Meine Mutter ist wahrscheinlich schon lange wach. Kann sein, dass sie mich gleich anruft und nachfragt, wo ich mit dem Frühstück bleibe. Und ich werde niemals herausfinden, ob sie meine Abreise wirklich vergessen hat oder nicht. Als der Bahnhof in Sichtweite kommt, da habe ich noch zehn Minuten bis zur Abfahrt des Zuges. Im Laufen nehme ich eine Zigarette aus meiner Jackentasche und stecke sie mir an. Mündendorf. Umsteigemöglichkeit zum Regionalverkehr. Jetzt sind es noch wenige Meter zu Fuß. Ich könnte trödeln, aber es hilft ja nichts.

Danksagung

Ich möchte mich bei den Menschen bedanken, die mich bei den Recherchen zu diesem Roman unterstützt haben, allen voran bei Tabea Soergel. Beim Team des Deutschen Bergbau-Museums Bochum für die Vermittlung des Hintergrundwissens, bei Michael Sagenschneider und Holger Stellmacher von der Öffentlichkeitsarbeit der RAG (insbesondere natürlich dafür, dass ich mir den Arbeitsalltag auf der Bottroper Zeche Prosper-Haniel trotz meines Fiebers anschauen durfte) und natürlich beim ehemaligen Steiger Werner, der mir mit so viel Geduld am Ende sogar noch beigebracht hat, was ein Querschlag ist. Nicht zuletzt gilt mein großer Dank auch allen ehemaligen Kolleginnen und Kollegen des Musikzugs der Freiwilligen Feuerwehr meiner Heimatstadt. Ohne euch wüsste ich nicht, was Marschmusik bedeutet.

Inhalt

I
UNTER TAGE
9

II
IM SCHACHT
171

III
ÜBER TAGE
195